31

Profissão: solteira

PRIMAVERA
EDITORIAL

31
Profissão: solteira

Claudia Aldana

As colunas de Consuelo Aldunate publicadas na Revista *Ya*, do jornal *El Mercurio*, do Chile.

PRIMAVERA
EDITORIAL

Titulo original
31 Profesión: soltera
2004© Claudia Aldana Salinas

Gerência editoral
Lourdes Magalhães

Coordenação editorial
Tânia Lins

Tradução
Ariel Moris

Edição texto
Véra Regina Maselli
Paulo P. Sanchez

Projeto gráfico de miolo e capa
Carlos A. Andreotti

Diagramação
LCT Tecnologia

Ilustração de capa
Renato Moriconi

Dados Internacionais de Catalogação na Publicação (CIP)
(Câmara Brasileira do Livro, SP, Brasil)

Aldana, Claudia
31 profissão solteira / Claudia Aldana ;
tradução Ariel Moris. -- 1. ed. -- São Paulo :
Primavera Editorial, 2008.
Título original: 31 profesión soltera.
1. Artigos jornalísticos 2. Revista Ya (Jornal
El Mercurio), Chile 3. Jornais - Seções, colunas,
etc. I. Título.

08-09000 CDD-070.442

Índices para catálogo sistemático:
1. Artigos jornalísticos 070.442

ISBN 978-85-61977-01-6

Pri Primavera Editorial Ltda.
Rua Ferreira de Araújo, 202 - 8º andar
05428-000 – São Paulo - SP

Primeira edição.
10 9 8 7 6 5 4 3 2 1

Impressão: Orgrafic

Para minhas amigas, em especial Marcela.

'31' foi escrito por todas; porque a cada tropeço amoroso,
me presentearam com o otimismo e o humor necessários
para seguir em frente nesta eterna busca pelo amor.

Todas nós estamos convencidas de que mesmo
nos piores momentos, o amor está sempre na próxima esquina.

Para Raúl. Por me mostrar que o amor realmente existe

Sumário

Capítulo VII – Diego

Capítulo VIII – Zapping amoroso

Capítulo IX – Entre dois candidatos

Bonus track: Matérias e entrevistas

Prefácio

Ela entrou com uma pasta de plástico nas mãos. Eu me lembro que era cor-de-rosa; ela disse que era verde. Dentro, havia várias colunas impressas. "São a respeito de uma solteira", disse, tímida, tomando seu café em meu escritório. Ela disse que aquele foi o café mais produtivo de sua vida. Para mim, foi muito mais que isso: foi a oportunidade que todo editor busca. Aquela em que se descobre um novo talento. Em que vemos o que os outros não viram e, com isso, temos uma visão de onde poderemos chegar, desde que bem organizada, bem guiada, bem editada.

Naquele momento, durante o café, ela era uma jornalista da *Zona de Contacto*, famosa por sua muito comentada e polêmica reportagem sobre os bastidores da Disney World, e outras matérias similares, bem escritas, críticas, entre irônicas e ingênuas, mas definitivamente originais. Era a Claudia Aldana em versão debutante, que então queria sua oportunidade para passar para a primeira divisão, fazendo jornalismo para um público mais maduro e mais amplo que o da *Zona de Contacto*. Ali, na pasta de plástico, ela trazia sua ponte para atingir sua meta. Uma ponte que, sem que ela e eu soubéssemos, se transformaria em um fenômeno, independente dela.

Quando li suas colunas, não somente ri muito como também pensei que havia ali algo de muito valioso: além de divertidas, eram uma espécie de retrato feminino atual, exagerado, e não somente das mulheres solteiras. Poucos dias depois chamei-a para dizer que a publicaríamos na *Revista Ya*. Ela decidiu adotar um pseudônimo com as iniciais de seu nome, ao estilo de Carrie Bradshaw, o alter-ego de Candace Bushnell, ídolo e referência de Claudia, célebre por seu megassucesso *Sex and the City*.

Falando a verdade, sempre achei que daria certo. Mas não tanto assim. Nem tão rápido! Em poucas semanas choviam *e-mails* na revista. E também perguntas sobre quem ela era. Perguntavam sobre ela em todos os lugares. Até que a entrevistaram pela primeira vez em uma estação de rádio, como Consuelo. Nasceu, assim, um ícone. E ainda que soe frívolo, ela encarnou o espírito das solteiras chilenas, das solteiras sem compromisso, que não são *solteironas*. Todo um mundo novo, um reflexo do novo Chile que até então não havia tido um personagem chileno. O sucesso tem sido impressionante.

Claudia recebia e-*mails*, ligações e até mesmo buquês de rosas. A moça insegura e tímida do café foi ficando definitivamente para trás... Começaram a convidá-la para participar de programas de televisão, fazer anúncios de publicidade, atuar como jurada, falar no rádio. E ela, apesar de todo o alvoroço, continuava escrevendo, semana após semana, sua coluna, e entregando um pedaço dela mesma e suas aventuras e desventuras a cada edição.

A consagração total veio quando pediram que ela escrevesse seu primeiro romance. *Happy Hour* foi um grande sucesso de vendas e a elevou a outro patamar. Com isso tudo, era óbvio para mim e para Pilar Segovia – editora da *Revista Ya,* e mentora de "trinta e um" – que a recompilação de todas as suas colunas era uma dívida pendente, com ela e com seus fãs. Hoje isso se torna realidade. E a história segue seu curso natural.

Claudia Aldana já é uma grande jornalista. Quando anda pelos corredores, em nossos escritórios, não posso evitar de sentir-me orgulhosa. Seu *look* é mais produzido e mais elegante, mas continua sendo o tipo de pessoa cujo estado de espírito podemos perceber com uma simples olhada. Entre segura e tímida, entre ingênua e irônica, é uma mulher única. Definitivamente, haverá Consuelo-Claudia por muito tempo.

Paula Escobar
Editora de Revistas
El Mercurio

Trinta e um

Consuelo Aldunate é minha irmã mais velha, mas em versão inspiradora. Porque satisfaz minha eterna fantasia de filha do meio entre dois homens: uma pessoa igual a mim com quem conversar. Adoraria dizer que ela é meu alter ego, mas não é bem assim. Ela é mais velha do que eu, trabalha muito menos do que eu, sai mais do que eu e é mais solta e mais sofrida no amor. Obviamente existem questões pendentes entre nós, como ocorre com todas as irmãs. Brigamos até a morte e nos reconciliamos quase que diariamente. Que fique claro: ela sabe que tenho sua vida em minhas mãos: poderia a qualquer momento apertar a tecla *delete* e aí ela ficaria sem ninguém para ouvir suas histórias, seus casos e coisas do gênero.

Ou talvez não. Ainda que pareça maluquice, Consuelo não precisa muito de mim. Ela tem vida própria. Ou pelo menos essa é a idéia que faço dela quando chegam *e-mails* de leitores da coluna que querem conversar com ela, sair com ela, ou que simplesmente a criticam por escancarar a vida das trintonas. Estou contando isso porque há quase um ano estava eu sentada no restaurante *El Toro* com meus dois melhores amigos, Victor Tabilo e Frederico Zurita, o Fred, e, enquanto eles tentavam me analisar por viver essa dupla personalidade, Fred surgiu com uma idéia aterrorizante.

— O que você faria se um dia tocassem a campainha de seu apartamento e à porta estivesse uma mulher que lhe dissesse "Eu sou Consuelo Aldunate"?

Agh! Esse se tornou meu pior pesadelo desde então: ter de me encontrar com ela, cara a cara, e explicar por que a faço passar por boas situações e outras não tão boas assim; ou simplesmente ter de ouvi-la. E que ela seja exatamente igual ao que eu imaginei desde o dia em que pensei em escrever uma coluna para solteiras, sem ter idéia que seria um sucesso.

O pseudônimo nasceu porque eu queria preservar minhas duas iniciais, assim como fez Candance Bushnell — que tenho como ídolo – com seu personagem do livro *Sex and the City*, que chegou às minhas mãos em 2001. Assim, faltava somente escolher os nomes. Escolhi "Consuelo" porque desde criança acredito que uma pessoa deveria ter o nome do santo padroeiro do seu dia de nascimento, e como essa é a santa do meu dia, achei que deveria ser esse o meu nome. É um nome menos comum, mais sofrido e mais bonito. Nada pessoal contra meus pais, é claro, mas creio que teria ficado melhor em mim. E o sobrenome surgiu porque queria um que fosse tradicional e sugerisse um futuro brilhante.

Foi assim que ela nasceu. E, apesar de nem mesmo ter um rosto, tinha uma voz potente e imponente, que quase não me deixava dormir. Depois veio o parto criativo de inventar um nome para a seção. Esgotada, convoquei novamente meus amigos, e quando me perguntaram a idade de Consuelo, surgiu o nome: "Trinta e um". Como minha expectativa era cumprir apenas seis meses de coluna, isso poderia funcionar. Eu não tinha a mínima idéia que iria presentear minha Consuelo com a possibilidade de nunca envelhecer.

Foram dois anos estranhos. De altos e baixos, de muitas alegrias e um orgulho que jamais pensei que poderia ter. Adoro minha coluna. Muito embora algumas vezes, em alguma festa, tenha ouvido pessoas fazendo críticas a ela, sem que soubessem que era eu a autora. É divertido ter direito à esquizofrenia. Duas personalidades que vivem competindo para ver quem é que vai falar. Mesmo que aqui seja sempre a Consuelo quem manda.

Gostaria de agradecer a todos os leitores da coluna pelo apoio incondicional que me deram. E, a todos os que me cumprimentaram na rua ou em um bar e os que depararam com meu lado desajustado, muito obrigada. Não sei receber elogios e o mais provável é que tenha me limitado a sorrir. Agora, diante de um teclado, posso agradecer como se deve, entregando a vocês este livro. Aqui estão as crônicas que foram escritas durante todos esses anos, em suas versões originais, isto é, antes de terem sido publicadas. Além disso, estão aqui algumas matérias que escrevi para a revista, revendo o fenômeno das solteiras sob a perspectiva delas próprias. Obrigada a todos. Espero que gostem.

Santiago, dezembro de 2004.

At first I was afraid I was petrified
kept thinking I could never live
without you by my side
But then I spent so many nights
thinking how you did me wrong
and I grew strong
and I learned how to get along
so you're back from outer space
I've just walked in to find you here
with that sad look upon your face
I should have changed that stupid lock,
I should have made you leave your key
if I had known for just one second
you'd be back to bother me
Go on now go, walk out the door just turn around now
you're not welcome anymore
weren't you the one who tried to break me with good-bye
did you think I'd crumble? did you think I'd lay down and die?
oh, no not I, I will survive!
oh as long as I know how to love
I know I'll stay alive
I've got all my life to live
I've got all my love to give;
I will survive
I will survive! hey, hey!
It took all the strength I had not to fall apart
Kept trying hard to mend the pieces of my broken heart
And I spent so many nights just feeling sorry for myself
I used to cry
but now I hold my head up high
If you see me, with somebody new
I'm not that chained up little person
still in love with you
So you felt like dropping in and just expect me to be free
Well now I'm saving all my loving for someone who's loving me

Gloria Gaynor, *I will survive*

I

Primeiros desvarios

Aqui estou eu

Aqui estou eu. Levanto e aceno com a mão para mostrar onde estou. Algumas gordurinhas balançam, destacando-se aqui e ali. Que horror! Sentada no chão do meu quarto, vejo como minha amiga experimenta minhas roupas e como elas ficam bem melhor nela. Como ela pega uma echarpe e sabe exatamente como ajeitá-la no corpo sem ficar parecendo um militante da Al Qaeda.

Ela tem mais estilo do que eu. Sempre. Não entendo de onde ela tira essas boas idéias. Desde que nos tornamos amigas sinto-me secretamente sufocada porque ela usa meus brincos e compartilha do meu *closet* sem grandes problemas – algo que me incomoda muito. Agora, horas antes de um compromisso, fico brincando com minha taça de vinho, mas de olho nela e anotando tudo na memória para depois imitá-la. Nessas horas eu a odeio. É esse seu estilo de "eu tenho boas sacadas" o que me incomoda. Mas eu a adoro. Ela é o que tenho de mais parecido com um marido. Com ela ensaio os discursos que um dia farei na agência antes de pedir demissão e sair batendo a porta. Com ela calculo as calorias das guloseimas que comemos e a dosagem alcoólica dos drinques que acabamos de beber, para não darmos vexame em público. Com ela comento sobre os dias ruins, quando eles, finalmente, estão acabando. Como hoje.

Além de um *closet* com saias em demasia para um clima tão frio e muitas outras coisas compradas a crédito que me atormentam a consciência quando tento dormir, não há muito mais o que contar. Nem gato tenho mais. A Cucha fugiu há duas noites. Justamente quando eu estava começando a gostar dela. Esperou que eu comprasse pratos, cama, umas roupinhas espetaculares e tudo mais que o excesso de instinto maternal me obrigou. Hoje de manhã eu estava preparando um suco de laranja, olhei para seu prato e ele estava intacto. Fico aborrecida que ela tenha me abandonado. Assim que cheguei à agência comecei a trabalhar imediatamente – embora tenha tempo para alguns minutos de ócio e desespero – mas logo parei, depois de ouvir as idéias de Pancho, um dos estagiários, sobre as semelhanças entre gatos e mulheres. Pior que isso foi ouvir que nós, mulheres, nos comportamos da mesma forma que os gatos: vamos embora quando começam a gostar de nós. E que às vezes miamos como eles e fazemos os homens acreditarem que nos conhecem, porque conseguem nos fazer ronronar, quando de fato somos nós que fazemos carinho neles e não eles em nós. Tomei o resto do chá-verde e anotei as idéias de Pancho em um dos montes de papéis com idéias que um dia vou juntar para escrever um bom livro.

Deixei o trabalho de lado por um instante e lembrei-me de um cartão que ganhei de presente de um namorado com uma frase do tipo "se você ama alguém, deixe-o livre". Achei tão romântico que até o mostrei à minha avó, e depois, quando voltamos a Santiago, entendi: o sujeito já tinha namorada e pretendia justificar-se antecipadamente pelos seus sumiços e que eu entendesse subliminarmente que não deveria prendê-lo. Homens! E a coitada da minha avó até hoje me pergunta sobre ele.

Continuo aqui. Sentada no chão em vez de me jogar sobre meu colchão *box spring* com tecnologia de ponta. Camila, minha amiga, agora assalta a caixinha de acessórios e comenta que tenho gosto de velha. Fico meio chateada, mas tenho que admitir que, numa tentativa desesperada de rejuvenescer, comprei a revista *Paula Jovem Moda* porque meu chefe me havia dito a mesma coisa não fazia muito tempo. Não tenho a intenção de andar por aí com brincos de nácar nas orelhas. Camila vai até a porta com o que há de melhor no meu *closet*. Pergunto quando ela me devolverá tudo lavado e passado. Antes de fechar a porta, ela pisca o olho. Nunca achei que aquela blusa combinaria tão bem com minhas calças de cor indefinida que trouxe de NY após o atentado de 11 de setembro. Às vezes, insisto, eu a odeio.

Arrasto-me até a cozinha. Vejo meu reflexo na janela, de calça de moletom e camiseta manchadas, e penso na Cucha. Eu também teria me abandonado. Acendo um incenso de sândalo para tirar o cheiro de atum velho que vem do prato de cerâmica pintado a mão da minha gata. É preciso deixá-la livre, acho. Sinto-me desamparada como jamais estive.

Ele

Ainda nenhum sinal das minhas melhores roupas nem de Camila. Uma mensagem no celular me tirou desta apatia. Acordei de mau humor e com a boca seca. Peguei o telefone e ele vibrou, porque tinha novas mensagens. Gosto quando tenho novas mensagens. Ouço minha mãe com aquela voz meio fanhosa que sempre usa para me fazer sentir culpada por não ligar para ela. Aperto o número cinco para pular a mensagem, mas ela também enfeitiçou os telefones. Será que deixei transparecer pelo celular meu medo maternal? Respiro resignada e, quando a mensagem finalmente termina, há outra. ELE.

Uma vez li uma frase que copiei em um papel vermelho vibrante, escrevendo cuidadosamente com minha caneta Lamy em uma das mil caligrafias que praticava em meu tempo livre. E o deixei no pára-brisa do carro. A frase era: "Posso fazer a tatuagem de um dragão nas costas, mas não importa quanto tempo passar, continuarei achando que tudo o que nunca tive é o que mais sinto falta". Obviamente nunca faria uma tatuagem de dragão nas costas. Mas, na época, eu estava no último ano do curso de desenho, mais obcecada com ele do que estou agora, aos trinta e um anos. Sentia por ele o mesmo que sinto hoje por este casaco de pele de Zazá Dorali[1]. E a isso há que se acrescentar os pensamentos sobre sexo. Muitos e muitos pensamentos proibidos. Gosto de roupas, mas ainda deixo a libido de fora quando cobiço uma peça eu disse *ainda*?

O fato foi que ele deixou uma dessas mensagens que me fazem as pernas tremerem. Escutei duas vezes. Liguei para Camila e a fiz ouvir a mensagem do celular pelo telefone para ver o que ela achava. Para ela, não fez a menor diferença. Fred, meu diário de vida ambulante, riu rapidamente porque estava atrasado para uma reunião de trabalho. Ser o registro de minhas desventuras é seu trabalho *part time*. Claro que depois ele me enche a paciência quando precisa de opiniões sobre como combinar gravatas copiadas de seus ídolos de partidos políticos. Deve ser a única pessoa que presta atenção em como certos políticos se vestem para depois imitá-los. Homens!

1 Grife famosa no Chile.

O que importa é que ele deixou o recado. Não posso transcrevê-lo aqui porque tenho vergonha. Mas, para resumir, marcamos um encontro para daqui duas noites. Muito tempo? Odeio pensar que ele está deixando mensagens nos celulares de outras colegas solteiras que estão, como eu, fantasiando seus clichês. E mesmo que ainda seja óbvio, sua voz ofegante de fumante lhe confere um charme que não é possível descrever em palavras. Grrrrrr. Será que isso explica o que estou sentindo? E aqui estou eu. Com vontade de ligar para todos os que riram de mim quando ele me abandonou. Ou a algumas amigas que ficaram sentadas comigo, esperando para ver qualquer tipo de reação quando ele não apareceu. As mesmas que riram de mim pelas costas pela paciência que tive com ele. São tantas pessoas que não dá para contar; todos os que se cansaram de me escutar falar sobre ele.

Eu esperava rosas em minha porta. Ou que me desse um beijo na frente de todos e não às escondidas em uma rua deserta, depois de tomarmos algumas cervejas. Eu esperava tanto dele. E tudo o que conseguia eram encontros em que ele não gastava muito e me beijava com hálito de cigarros baratos. Tanto faz, foi o único homem que, sim, se me propusesse casamento, eu aceitaria. Mesmo que meu "sim, eu aceito" matasse meus três avós de infarto. Acontecesse o que acontecesse. Mas, é claro, ele nunca fez a proposta. Aparece de tempos em tempos, com uma periodicidade meio ilógica, o que torna impossível planejar a próxima visita. Essa falta de lógica me deixa transtornada.

E, ainda por cima, Pancho, o estagiário, quer que acreditemos que somos nós, as mulheres, que agimos como gatos.

O dia D

Não dormi bem à noite. Meus olhos estão inchados. Preparo o café da manhã com uma máscara de Zorro, só que gelada, e acho que ele vai perceber e rir disso. E vai me desarmar. Por mais que eu tente não dar a ele essas pequenas vitórias, não há o que fazer. Simplesmente as deixo acontecer.

Vou ao trabalho obviamente caminhando com sapatos de salto alto – não existe transporte público quando você se equilibra em saltos tão finos – e aproveito para falar ao telefone. Fred me lembra que devo tomar Reductil[1] pela manhã. Lógico, foi por isso que não dormi à noite! Um a zero para mim. Recupero um pouco do amor-próprio: não é culpa minha, mas dos remédios (pareço uma estrela decadente de Hollywood; mas é claro que não os misturo com uísque). Poderia inventar que tive uma reunião na noite anterior e, assim, justificar as olheiras. Mas isso seria uma mentira muito óbvia. Onde eu poderia ter estado na noite de segunda-feira que pareça glamuroso, mas que não seja nem desesperado nem Cristián Farías[2]? Lançamento de algum produto? Estréia de alguém? Desisto. Paro e penso na possibilidade de estar velha. Não é coincidência que esteja dirigindo meu Peugeot 307 do ano e cante Blondie como se fosse a maior novidade em música. Surpreendo-me paquerando o motorista do carro ao lado. Por que será que sempre envio as vibrações erradas aos homens idem? Não percebem que hoje tenho uma noitada já reservada? Sempre o mesmo: tento parecer grandiloqüente, exagero e acabo parecendo vulgar.

Verifico tudo novamente: em cima de minha cama está a roupa para esta noite. Na sala há óleos de aromaterapia para disfarçar o cheiro de gato. Queijos na geladeira. Vinho, ainda tenho que comprar. Não entendo sobre vinhos, mas quando o vendedor da loja especializada me der as explicações, anotarei tudo para repetir ao servi-lo, e assim vou parecer uma mulher moderna. Ai! Ele. Lembro-me dos dias em que ele estudava arquitetura. Às noites eu procurava pelo seu carro e entrava no bar em que ele estava, para forjar um encontro. Até que uma vez ele me fez notar a freqüência

1 Remédio para emagrecer.
2 Ator de novelas.

desses encontros e como eram estranhos. Quase tive um colapso. Deixei de segui-lo. Um mês depois, ele disse em tom irônico que se eu quisesse passar inadvertida nessas exatas coincidências, que as dosasse. E eu achei que naquele momento minha vida se acabara. Isso foi há oito anos.

Hoje no trabalho disse que estava *produzida* porque ninguém sabe mais que tipo de meias combina com saia *jeans* e tênis. Já sabiam do meu encontro e me interromperam antes que eu pudesse continuar a contar mentiras.

Almocei no Le Fournil[1] e fui à loja de vinhos. Gastei o mesmo que gastaria num par de sapatos. Tenho vinho suficiente para ficar de porre por uma semana. Ao me depilar, Paola não quis fazer papel de psicóloga. Ela está de mal com a vida. Passou álcool em mim e, depois, cera quente. Gosto dela assim mesmo. Conhece meus pêlos em redemoinho e os encara.

Ao chegar em casa vejo que a faxineira deixou tudo limpo. Separo a comida que pretendo colocar nas panelas minutos antes que ele chegue, para que haja cheiro de comida na cozinha. Calço as meias. Elas se rasgam. Quebro uma unha. Quando o telefone toca, pulo enrolada nas meias de náilon. Ele. Só uma frase: "Nos vemos em meia hora". Jogo-me ao chão e esperneio, como se tivesse quinze anos, quando assistia a Bon Jovi na televisão. Acendo um cigarro. Arrependo-me. Escovo os dentes. Termino a maquiagem. Coloco um avental de cozinha. A campainha toca. Dois toques curtos e seguros. Caminho até a porta.

---

1 Restaurante de comida internacional.

Despertares

O lado esquerdo da minha cama estava morno quando fui tomar banho. Eu ainda estava maquiada, evidência de que caí na cama sem nenhum de meus trezentos rituais neuróticos de cada dia.

Ontem à noite quando a campainha tocou, eu me desesperei porque não sabia por onde começar: cuidar da comida para ela não queimar ou me vestir ao estilo "não me arrumei à toa", ou sei lá o que mais. Mil idéias e nenhuma certeza das prioridades.

Abri a porta com uma garrafa de vinho na mão. Olhei para ele. Minhas pernas tremiam. Entrei devagar, para dar-lhe tempo de me olhar. As horas que passei me alongando no ioga mais as que passei praticando em casa com o vídeo que Carlos me deu de presente foram bem gastas. Minha casa é meu território e deixo claro que ele é a visita.

Estendi a garrafa para que ele a abrisse: "Vamos deixar o vinho respirar um pouco" — foi uma frase óbvia demais. E tive de me apressar. Alguma coisa não cheirava bem. Havia colocado uma daquelas embalagens prateadas para esquentar, mas esqueci de tirar o plástico. Genial. Só faltou cobrar dele a conta do *delivery*. Ele não disse nada, o que era pior que apontar o dedo para mim no meio de uma festa cheia de desconhecidos. Ele me deu uma taça de vinho enquanto dizia que estava de passagem já que no dia seguinte voltaria ao sul. Seu trabalho era decorar casas para executivos transferidos de cidade. Seu estilo de vida era o que sempre imaginei. Ele mora a meia hora de Puerto Montt[1], rodeado de verde. Seus olhos sugeriram que "lá tem muitas mulheres disponíveis". Ufa. Ainda bem que consigo contar até três antes de me aborrecer.

Sentados no chão, enquanto eu divagava sobre comida indiana, sem mais nem menos ele se aproximou e me deu um beijo. Demorado. Profundo. Tal como eu imaginara. Tentei adotar uma atitude do tipo "sei quais são suas intenções, mas não vai ser tão fácil assim". Ele brincou com meu cabelo e me falou que não gostava do meu penteado porque nos restaurantes na Vitacura[2] viu pelo menos vinte e cinco mulheres com o mesmo

1 Cidade ao sul do Chile.
2 Bairro nobre de Santiago.

look. Canalha. Dois minutos mais tarde me peguei despenteando-me com uma das mãos.

O segundo beijo veio junto com a certeza de que aquilo já não iria jamais dar certo. Não houve adrenalina. No terceiro estava somando mentalmente quanto havia gasto para aquela noite. Incluí até o item "gasolina". E entrei em pânico. Não tinha certeza, mas achei que o desespero estava aumentando.

Pode ser que a quantidade de horas que passei sozinha sob meu edredom, tentando reconstruir seus gestos, tenha preenchido as horas da minha adolescência tardia e que esse sentimento tenha se acabado. Com um gesto, dou a entender que já é tarde – são onze e cinco da noite – e que ele deve se levantar cedo para a sua viagem. E ele diz, com raiva, que pediu ao taxista que o pegasse aqui amanhã, às sete em ponto.

Sem pensar, eu me estico e lhe entrego o telefone sem fio onde ele esteve na memória # 2 por tanto tempo. Peço-lhe que mude o combinado com o taxista. Ele fica em pé e caminha com o passo seguro, mas falso, em direção à porta. E, como tantas vezes antes, toca o meu queixo e diz "Desta vez você escapou". Não tremo. Fecho a porta e penso que talvez ser solteira aos trinta e um anos é mais que uma opção estética quando perguntam qual é o meu estado civil. Sinto-me bem quando entro em algum lugar sozinha vestida de preto. Gostei de fechar a porta quando ele saiu.

Durmo com o cobertor elétrico em *full*. Com *lingerie* escolhida a dedo para aquela noite. Acordo com a Cucha ao meu lado. E antes de me esticar, começo a imaginar que ninguém vai acreditar em mim quando eu contar isso. Nem eu mesma.

Tina Turner

Encontrei-me com Camila na cafeteria Mandala para um *brunch* e para comentar o superencontro. Sei que ela estava cansada de ouvir sobre ele e que a sua ressurreição a entediava, mas como desta vez havia a possibilidade de existirem detalhes sujos e sórdidos, ela estava interessada em se encontrar comigo.

Atrasada como sempre, ela se senta com gestos lentos e alinhados e me olha com ar de maldade, como quando fumávamos cigarros mentolados no banheiro da escola. A polícia anticarma deve estar nos olhando feio. Sem cerimônia, ela vai direto ao assunto:

— E como foi?

Não sei como começar a explicar. Tudo o que penso parece desculpa de artilheiro que não consegue marcar gol. Conto todos os detalhes sem importância: roupa, perfume, gestos, iluminação, e ela me interrompe bruscamente:

— Bem, mas e aí?

Minha resposta é excessivamente honesta:

— Resumindo? Não aconteceu nada. — Ainda bem que ela estava sentada.

Quando vejo seu rosto de "não posso acreditar que eu vim até aqui só para ouvir isso" não tenho saída a não ser exagerar a história que termina com a cena "saia daqui, seu sedutor barato", mas em uma versão quase rococó, que inclui até uma epifania: descobri que prefiro ser uma solteira fanática ao maltrato emocional. Mas ela não acredita em mim.

Sua teoria sobre os fatos é cruel: que ele entrou, ficou enjoado com a mistura de cheiros de incenso, aromaterapia, perfumes, cremes, maquiagens, comida e outras coisas, e que fugiu assustado. E que eu agora estava mentindo e me fazendo passar por Gloria Gaynor ou Tina Turner para me tornar a heroína das *singletons*, sem sequer me ruborizar. É horrível ser perseguida pela má fama de ser codependente.

Ontem à noite tudo me parecia coerente. Parecia lógico lhe dizer que não queria nada com ele porque no dia seguinte ele me deixaria novamente e eu ficaria escutando música com letras depressivas camufladas em melodias alegres. Revejo a cena várias vezes. Reconheço que me dá vontade de voltar atrás e fazer o mesmo discurso — só que na manhã seguinte, enquanto um dos dois se veste e o outro fuma um cigarro. Ufa, ultimamente tenho visto muita TV. Também, sou humana! E tenho necessidades! Está claro que agora não tem mais jeito. A esta hora ele já deve ter chegado em casa e só o fato de que esteja pensando no porquê da minha mudança me parece uma recompensa suficiente. Sei que soa triste, mas, enfim, sou chilena e me acostumei aos triunfos morais desde pequena.

Camila fica entediada e aponta para o cartaz onde está escrito "tarô", e mesmo que perguntar até a cor da sombra aos Arcanos maiores pareça uma atitude desesperada, não consigo evitar. Tempos atrás fazíamos sessões espíritas com um livro e uma tesoura, perguntando às pobres almas penadas sobre experiências transcendentes: ele me olha porque gosta de mim ou porque acha que meu rosto não é simétrico? E coisas piores. Os anos passam e agora queremos saber se nosso homem some por algum tempo porque é casado ou porque é homem e, portanto, um eterno penitente. Nossas vidas andam bem esquisitas. Camila gasta um dinheirão com cremes redutores e fixadores, embora pese uns 300 gramas com roupa! Ela nunca está satisfeita. E me julga e me critica e me chama de imatura, e às vezes sinto que analisa minha vida como se fosse uma inspetora somente para se sentir melhor com ela mesma. E antes que joguem as cartas, pago a minha parte, beijo-a na testa e aperto a sua mão.

— Não exagere — diz ela ao se despedir.

Entro no carro e procuro o CD de *What's love got to do with it.* Tenho vontade de cantar aos gritos para que todos saibam como tenho pensado a respeito de mim mesma, e isso me assusta. Tenho vontade de vestir uma minissaia e não ter vergonha de usar meias pretas durante o dia. Mas a repressão mental é mais forte. Dentro do carro, passo batom novamente e penso em Camila, e sinto vontade de parar na frente da cafeteria e acabar com a paz que reina na avenida com um grito destemperado: "Não exagere você!".

Obviamente, não o faço.

Missão impossível

No meio a tantas contas e envelopes inúteis que se acumulam sobre a mesa do meu escritório encontro um convite de casamento. Isso tem cara de que vai ser uma bomba. Abro e leio. A Antonia vai se casar.

Ela é uma conhecida da universidade com quem a minha maior intimidade tinha sido tomar um café num dia de inverno comentando em tom perverso sobre a roupa do resto do pessoal. E eis-me aqui, sendo convidada para o feliz evento. *See if I care*, resmungo. Olho a data e tenho certeza: fui convidada para preencher algum espaço vazio. A cerimônia é daqui a quinze dias! Posso imaginar a Antonia com uma agenda na mão, confirmando a presença dos convidados e, para seu horror, ela tem lugares vazios! Tenho certeza de que pegou a agenda e procurou conhecidos dos quais já tivesse o endereço. De qualquer jeito, caí na primeira *blitz*. Uma das tantas desvantagens de ter sobrenome que começa com a letra A. Você cai em todas na primeira.

A primeira coisa que me vem à mente é comprar um ferro de passar roupa e dar uma desculpa: "Justo agora estou indo para Buenos Aires; é que está tudo tão barato". Quem ela acha que é para dispor da minha vida social com tão pouca antecedência? Só porque vai se casar? O pior é que mesmo assim fico com vontade de ir, pois havia comprado um vestido na Sarika Rodrik[1] – que do cabide gritava "leve-me" – e agora não tenho onde usá-lo. Honestamente, um casamento de última hora dá muito trabalho, mas é divertido. Porque isso envolve um *fitness* ultra rápido, uma ocasião para ver minhas companheiras de faculdade sem sentir que estou jogando grana fora e, além disso, para falar mal de tudo e não ter que falar sobre a minha vida e o pouco movimentada que ela está ultimamente.

O vestido é bem decotado, exagerado. Prefiro fazer o tipo adolescente rebelde e dizer para quem quiser ouvir "nós todos vamos morrer um dia" a aparecer pálida e ser o alvo das perguntas mal intencionadas do tipo "você está com depressão ou hepatite?". Número dois: o acompanhante. Ah... Isso vai dar trabalho! Tenho que achar um acompanhante. Duas semanas para conseguir alguém que me segure pelo braço, olhe para mim

1 Loja de roupas de grife.

com devoção e me convide para dançar sem tropeçar porque ele bebeu demais ou porque eu me afoguei na bebida diante do fracasso das minhas expectativas para a noite.

É que odeio me expor. Ter que chegar para meus ex-companheiros e dizer: "Olá, sou Consuelo, a vida me trata bem. Sim, continuo solteira, mas é por opção, e também não sou fanática; tenho um bom trabalho, uma gata que me ignora, uma amiga que fica entediada comigo e um amigo que não trouxe junto para que vocês não percebessem meu desespero". Que ruim ter que se definir em termos tão baixos. Preciso de auto-estima urgente. Tenho que pesquisar onde a vendem.

Pego meu celular e a caçada começa. Objetivo: alguém que preste para fazer o papel do homem da minha vida por uma noite. Amaldiçôo Antonia com palavras nada agradáveis várias vezes enquanto escuto o sinal de espera e ligo para pessoas que não vejo há séculos; falo com a maior delicadeza quando um me conta que, oh casualidade, está noivo. Ufa. Todos estão se casando. Fico aterrorizada: não sobraram homens desimpedidos; vou ficar solteirona. Do jeito que as coisas estão, vou acabar tendo que ir ao Las Brujas nas noites de terça, a discoteca dos casais esquisitos por excelência de Santiago. Não quero ter que tomar um drinque nesse lugar horroroso e não poder ir a outro lugar porque não podem nos ver juntos. Amor proibido, estou fora. Tenho que encontrar um solteiro bom-partido. Simples assim. Mas, depois de três "não, obrigado", das caixas-postais, de uma mulher que se aborreceu porque outra mulher ligou para seu marido, e de um "desculpe, Consuelo de onde?", aceitei a derrota. Liguei para o Fred. E pedi para fingirmos mais uma vez aquele nosso olhar de "eu morreria por você", que eu tente pegar o buquê e se conseguir, que ele me abrace e me beije e não se incomode diante da gozação dos outros machos. Não é pedir muito — eu acho.

Talvez a opção do ferro de passar não seja tão ruim. Talvez evitando o *solarium* eu me salve milagrosamente de um câncer de pele. Quem sabe? Por enquanto, tenho um casamento. Tema para algum tempo. E vou disposta a comer e beber o suficiente para recuperar o investimento no cabeleireiro, presente e extras. Ponto-final.

Provoque-me

O casamento da Antonia me deixou muito mal. Esgotada. Se ser uma convidada de última hora para um casamento é assim tão cansativo, não quero nem pensar como será organizar um. Outro motivo para continuar solteira. Ufa, nem eu mesma acredito. Sempre sonho em organizar meu casamento, mas prefiro ficar *cool* e superada, e fico com cara de nojo quando me falam de casamento.

Desde os dezenove estou vendo como todas ao meu redor recebem a famosa aliança, vestem vestido branco e sobem o altar. E eu, muito bem, obrigada. Sinto que já passaram longe de mim. É como um filme em que há um fuzilamento no qual todos vão caindo em câmera-lenta exceto por um soldado que olha com cara de horror para os que estão no chão. Para aqueles que não me conhecem, esse soldado que se salva com cara de apavorado sou eu.

Dias atrás me ligou uma tal de Andréa, amiga da noiva. Depois de conversarmos fiquei chocada com a idade dos filhos dela, com como o maior está se dando bem e como ela tinha sido afoita ao largar a faculdade para se casar. Sem mais, diz que sou a única solteira convidada para a despedida da Antonia e que estou encarregada das compras. "Você tem que saber dessas coisas, as solteiras sabem tudo; não vá à *happy hour* de hoje e faça as compras". Odeio gente que associa meu solteirismo com uma eterna *happy hour* em que chovem homens. Será que é um solteirismo cinco-estrelas? De qualquer jeito, a tal da Andréa nunca me viu na vida, mas está certa de que, como eu tenho trinta e um anos e continuo sem me casar, sou o tipo de mulher que sabe onde encontrar brinquedinhos com formas fálicas.

Não que eu fosse tão ingênua, mas não sabia por onde começar. Liguei para Camila e ela me deu a dica de onde encontrar aquele tipo de bolo. Que saco; não sei como perguntar. Ligo do escritório e fico vermelha contando que tenho uma amiga que vai se casar, e uma amiga que me falou de vocês... "66 reais o bolo de despedida de solteira", me interrompem. Reservo um para sexta-feira, com mil perguntas na cabeça: Do que é feito esse bolo para custar tão caro?, Por que nem perguntaram quantas porções? Quem devo procurar no dia? Não teria coragem de buscar o bolo se me olhassem com cara de cumplicidade.

Recomendada de novo por Camila, fui a uma *sex shop* e comprei algumas coisas que me pareceram engraçadas, mas meio sórdidas. Não entendo a idéia das despedidas de solteira. Humilhar a homenageada e fazê-la perder os sentidos com bebida? E aqui estamos, um grupo de seis respeitáveis senhoras numa perua enorme, com um adesivo de "Cuidado! Crianças a bordo" colado numa janela, e eu, a solteira. E apesar de a discoteca na Vicuña Mackenna ser um lugar estranho para virar filósofa, não tem jeito. A experiência é quase um ritual.

No palco, elas tiram a roupa de um homem com uniforme de bombeiro, depois do Super-Homem e do Neo, do filme *Matrix*. Todas gritam eufóricas. Decadência pura, resumo, sem achar nem um pouco engraçado. E tentando driblar a pior vodca com tônica da história. Certamente aquilo era álcool puro. Enquanto divago, sóbria para meu pesar, ninguém menos que o Zorro desce do palco e se aproxima da Antonia. Seu rosto sério, enquanto o herói esfrega nela algo que não posso dizer ao ritmo de Chayanne[1], me traz de volta à realidade. Dou gargalhadas enquanto um suposto Ricky Martín dança na minha frente de forma supostamente sexy. Confesso que curto a cena por causa da baixaria, embora demonstre repulsa para não ser chamada de libertina pelas minhas acompanhantes.

No final tiveram que nos mandar embora. Fazia tempo que eu não ria tanto. Dirijo o carro da cunhada da noiva, pois ela está em pior estado que uma adolescente em viagem de formatura. As senhoras da minha idade cantam *Provócame*[2], aos gritos. E enquanto penso que essa deve ter sido a despedida de mais baixo orçamento na qual já estivera, anoto mentalmente os detalhes para contar ao Fred durante a missa de domingo. Certamente ele dirá que sou exagerada.

1 Cantor porto-riquenho.
2 Música interpretada por Chayenne

Classificados

O casamento da Antonia me deixou mal. Por mais que eu tente me concentrar em filosofar sobre a tirania a que submetemos as noivas em seus casamentos, ainda assim não posso deixar de pensar sobre isso. Embora Fred risse dos meus comentários sobre o quão assombroso considero ir a um casamento sabendo que vou comer, dançar e me sentar de acordo com os mínimos caprichos da noiva, algo dentro de mim me desanima quando vejo que continuo sozinha.

Não entendo por que me incomoda tanto não ter um parceiro. Há noites em que chego em casa e fico com vontade de pedir a promoção *ceviche*[1] com *pisco sour*[2] para entrega em domicilio, mas paro para pensar que a porção é calculada para dois e que vou acabar enjoada e me sentindo mal por comer e beber o dobro do recomendado. Quero chegar em casa, tirar meus sapatos e conversar com alguém sobre o trânsito irritante; comentar a manchete de *La Segunda*, sempre meio escandalosa, apoiar a cabeça no seus joelhos, e que me faça uma boa massagem ou que simplesmente me passe o cinzeiro enquanto fumo.

Mas esse alguém não existe. É o meu ponto de interrogação. No fim, acabo fazendo o pedido e peço para capricharem no pisco, para não ter que pensar, e acabo hipnotizada em frente à televisão, esperando que isso mude e que a minha vida comece de uma vez. Estou cansada de esperar que algo de novo aconteça no meu trabalho — não sei exatamente o quê — mas a esperança é a última que morre. Fico cansada de analisar a minha vida e não ter nem idéia se o que tanto anseio está mais perto ou mais longe.

Alguns dias são piores. Como hoje, porque estou desesperada e até tenho vontade de colocar um aviso sobre minha mesa: "Oferece-se noiva. Boa aparência, caráter flexível, conforme o gosto. Profissional. Independência econômica garantida. Passaporte e visto de turista para os Estados Unidos em dia. Gosta de viajar; é culta o suficiente para se destacar nos coquetéis. Domínio de temas para conversar com todos os tipos de

1 Peixe cru marinado com limão.
2 Bebida preparada com aguardente de uva, limão e açúcar.

público. Domínio do inglês avançado, oral e escrito; excelente anfitriã para jantares de negócios. Habilidade para agradar a famílias politizadas. Bom gosto na escolha de gravatas e camisas. Conhecimento enológico com especialidade em vinhedos emergentes. Estudos de português básico. Jogadora de bridge, tênis e golfe, de nível iniciante. Condução própria. Apartamento com vista para a Cordilheira. Aparência permanentemente estilizada e com garantia; mãe em exposição para demonstrar que nada vence a genética.

Disponibilidade imediata.

Dote negociável.

Caso tenha interesse, ligue para 09..."

Não sei se deveria escrever que tenho problemas para me relacionar com o sexo oposto. Ou que sou muito possessiva quando me sinto deixada de lado.

Também não posso escrever que a minha família perguntaria no começo do noivado se o Castelo Hidalgo estará disponível daqui a nove meses.

Tenho certeza de que publicar o anúncio seria impossível. Do ponto de vista do amor-próprio e logístico. É provável que alguém reconheça meu número de telefone, o equivalente a dar as boas-vindas à morte da minha vida social. Terei de continuar esperando. Algum dia vai aparecer alguém que fique maravilhado com os detalhes absurdos. Que curta descobrir que tenho uma pinta no calcanhar esquerdo ou que gosto de comer tudo com palitinhos quando estou sozinha e posso me lambuzar sem complexos.

Não sei se foi o casamento da Antonia ou porque topei com o seriado *Mad about you* enquanto zapeava com o controle remoto.

De qualquer modo, quero descanso. Quero comida na barriga e formigamento nas pernas. Por enquanto, não tenho outra alternativa a não ser tornar-me Scarlett O'Hara e gritar: "Não importa, pensarei nisso amanhã".

Até a próxima.

Quinta-feira à noite

Acho que ontem cheguei ao fundo do poço. Nossa, isso me soa repetitivo. Até parece manchete de revista de fofocas, em que as atrizes de sempre repetem, todos os anos, "voltei do inferno" ou "este tem sido meu pior ano". Enfim, Camila, sua prima Florência e eu fomos "caçar". Isso mesmo: com cedilha. Descobri que ninguém vai bater na minha porta para se apaixonar por mim, a menos que o escolhido seja um entregador de *delivery*.

Antigamente as coisas eram mais fáceis: vestir-me com alguma roupa justa e ir para a balada em algum lugar da moda. Alguns olhares, uma desculpa esfarrapada – "você tem fósforos?" – e pronto! Hoje, prefiro morrer rodeada por cem gatas – e que o zelador se dê conta disso por causa do mau cheiro – a vestir um *top strapless* e circular na noite. Tivemos que pedir ajuda da Flô. É tão difícil conhecer gente. Gente nova, porque quando me apresentam alguém, geralmente acaba sendo um amigo de um amigo do ex. Ou é um cara detestável que está sozinho porque merece. Assim não dá!

Essa é a conversa-fiada que tento explicar para Camila enquanto nos maquiamos. Flô, a prima mais nova da Camila, olha para mim com pena, como se isto jamais fosse acontecer com ela. Espere só cinco anos – que vão passar voando – e depois venha falar comigo. Boa negociante, a Flô exigiu, em troca, que pagássemos suas despesas e um maço de cigarros. Falou que tinha que ser numa quinta-feira, porque tem menos casais do que no final de semana. Está aí um motivo claro de por que continuo sozinha: costumo sair aos sábados. Entramos no meu carro e em menos de dez minutos Camila já se parece com uma adolescente: trouxe cuba-libre na garrafa que levo para a academia!

E aqui estamos nós na Vitacura. É quase meia-noite. Paro na Lo Matta, estaciono e começamos a negociar. A Flô não nos dá alternativa.

– Na frente é onde se dança e sempre tem uns caras sozinhos. Vamos.

– Ok. Vamos para a pista de dança. Não perguntem como, mas tenho carteira de sócia, entramos duas de graça.

– Você é sócia? Que legal! Bem, mas vamos ficar somente meia hora e se houver somente jovens saímos indignadas. O que vocês acham?

– Desculpe, mas não sou eu quem saiu há pouco tempo com um "menor de 25" durante dois meses.

– O que foi que eu perdi? – pergunta Flô, finalmente com voz de quem está se divertindo.

– Golpes baixos desse jeito eu não agüento. Tome, beba um pouco. Você está vermelha.

– E se formos barradas por causa do bafo de bebida?

– Só se for à força. Saúde!

– Eu mato você, se contar isto para alguém.

Acho que a abertura na minha saia é exagerada. Sinto-me tão mal. Espero que Camila volte aos seus sentidos e diga que a gente vai embora. Mostro meu cartão de sócia. Que horror, os que estão atrás de mim vão pensar que este é meu segundo lar. Uma vez lá dentro, fico relaxada: há outras que parecem bem mais desesperadas.

Por que será que sempre chego a um lugar preocupada com minha posição no *ranking*? Procuro o balcão. Flô se perdeu e Camila está cercada por dois caras bem mais velhos. Ela acena para mim, me chama, mas eu faço de conta que não vi, para poder brincar com ela mais tarde. Dou uma volta. A Flô tinha razão: o lugar está cheio de homens.

Talvez aconteça alguma coisa de verdade, embora não goste da idéia de ter que contar aos meus netos que "nos conhecemos em um bar, ele me confundiu com a garçonete". Não é nada romântico. Do nada, Camila aparece, me pega pelo braço e me arrasta até o banheiro.

– Não vá dar uma de venezuelana, mas seu ex está lá fora com uma loira lindíssima. Uma perua, isso sim. Mas, lindíssima.

– E daí? A vida é dele. Que ele faça o que quiser. *I'm so over him.*

– Você tem certeza?

– Claro! Essa cara de besta é minha mesma. Se você quiser a gente vai embora.

– É você quem decide.

– Para mim tanto faz.

– Não, é sério... Você vai cumprimentá-lo?

– Prefiro uma saída honrosa.

Santiago é pequena. Muito pequena. Ou então, tenho muito azar. Meu ex ali, numa quinta-feira. Eu não deveria dar importância a isso, mas prefiro evitá-lo. Entramos no carro. Deixamos a Flô sozinha, porque ela é uma chata. Acendo um cigarro e engasgo quando o manobrista grita: "E? Estão indo embora tão cedo porque não se deram bem?".

Demônios! Como se a vergonha de ser vista naquele lugar já não fosse ruim o suficiente.

II

Sebastián

Descobertas

Não sei se bato no Fred ou se o abraço e lhe compro três gravatas como sinal do meu agradecimento. Fico com raiva por ele ser tão mole às vezes. Mas, enfim, esse é o meu Fred. Basta um olhar para ele compreender o que estou pensando, se é um "me apresenta, me apresenta" ou um "me abrace e finja que é meu namorado". Estou a um passo de tatuar seu nome no meu braço.

Duas noites atrás Fred me ligou do Cuerovaca[1]. Ele precisava que eu fosse resgatá-lo de um encontro às escuras — o de número 1.739. Não sei quantas vezes preciso falar que esse tipo de saída só dá certo nos filmes, mas, diz Fred, enquanto houver possibilidade, ele continuará tentando. E sai com cada uma o coitado! Como, por exemplo, uma que insistia em dividir a conta, mas, quando viu o valor, deu cinco reais para ajudar. Brincadeira de mau gosto ou simplesmente falta de tato?

Anyway, assim que a maior tagarela de Santiago – descrição textual de Fred sobre seu encontro naquela noite — foi ao toalete, ele me chamou. Apenas sussurrou S.O.S.

Eu estava prestes a me deitar, passando creme nos pés, e tive que me arrumar em poucos minutos. Tínhamos planejado que, no caso de um estrondoso fracasso, eu chegaria ao local fazendo de conta que estava à procura de alguém. Ele, então, diria a ela que sou sua ex e me convidaria a sentar com eles enquanto aguardava a pessoa.

Depois as coisas ficariam mais fáceis: repetir nossa cena de "você é a pessoa da minha vida" até que, em questão de minutos, a moça em questão iria embora e ficaríamos Fred e eu sozinhos. Apesar da atuação grosseira, sempre dá certo.

Mas desta vez ela não entendeu a mensagem. Ficou e me bajulou de forma descarada. Estávamos os três rindo quando um sujeito daqueles cuja aparência por si só justifica a existência do gênero masculino colocou-se em pé atrás de Fred. Meu grande amigo o viu, virou e o cumprimentou com um grande abraço. Aí eu fiquei desconcertada: ele tem um

1 Restaurante sofisticado.

amigo desses e não fala nada; e enquanto isso eu choro diariamente pela escassez e deficiência do produto no mercado? Depois do longo abraço ele cumprimentou primeiro a tagarela e depois a mim. Foi nesse momento que ela começou a jogar sujo.

— Olá, muito prazer, esta é a ex do Fred, mas acho que a situação não vai durar muito. Veja como eles formam um par perfeito — disse a galinha que menos de dois minutos antes esticava a perna embaixo da mesa tentando tocar a do Fred.

Eu não sei brigar. Olhei para o chão e apenas escutei ela dizer ao Sebastián – esse era o seu nome – que ela tinha me sacado desde o início. Queria matá-la! Não tive alternativa a não ser ficar ali escutando, enquanto eles punham a conversa em dia.

Reconheço que não fiz nenhum esforço para que ele me notasse. É que ele era o tipo de macho que nem nas melhores fantasias a gente sonha que vai chegar perto. E lá estava, em pé, com dois amigos. Sem a aliança indicadora de que já estava fora do mercado. E eu olhava para o Fred como que implorando para que ele falasse bem de mim, dissesse que eu era uma boa pessoa e o quanto desejava conhecê-lo, mas meu amigo estava distraído com o papo. Após alguns minutos lembrando do tempo de escola e trocando cartões de visitas, Fred ajeitou a camisa e fomos embora. No caminho até a porta ele disse "quieta, Consuelo". E eu nem sequer conseguia respirar. Consegui seu telefone: puxei o cartão do bolso da jaqueta do Fred. Não pude evitar. Não me atrevo a fazer nada, mas aquele era o seu cartão. Nome, cargo, endereço do escritório e de e-mail.

Sinto-me mais psicopata que a Glenn Close. E ainda pior: eu nem sequer tive um caso.

Plano Glenn Close

Sou muito patética. Não quero nem me olhar no espelho. Encarar a imagem de uma mulher de trinta e um anos que se comporta como se tivesse dezesseis me cansa. Mas, afinal, não é para isso que dou tanto dinheiro para as empresas fabricantes de creme anti-rugas? Ai, que desculpa esfarrapada. Não sei quando vou assumir que não consigo deixar de ficar vermelha toda vez que falo uma besteira. Diálogos perfeitos só acontecem nos filmes, e eu continuo tentando fazer com que dêem certo. E acabo fazendo papel de tonta.

Desde que vi Sebastián no Cuerovaca estou mais motivada. Sinto como se isso fosse uma novela e que tivéssemos de nos encontrar em algum lugar: no caixa-rápido do Jumbo[1], no semáforo da esquina, no meio de um engarrafamento, na *pet shop*, quando eu estivesse comprando um colar com sininhos para a Cucha.

Eliminei Fred como fonte confiável de informação. Fiz algumas perguntas sobre seus anos de escola e ele levantou uma sobrancelha e falou em tom irônico que só agora eu havia me interessado por isso. Depois de odiá-lo por um momento, tomei a decisão de ficar bem Glenn Close[2]. Santiago não é tão grande assim a ponto de o protótipo-macho e eu nunca voltarmos a nos encontrar. O chato é que não tenho idéia de como isso pode acontecer. Fico com seu cartão nas mãos, olhando fixamente para ele como se fosse queimá-lo, e não sei o que fazer com esses dados. Não sou o tipo de mulher que pega o telefone e convida os caras para sair. Nunca me identifiquei com o comercial do perfume Charlie, jamais beliscaria o traseiro de alguém para conhecê-lo. Sei que dar beliscões é chegar ao extremo, mas o que quero dizer é que só conheço pessoas que se aproximam de mim. Assim, tenho que dar a ele essa oportunidade e o único jeito é que ele me veja. Preciso saber se ele me reconhecerá ou se isso tudo não é paranóia minha.

Na minha hora de almoço, saí correndo e fui me sentar no café que fica em frente à escultura amarela em Nueva Tajamar. Ele trabalha ali

1 Supermercado.
2 Glenn Close, atriz norte americana que estrelou diversos clássicos do cinema, ficou profundamente marcada como a Marquesa Isabelle de Merteuil, na adaptação de 'Ligações Perigosas' filmado em 1988, e 'Atração Fatal' de 1986.

perto e, se for humano – com aquele *look* pode ser até que não seja – deve ir comer alguma coisa. Estou perto de ter uma úlcera com tanto café e esse pensamento neurótico de que ele nem vai me dar bola. Uma hora e meia depois, nada de Sebastián. O plano Glenn Close fracassou. Chateada, entrei no carro, acendi um cigarro e liguei para o Fred para perguntar o que ia fazer à noite.

– Essa é uma pergunta indecente.

Respondo de mau jeito; culpa da fome.

– É que vai passar aquele filme do qual lhe falei...

– Se você prefere assistir televisão então não preciso dizer que hoje à noite vai haver uma exposição de fotos da irmã do Sebastián no Moma. Um beijo, falamos mais tarde.

E desligou.

Esse meu amigo não tem jeito, mas nunca poderia odiá-lo. De volta ao escritório, passei a tarde ensaiando como cumprimentar as pessoas, decorei frases de impacto, pensei em roupas, etc. Por volta das cinco, não quis mais saber de nada e fui embora. Me dei de presente um horário na Nivichi, com direito a massagem e cabeleireiro. Aos poucos meu ego foi aumentando. Apesar do *look* perfeito, dava para perceber que estava prestes a desmaiar. Cheguei ofegante ao Moma. Procurei por Fred e por seu apoio moral e, no mezanino, o encontrei. Sebastián! Rodeado de pessoas, entre elas o meu amigo. A desculpa perfeita para chegar perto.

Fred acena para mim e fico paralisada. Tento andar, reagir, dizer alguma coisa mas, em vez disso, abaixo a cabeça. E fujo. Assim, tipo *loser*. Não sei o que me aconteceu. Sinto-me uma idiota. Eu estava sufocada. Não poderia continuar ali. Desci a escada e entrei no carro, enquanto desligava o celular, que vibrava com as chamadas de Fred.

Gol contra.

Internerd

Eu já sei por que este país não vai pra frente. É por causa dos *e-mails*. Simples assim. Fiquei o dia todo *on line*, teclando frases sem sentido com Fred, que ficou morrendo de vergonha por causa da minha fuga naquele dia. Por mais que eu tente explicar que a esta altura do novo século o poder está nas mãos dos jovens e dos que se comportam como tais – afinal, Britney Spears está dando uma surra em Madonna –, e que estou em pleno processo de regressão, ele não entende. E me diz "*shame on you*" e outras frases que deveriam me fazer sentir culpada. E consegue. Mas não digo isso a ele.

Tenho tentado entender por que fugi na hora de cumprimentar o Sebastián aquele dia. Tenho várias hipóteses. Primeiro, porque sou um fracasso na vida sentimental. Segundo, porque sou uma exagerada; tudo o que eu tinha que fazer era dizer "olá", entretanto reagi como se fossem me pedir em casamento. Terceiro, porque a culpa foi de alguma droga que me deram sem eu saber, e alucinei — ou talvez apenas porque eu seja esquizofrênica. Seja lá qual for o motivo, não me parece boa desculpa para tamanho papelão. Fred escreve que quando saí correndo do Moma Sebastián disse: "Aquela não era a sua amiga?", e novamente a chilena pró-triunfos-morais que vive dentro de mim diz "tudo bem". Ponto para mim.

Se eu tivesse um minuto para explicar ao Sebastián minha atitude, pediria que ele se olhasse no espelho – grrrrr! – e que levasse em consideração que ele pode ter o coração blindado, mas que o meu está partido. Não sei se eu fugi porque tive vergonha de ficar ali, dura, sem dizer nada, ou se foi porque ainda não me sinto pronta para outro relacionamento sério.

Tenho pavor de arriscar tudo. A cada dia que passo sozinha sinto-me mais vulnerável. Tenho medo de cair em outra, de apaixonar-me novamente e me dar mal. Ah. Sou tão exagerada. O cara mal olha para mim e eu já estou procurando uma justificativa para não ser sua namorada.

Porque — claro — é fácil se acostumar a não ter que surpreender ninguém, a não decepcionar nem encantar ninguém, a não ser uma gata que dá pulos de alegria por uma simples lata de atum. Por que os homens não serão parecidos com a minha gata? A quantidade de grana que economizaria em psicólogos, antidepressivos e bebidas variadas daria, com certeza, para pagar a dívida externa.

Fred acha que tenho que voltar a vê-lo. Eu também, mas ultimamente estou me fazendo de difícil e aponto mil defeitos. Não tenho vontade de passar por outro fracasso. E meu amigo continua dizendo que, se eu não começar a sair de novo, esse medo vai continuar e um dia vou acordar com sessenta e oito anos e com uma neta da Cucha no colo. O que menos gosto ao discutir minha vida amorosa por *e-mail* é que Fred é extremamente sincero. Esquece das regras de etiqueta sobre como tratar pessoas inseguras em crise. Desconfio muito de tudo. Por mais que meu amigo insista em que não tenho nada a perder com uma tentativa bem bolada, não sei se vou conseguir.

No último *e-mail*, Fred disse que Sebastián tinha mandado uma mensagem convidando para tomar um drinque. No estranho planeta em que Fred vive, isso significa "traga a sua amiga, porque quero conhecê-la". No meu mundo, o real, quer dizer "vamos sair os dois, velhos companheiros de escola, para dar boas risadas". Adoraria que desta vez meu amigo estivesse certo. Eu morreria se chegasse ao restaurante e o protótipo-macho fizesse aquela cara de "o que você faz aqui?".

– Pergunta, pergunta! Fala para ele que você tinha ficado de sair comigo e que não é legal me deixar sozinha e que... – assedio Fred na única conversa no tempo real do dia.

– ... Você também não quer que eu entregue a ele um bilhetinho com um recado para que se encontrem no pátio atrás do ginásio de esportes?

La cueca[1]

Eu reconheço que sou uma esnobe em muitas coisas. É verdade. Mas, assim como me acho uma gringa asilada no Chile, também reconheço que estou cada dia mais de acordo com a pessoa – ou o ilustre, sei lá – que decretou a cueca como nossa dança nacional. São tantos os que a odeiam por não ter graça ou os que dizem que é importada, mas eu grito daqui: "não concordo". A cueca é sedução pura. Sedução à chilena: "como gosto de você, mas não sou eu quem deve dar o primeiro passo, você precisa me conquistar para que eu não seja uma mulher qualquer". Esse ir-e-vir e essa perseguição – mesmo que seja uma formalidade absurda e mesmo que não haja a troca de olhares – são essenciais para que se perceba como a conquista não é fácil. É assim que eu me sinto. Estou na primeira parte da cueca, no passeio de braços dados e nos circunlóquios iniciais, em que o homem deixa clara sua intenção de cortejar.

Fred e Sebastián vieram me buscar e fomos os três ao bar e restaurante Osadía. A idéia foi de Sebastián, e gostei – da idéia e do mentor, é claro – porque, se tudo desse certo, poderíamos pular imediatamente para a segunda fase: jantar no restaurante que ficava no mezanino. Útil e agradável. O problema é que essa coisa de ser insegura é péssimo. Não sei quantas vezes ele me pegou olhando no espelho. Para piorar, tenho certa facilidade para esbarrar e bater nas paredes; e essa lerdeza se acentua com ele por perto.

Não entendo muito bem o que está acontecendo. Tenho pensado. Pode ser que ele me veja só como uma nova amiga; e que confunda meu silêncio neurótico que beira o mutismo como uma excelente capacidade para escutar. É possível que não tenha tantas amigas com quem compartilhar suas múltiplas conquistas amorosas e que eu tenha sido a escolhida por ser tímida.

Por mais que tente ser realista, seus gestos me fazem sonhar que há alguma coisa acontecendo entre nós. Exemplos? O jeito dele de franzir as sobrancelhas como quando me perguntou se meu *pisco sour* não estava muito seco. Também não riu quando gaguejei com o *maître* enquanto fazia

1 Dança nacional folclórica do Chile.

meu pedido. Ainda não entendi muito bem por que aquele homem mexe tanto comigo, a ponto de eu perder o controle da bexiga se ele chegar muito perto. Deve ser a falta de prática ou o fato de que, finalmente, volto a sentir o que é gostar muito de uma pessoa.

As coisas deram certo esta noite, apesar do meu pânico e de frases tão brilhantes como "mmm"" ou "ah, sim, você está certo". É triste, mas eu estava tão concentrada em não fazer bobagem que isso foi máximo que consegui improvisar. Estávamos conversando (eu falando muito pouco) e fiquei desnorteada ao perceber que ele estava interessado. Olhei para o chão e procurei alguma câmera escondida. Quando decidimos parar de beber e fomos jantar no mezanino, Fred teve a delicadeza de nos deixar sozinhos. Adorei o gesto. Sentamos e conversamos, e descobri que aquele monumento de carne e osso estranhamente tinha vontade de passar algum tempo comigo.

Olho para ele sem deixar que perceba, e nesse momento gostaria de cruzar com alguém que me conheça ou, melhor ainda, com alguma fofoqueira que conte para todo mundo que o melhor macho de Santiago estava sentado comigo e estava interessado. Eu o adoro. Gosto do jeito como ele dobra o guardanapo, adoro como pronuncia os "esses" e tenho vontade de escutar suas histórias. Quero fechá-lo numa caixa e que ninguém, além de mim, possa saber de sua existência. Quero que me ligue antes de dormir, quero que me toque de frente com esses dedos longos e eternos, quero que dê risada quando escuta minha voz.

Se isto fosse uma cueca, acabaríamos abraçados, olhando sorridentes para o público. Mas nem essa certeza eu tenho.

See you at seven

Continuo submergida neste estado letárgico desde que conheci Sebastián. Depois do excelente primeiro encontro, a única coisa que estava faltando era ele me ligar. Ele que se virasse para conseguir meu telefone – o maldito foi embora sem pedir, embora tenha feito hora dentro do carro por um bom tempo. Sonho que no dia em que ele ligar vou estar aqui, envolvida no mundo dos iMac, ocupadérrima com o *design* de animações para um comercial de sucos. E, quando o telefone tocar, sua voz vai me fazer esquecer das formas e dos gráficos tridimensionais que me deixam um pouco vesga diante do monitor.

Acho que estou ficando cega, mas prefiro morrer a usar óculos. Fui ao oculista e, depois de comemorar por ter conseguido ler as letras pequenas, percebi que não vejo nada de perto. Será que tudo está indo tão bem que só falta eu ficar cega para que isso se transforme em uma telenovela de sucesso?

A questão era que eu queria que ele ligasse. A verdade é que, enquanto estava no seu carro e via que tudo acabava sem que ele pedisse meu telefone, estive quase a ponto de deixar minha carteira embaixo do banco para ter uma desculpa para ligar para ele. Mas, no último minuto, olhei para mim mesma e achei aquela situação muito patética. E agora estou arrependida por não ser uma maluca nos momentos que deveria.

Fred me incentiva para que eu ligue para ele e diga que quero que nos encontremos novamente, mas acredito que me entregar de bandeja não é a forma mais sedutora de começar um relacionamento. Gosto de Sebastián e não pretendo que meus netos tenham que escutar, em nossos aniversários de casamento, que "a sua avó estava tão desesperada que me perseguiu até conseguir que eu a pedisse em casamento; agradeçam a ela por ter ficado solteira até os trinta ou nenhum de vocês estaria aqui". Isso, no caso de chegar aos noventa e conseguir enxergar os netos, e de meu marido ter a mania de zombar de mim em público – o que, com a minha sorte, não seria nada estranho.

Andei vários dias impaciente, até que por fim chegou o *ring* tão esperado. Fiquei alerta o dia todo, atendendo o telefone em tom sedutor, mas, justamente quando ele ligou, eu tinha colocado um tremendo pedaço de chocolate com amêndoas na boca e devo ter parecido o Pato Donald falando. Ficamos de nos ver em meia hora. Ainda assim, pareceu-me inadequado aceitar um encontro assim, de última hora. Minha voz deve ter dado a entender que sou a mulher menos cobiçada da história, mas *let's face it*, não estou numa fase particularmente favorável.

Ele me apanhou na esquina do meu trabalho. A bem da verdade, essa história de esperar na esquina é demais! Ainda bem que não me deu vontade de fumar, porque poderiam achar que eu estava ali exercendo a profissão mais antiga do mundo. Ele me levou a um lugar bem pequeno, perto de onde trabalho, que eu nunca tinha visto. Esse homem tem estilo. Cada detalhe é mais adorável que o anterior. Quero agarrar seu rosto e gritar que gosto de anéis grandes e escandalosamente grosseiros. Mas, é melhor ficar quieta. Desta vez me atrevi a falar. Desta vez tentei uma conversa que durasse mais de uma frase, e parece que deu certo, porque logo ele tocou meu queixo com sua mão e disse que era legal eu me abrir com ele. Fiquei vermelha e bebi de um só gole o vinho que estava na taça. Ele me levou para casa e nem tentou me beijar. Não entendi. Mas, gosto de não entender. Entrei e, por milagre, a Cucha estava em casa. Peguei-a no colo e a apertei, para jogar fora minha tensão. Recebi de volta um grande arranhão.

O amor é melhor. Embora, às vezes, doa.

Miss Limão

Estou confusa. Sebastián é dez, é o máximo. O ponto alto de nossos encontros não passa de olhares profundos e algumas carícias que me deixam elétrica, mas acredito que as coisas estão bem encaminhadas. Como na época da escola, quando os relacionamentos se definiam na primeira música lenta. É a primeira vez em cem anos que não fico com vontade de colocar um GPS escondido no carro dele para saber por onde anda. Estou até cedendo um pouco no meu lema, que se resume a uma canção de AM, que diz "se fosse possível te amarrar, ter-te sempre por perto, poder te controlar...".

Sou psicótica. E um pouco dominante. Mas meus quatro relacionamentos sérios – todos de terror – me deixaram a grande "moral da história": os homens nunca são fieis ou geralmente fazem alguma coisa horrível quando você menos espera. Agora, que estou começando a sucumbir aos poucos, tenho medo de imaginar o que vai acontecer. Até agora, as coisas deveriam estar perfeitas. Mas, obviamente, do jeito que estou, pode ser que me afogue em três gotas de água.

Sou uma solteira com mais de trinta, cada vez mais acostumada com a idéia de que vou ficar sozinha. Eu tenho isso meio assumido; a única coisa que faço é questionar e medir seus atos com uma régua de precisão digna da NASA. Exemplos? Outro dia ele chegou ao meu escritório e fomos juntos para meu apartamento, no meu carro. Ele me criticou duas vezes – em tom encantador, mas mesmo assim uma crítica – porque mudei de faixa sem sinalizar. Para piorar, passamos no supermercado. Pensei que ia ser uma experiência de mera exibição desta conquista, entre latas e sacolas, mas que nada: não havia quase ninguém. E quando chegamos ao caixa, ele observou de forma estranha, espantado, o modo como eu organizava as compras de acordo com o tipo de comida.

Ele disse que sou louca e me fez um carinho. Esclareço: isso não é loucura; é ordem. Fiquei péssima. Outra coisa estranha: ele não me convidou para ir ao seu apartamento. Faz tempo que a curiosidade me mata. O que tem lá dentro que eu não posso ver? Mulher e filhos? Um cadáver, tipo *American Psycho*? Sua cama será de solteiro ou de casal?

Faz pouco tempo ouvi dizer que os homens com cama de solteiro não pensam em se comprometer, que esse é o seu jeito de dizer que nesta vida só há espaço para um. Quero ver se tenho lugar na vida dele. Quero xeretar seus xampus, ver se há fotos da ex à vista ou se o lugar foi decorado por sua mãe. Quero que me deixe olhar sua vida. Acredito que já o deixei enjoado o suficiente com minhas intimidades, como para equilibrar as coisas. Ou, por último, quero que abuse de mim no sofá e eu seja obrigada a me fazer de durona ou tomar uma decisão ou tomar alguma coisa. Mas essa história de só sair para jantar – e que a úlcera esteja aumentando – sem chegar a nenhum lugar me deixa chateada.

Não que eu queira que no quinto encontro ele meça meu dedo (sou tamanho 12) ou me pergunte se prefiro ouro branco ou ouro italiano; ou se eu acho melhor três filhos e que a primeira filha tenha o meu nome. Quero ação! Soa horrível, mas, como disse Pancho, preciso que me despenteiem. Não ficou muito claro para mim o conceito, mas gostei. Não sei se será ruim, mas queria perguntar "você gosta de mim ou não?". Fazer papel de *femme fatale* está fora de cogitação. Posso me embananar toda, ao querer dar um passo maior do que as pernas. Dizem que falar com o parceiro é a solução para os problemas. Meu grande problema é que nem sequer sei se tenho um parceiro.

P.S.: Ah! E, além disso, odeio a palavra parceiro. Não me parece lá grande coisa.

Flores esquisitas

Sebastián é esquisito. Esclareço: estranho, e não gay (pelo menos, espero). Eu devia ter pensado nisso quando o conheci: trinta e quatro anos, engenheiro civil, solteiro e com um passado sem manchas, digno de comercial de sabão em pó. Sem grandes cicatrizes emocionais, apenas um caso aos vinte e sete, que acabou mal. Claro, quando ele me contou eu pensei que fofo, mas agora acho que sua capacidade de regeneração deve ser zero. Definitivamente, não gosto disso.

Ele se dá bem com os pais, seu avô é sua inspiração na área profissional e familiar, tem uma sobrinha de três anos a quem adora, não tem traumas de infância. Seus amigos são os da escola e alguns da faculdade. Joga hóquei sobre a grama, foi eleito representante de alguma associação e blablablá. Definitivamente, perfeito. Ele não tem problemas, não tem tensões em sua vida. Parece terrível, mas preciso de um homem que eu sinta que possa consertar. Melhorar seu guarda-roupa, recomendar-lhe cremes anti-rugas, dar assessoria na escolha das cortinas de seu apartamento. ALGUMA COISA. Mas Sebastián é alguém *inconsertável*. Essa palavra existe? Além disso, sinto até que estou sobrando. Ao seu lado, eu seria uma linda planta para regar e podar de vez em quando para que cresça. Apesar de ter sido esse meu ideal de vida durante meus anos *teen*, agora quero mais. Muito mais.

Definitivamente, ou ele toma jeito ou eu bato asas. Seu cavalheirismo na área do amor me soa excessivo. Segundo Camila, tenho andado na defensiva com relação aos homens. E, para piorar, algo me diz que pareço absolutamente desequilibrada. Faz umas duas semanas, recebi flores de um admirador da coluna muito galanteador. Primeiro pensei que poderia ser brincadeira de alguém, muito cruel, ou um terrorista *low profile* mandando antrax extemporaneamente. Agora quando Sebastián se mostra muito perfeito, me pego fantasiando com o suposto admirador. Estarei louca? Será que não consigo lidar com um pouco de atenção? Seja como for, essas flores mexeram comigo.

Pra falar a verdade, nem eu mesma me suportaria se fosse homem. Prefiro flores e indiferença e um pouco mais. Fred não me ligou por alguns dias porque eu estava insuportável. Eu o entendo — e o odeio, obviamente. Ele não entende que a primavera me faz ficar quase bipolar? Que em alguns momentos tenho vontade de fugir com Sebastián para Las Vegas, desejando que o padre esteja fantasiado de Elvis, para ter o casamento campeão do mau gosto da temporada? E que às vezes, quando ele está sentado à minha frente, preciso me concentrar para escutá-lo, porque ele soa como um zumbido, e penso na Cucha, no admirador e na saia da Carola Pino, de que não gostei muito.

III

Continuo procurando

Deslize

Na quinta-feira estava esperando a Camila chegar à *happy hour* do Hotel Radisson. O bufê é gostoso e fica perto de nosso local de trabalho. Eu estava chateada, porque meu chefe está cada vez mais convencido de que nós, mulheres, fomos criadas não só de uma costela masculina, mas também com uma parte do cérebro do tal Adão. Furiosa, bebi um Absolut de amora e percebi supercontato visual que vinha de uma mesa em que estavam três homens. Minha recém-estreada miopia me faz apertar os olhos para poder enxergar, e odeio isso, porque me faz óbvia demais. Quando percebi, um dos sujeitos começava a se destacar melhor. Revisei rapidamente meu arquivo de mentiras ruins para espantar homens quando o reconheci: Juan Carlos.

Desde que descobri o sexo oposto tenho sido psicopata. E Juan Carlos foi uma das primeiras obsessões da minha vida. Ele estava três anos mais adiantado do que eu na escola e Camila e eu passávamos a hora do recreio entretidas em espioná-lo. Ele se formou e nunca achei que ele havia se dado conta da minha existência até o verão em que me formei. Nós nos cruzamos no Chiringuito[1] e ele me cumprimentou. Ele me conhecia! Foi um amor de verão dos bons, mas quando chegamos a Santiago nunca mais me ligou e, depois de odiá-lo por exatamente 98 dias, a minha tristeza acabou. Mas, como sempre tenho sido a Gladys Marín[2] do amor –"nem perdão nem esquecimento" é meu *slogan* –, encontrei-me mais de uma vez procurando-o pelas areias de Zapallar[3]. Nunca mais o vi até aquele dia no Radisson. Meu queixo tremia de forma ostensível quando ele se sentou ao meu lado e me cumprimentou como se fosse uma prima perdida na genealogia. Depois de "Como você está?, O que tem feito?, Você está tão bem!, Que bom ver você!", olhei para a sua mão esquerda e, como todos os homens, ele está casado. "Mas não morto", me dizia este meu lado cheio de clichês e más intenções, que às vezes se manifesta tão fortemente.

Ele me perguntou se podia ficar na minha mesa e, antes que eu pudesse responder, seu copo já estava ao lado do meu. Isso me incomoda:

1 Restaurante especializado em frutos do mar.
2 Líder do partido comunista do Chile.
3 Cidade litorânea chilena, muito elegante.

me fazem acreditar que as decisões são minhas mas agem sem esperar pela resposta. Bem anti-Sebastián.

Camila chegou, sentou-se, bebeu um *pisco sour* e foi embora com uma desculpa que nem escutei. Depois de três Absolut, as confissões fluíam facilmente. Falamos de Sebastián, que saiu da minha vida por ser devagar demais. Ele deu risada e eu disse "claro, você tem mulher, você não sabe o que é passar um período de abstinência maior que o recomendado". Ele disse que o problema não era eu; que ele, casado havia três anos, não significava que *is getting some*, embora dormisse todas as noites ao lado de uma mulher. Ele me pareceu um sedutor barato, mas há homens que sempre dizem o que a gente quer escutar e eu preciso justamente de um desses para voltar a me auto-afirmar. Pelo que entendi, sua mulher não se sentia muito *sexy* desde que o filho, Ignácio, nascera. Eu fiquei imaginando que *ice queen* era aquela que dormia ao lado de Juan Carlos e não pulava em cima dele assim que Ignacinho pegava no sono. De repente, perguntei a mim mesma que *lingerie* eu estava usando. Voltei para a mesa e fingi que era compreensiva e liberada. Só de pensar em sugerir a ele um caso me fazia imaginar o que deve ser arder no inferno. E se ele não topar? Que nada, já me disseram coisas piores. E enquanto eu tentava tirar alguma coisa boa do grande debate que havia na minha cabeça, ele pediu a conta e perguntou sem olhar para mim: "E então, Consuelo, aonde vamos agora?".

Ele estava ali, em pé, e percebi que era a hora de tomar uma decisão.

A amante

Decisão. Longe, a palavra de que menos gosto no vocabulário. Para piorar, sempre me deixa na boca esse sabor metálico e amargo, sinônimo de que me equivoco na escolha. E me dá vontade de voltar atrás e de fazer coisas de novo. E, é óbvio, não dá.

Aquela noite no Radisson as coisas estavam bastante claras para mim. Nem tanto, mas gostaria de pensar que era assim. Juan Carlos é o tipo de homem que me faz correr atrás de um romance sem ter que pensar muito. Lembra-me esse lado animal que tanto reprimo e escondo, porque me assusta. Daí o terror que me dominou quando percebi que tinha que escolher entre minha vida plena ou converter-me numa figura obscura e com vida dupla. Uma amante. Adoro a palavra, mas odeio o que ela implica: andar me cuidando para não deixar vestígios de minha existência, conformar-me com as sobras de tempo ou com as poucas vezes que ele consiga escapar da mulher com quem dorme. E, embora eu fique muito entusiasmada com a idéia de uma excursão pelo *dark side*, não sei o quanto estou pronta para isso.

Preciso dizer? Não fomos para o meu apartamento. Juan Carlos foi pagar a conta e eu peguei as minhas coisas e saí correndo. Sem olhar para trás. Via tudo vermelho. As batidas do meu coração retumbavam por todos os lados e a única coisa que eu sabia, de verdade, era que desejava que ele me detivesse e me levasse quase à força com ele. Que me alcançasse e me convencesse. Mas corri para a segurança covarde que é minha vida.

Sentei-me para me recuperar um pouco. Tinha vontade de levantar uma sobrancelha e dizer, com tom de mulher vivida, "esse passou perto" e depois rir-me cúmplice e dirigir rumo ao esquecimento. Mas não consigo. A menina de colégio de freiras que levo aqui dentro estava a ponto de parar no semáforo, bater no peito e dizer "por minha culpa, minha culpa, minha tão grande culpa".

Quero que me aconteçam coisas. Quero ter dor de barriga quando o telefone tocar, quero que alguma coisa aqui dentro se altere com essa presença meio elétrica e insubstituível que me surpreenda com aparições no escritório, ou uma flor no vidro do meu carro, ou um papel com duas ou três frases entre as minhas coisas, ou um *e-mail* que, tão logo o leia, me queime por dentro para saber o que ele tem para me dizer agora. Quero mais. Mas não assim. Com Juan Carlos andaria alerta, sentiria raiva, ciúme, arrependimento e uma idéia permanente na cabeça: "agora sim que me queimo no inferno". E não. Não estou para isso.

Brinco com a possibilidade. Penso que poderia ter sido amante e haver me deitado num divã com ar de perversa e uma cigarrilha na boca enquanto torturo psicologicamente o infiel. Minha avó tentara convencer a mim e às minhas primas que aquelas mulheres eram o que havia de pior. E depois escutava minha babá, que dizia com cara de mistério: "As amantes sempre levam a melhor parte". Tudo se confundia. Eu dirigia e pensava em minha avó e suas idéias: entre víbora, mulher-da-noite e amante não havia grande diferença. Mas esta cabeça estranha que eu tenho associava a "outra" com o mais total *glamour*.

Pode ser que Juan Carlos tenha andado procurando um *one night stand* e eu aqui mais uma vez me passando um filme tecnicolor e escrevendo minhas memórias: "As reflexões da outra". O fato é que me ficou a possibilidade pairando no ar. E embora sempre que não me atrevo a alguma coisa grande eu me consolo só de pensar que tive a oportunidade perto, desta vez me dá vontade de voltar atrás e ficar um pouco mais perto. Mesmo que saia torrada pela *avant première* daquilo que me espera no inferno.

Dispersa

Eu disse a Juan Carlos onde ficava o meu escritório? Eu lhe dei o meu telefone antes de sair correndo? Sim, tenho certeza que sim. Quero dizer, não acredito que tenha escrito num guardanapo com batom: "Consuelo. 099... *Call me, anytime. Anywhere. Anyplace. U-lá-lá*". Ai! Esta "matrona" francesa que trago dentro de mim.

Desde a quinta-feira do Radisson, desço do carro olhando por cima dos ombros. Para me assegurar de que não apareça por aí Juan Carlos e me arraste aos arbustos mais próximos ou me seqüestre por um dia. De qualquer modo, adoraria que me ele seqüestrasse. Assistir a *Átame*[1]*!* ontem à noite foi uma péssima idéia. Mas foi pelo Antonio Banderas. Não posso pedir a meus hormônios que se comportem se os ando expondo a semelhante festim da carne. Enfim, assim ando. Não consigo me concentrar. Como adoro fazer cera o mais glamurosamente possível, saí para tomar um café.

– Alô? Oi, Camila! Ser amante é pecado mortal, certo? – pergunto, fazendo-me de ignorante enquanto observo os gringos na sacada do New York Bagel.

– Ai... Não estou com paciência para esse tipo de chatice, Consuelo. Ligue na hora de almoço.

– É que eu queria saber se será muito feio ligar para Juan Carlos e me desculpar por...

– Por... Por ainda ter idade mental de 15 anos? – ela me interrompe (está ficando com gênio de solteira, a coitada). – Vejo você às sete e trinta no Barril[2], aí eu devolvo a sua saia vermelha.

E *click*. Nem ao menos uma frase de apoio solidário. Nem "um beijo" ou "não fique desesperada". Definitivamente Camila também precisa de um macho a seu lado.

Voltei para o escritório tão dispersa como quando saí. Saberão os homens a quantidade de tempo útil que gasto em tentar entendê-los?

1 Filme espanhol, de Pedro Almodóvar, com Antonio Banderas.
2 Um bar local.

Baixei minhas mensagens e... oh, Sebastián! Pede que eu ligue para ele se puder. *So polite*. Sebastián, o bom. Aquele que me leva para jantar e nem olha muito fixamente para mim para que eu não me sinta violentada sexualmente. Cancelo com a Camila e tento explicar a Sebastián que preciso..., digamos, alguma coisa a mais? Não acredito. Não sei. Não quero.

Fico sentada diante do meu inseparável Apple, checando o correio. Nada. Não sei por quê, estou aguardando um *e-mail* de Juan Carlos que diga: "Valorizo muito a sua posição moral sobre os homens casados. E isso me fez decidir deixar minha mulher neste minuto e ficar com você o resto dos meus dias". Mas é obvio que não. Ao contrário: deve andar contando para muita gente sobre o quanto sou boba e que tento parecer uma cidadã do mundo. Devo estar sendo a piada do momento no seu grupo de amigos. É possível que, enquanto se enxugam depois de uma partida de tênis, eles dêem risada, dizendo: "Mais virgem que a Consuelo Aldunate, hahahaha". Que horror! Não sei se prefiro isso ou ser logo a amante.

Seja como for, estou esquisita. Não sei se quero ver Juan Carlos pelo que ele é ou se é o simples fato de ter um homem interessado por mim ou se é a idéia de poder brincar com alguém com quem nunca vai existir um compromisso. Um clássico e insuperável gosto, esse das coisas impossíveis.

A caminho do Barril, vou cantando uma canção da Madonna: *I'm crazy for you*. Essa Madonna e eu, sempre tão sincronizadas. Claro, essa letra é dos 1980 e agora ela mora em Londres com duas crianças e seu lindo marido. E eu aqui, cantando suas músicas, solteira e bem, graças a Deus. Luto para sair da rotatória Pérez Zujovic – uma inacreditável rotatória com semáforo — e peço passagem a um carro esportivo cinza-prata. Deixe-me ver melhor... o sujeito dirigindo... Juan Carlos! Sem pensar, buzino. E nesse instante me arrependo. Cumprimenta-me, entre surpreso e contente, e me faz um sinal para encostar o carro.

Vou atrás dele.

Consciência

As piores coisas que me aconteceram nas últimas semanas:

Encontrar-me com Juan Carlos, meu louco amor de verão dos anos de juventude.

Paquerá-lo de forma descarada e barata, e depois saber que é casado. Apesar disso, continuar flertando.

Dias depois do encontro frustrado no Radisson, tentando sair da rotatória Pérez Zujovic, encontrar-me novamente com Juan Carlos. E não me ocorrer nada melhor senão parar para conversar com ele.

Antes, quando tinha menos cicatrizes emocionais, eu gritava aos quatro ventos que nunca iria me arrepender de nada que fizesse. Eu achava que me dava ares de heroína de novela descrever-me como uma pessoa implacável e que nunca iria dar um passo para trás. Mas com o passar dos anos, minhas boas intenções ficaram nisso. Em intenções. Em nada concreto. Em coisas que me envergonho de ter dito na frente de outras pessoas que eram da minha confiança e agora não existem mais na minha vida, e morro de vergonha que tenham me escutado dizer algumas vezes esses clichês.

Outra frase que me agradava era "prefiro me arrepender das coisas que fiz a me arrepender de alguma coisa que poderia ter feito, mas não fiz". No meu manifesto, dava por certo que era uma Scarlett O'Hara. E que cada vez que fizesse alguma coisa reprovável, iria olhar para a câmera e lançar um "pensarei nisso amanhã".

Mas nada disso é assim. Ter brincado com a possibilidade de sujeitar-me a ser a outra de um homem casado deixou cicatrizes. E o resultado é que, sim, arrependo-me das coisas. Não é que tenha aparecido um Grilo-Falante que me incomode o dia todo com conselhos cantados, como no filme da Disney, ou uma Consuelinho em miniatura vestida de anjo, que se debruce no meu ouvido, dizendo: "Mal, mal, mal". É uma sensação esquisita, indefinível, parecida com uma dor de estômago permanente e que ronda especialmente quando estou quase adormecendo.

Juan Carlos foi uma possibilidade. Fui brincar com a idéia de fazer alguma coisa proibida. Embora me soe impossível a idéia de brincar com fogo sem me queimar. Mas mesmo sem sequer tocá-lo, eu me queimei. Isso tem me custado momentos ruins, angústias incessantes e repreensões internas que me fazem mal. Às vezes penso que aquela freira alemã que me deu aulas de catequese para a Primeira Comunhão entrou por baixo da minha pele sem eu perceber, e é como se ela estivesse dizendo o dia todo aqui dentro "Pecado de pensamento é igual a pecado da carne".

Não sei. Há anos não penso na palavra pecado. De fato, a última vez que lhe dediquei uma boa porção de neurônios foi enquanto fazia meu exame de consciência nos bancos da igreja da escola, pensando como explicaria ao padre que não me arrependeria de ser uma mentirosa das boas. Cada um tem seus talentos e o meu era esse no curso primário, e eu não podia deixar de me sentir orgulhosa por isso. Enfim... É tão esquisito me sentir assim mal sem ter feito nada. Tentei pôr tudo isso em palavras quando me encontrei com Juan Carlos e quis lhe explicar que não durmo bem desde que nós nos encontramos. Ao ver seu rosto de incredulidade e tédio, pensei que já era o suficiente.

No meio da minha explicação, acabei me arrependendo. Não de deixar aquilo passar, ou de não brincar com fogo nem sequer com o extintor ao lado; mas de ter pensando em ir adiante. Assim, antes de finalizar a frase, subi no carro e fui embora. Rápido. Desta vez, sem esperar que ele me alcançasse. Cruzando os dedos para que Santiago seja suficientemente grande para que passem outros oito anos antes de nos encontrarmos novamente.

What if?

Preciso voltar encontrar meu eixo, se é que tenho algum. Estou cansada de flutuar da felicidade *extra-sweet* à depressão absoluta. Meu ânimo não deveria depender do meu sucesso com os homens, penso. A última taróloga que visitei tem razão: quanto mais procuro alguém, mais enrolada fico e mais sozinha me sinto. Camila e eu fizemos um trato de nem falar desse assunto. Cada vez que uma das duas escorrega no assunto da escassez masculina, a outra tem a obrigação de mudar imediatamente de assunto, custe o que custar. O resultado? Conversações cem por cento incoerentes.

"Outro dos prós de ser solteira é que minha maior despesa no Natal vai ser com o seu presente. E não vou me complicar procurando o presente com a mensagem perfeita, porque conheço você faz tempo. E se compro uma roupa para você, eu também vou poder usá-la. Viu? Estamos melhor solteiras, certo?"

"Hummm, sim. Sabe? O ozônio é o culpado por eu parecer ter trinta e três. *Sorry*, mas não me passou pela cabeça outro jeito menos deprimente para tirá-la do item 'solteira, mas positiva'".

Estávamos nisso quando o Fred me ligou pedindo que fosse com ele comprar um presente para o filho de um de seus amigos. Estranho entretenimento, mas qualquer coisa que envolva compras, mantenha-me ocupada e centrada em atividades "não-românticas" me parece uma boa alternativa. Entendo pouco de bebês. O Fred, é claro, supõe que, como venho equipada de fábrica para gerar um bebê, eu deveria ter um *chip* maternal à prova de tudo, pelo simples fato de compartilhar gametas e genitais com todas as mães do mundo. *Big mistake, my friend.* Como minhas amigas desaparecem quando engravidam, meus conhecimentos do tipo cuidados que a galinha dá a seus pintinhos são simplesmente inexistentes.

Chegamos ao setor rosa-e-azul-claro da loja. Fred olha para uma pilha e encontra uma blusa de moletom listrada igual à que está usando, mas em tamanho reduzido. Rimos meio enternecidos. Não demora muito e Fred se põe a falar mal de sua nova chefe. O assunto de tensão sexual reprimida me cansa, resmungo. Antes que ele se ofenda, explico que qualquer assunto que envolva casais e relacionamentos está fora do meu disco-rígido e peço que nos apressemos em escolher alguma coisa porque preciso comprar sandálias.

Uma vendedora se aproxima e nos pergunta se é o nosso primeiro. "Primeira compra de roupa em miniatura? Não, desde que saí da escola que venho gastando com filhos alheios". Pela cara do Fred, entendo o que quis dizer. Sinto-me muito mal. Tenho uma vontade horrorosa de estapeá-la. Ou de me jogar no chão para que me façam carinho. Ou que me indenizem pelo estresse emocional que está me causando. Deveria gritar que meus instintos maternais vão parar numa gata mal-agradecida que não se digna a me visitar já faz duas semanas.

Penso que estou com um amigo fã de bebês mas tão distante de ser pai como estou eu de fazer parte da futura tripulação para Marte. No máximo me levariam como presente aos habitantes do planeta vermelho, a título de curiosidade ou oferenda, "uma solteira que está voltando a ser virgem por culpa da abstinência". Seria um *hit* no museu ou no circo dos extraterrestres. Pode ser que lá me considerem até uma brincadeira... Ufa, perdão, mas não posso deixar de divagar. Olho para o Fred, amante de crianças como uma moça de colégio de freiras, e ele me parece triste. Em troca, olho para o outro lado e lanço em tom frívolo um "não, graças a Deus!". Compramos rapidamente um daqueles *walkie-talkies* para escutar até o mínimo choro do bebê e me dá vontade de fazer brincadeiras a esse respeito. Mas não me saem.

Não falamos até entrarmos no carro do Fred. Convido-o a comer uma salada que inventei ontem e, enquanto corto a alface, penso no quanto seria fácil estarmos juntos. Passo-lhe uma garrafa para que a desarrolhe enquanto imagino como seria um filho nosso, e estendo-lhe as duas taças, enquanto na cabeça me passa o filme do *what if*? Fred se suja com o vinho; primeiro diz alguns palavrões e, enquanto procura um pano de cozinha, ri e me diz, antes que eu termine minhas fantasias:

— Nem sequer pense nisso!

Missão abortada. De fato, ele me conhece bem demais.

Amiga-mistério

Foi uma excelente idéia isso de levar a sério a taróloga e desligar meus radares busca-homens até novo aviso. Ando mais tranqüila. Por mais que na minha cabeça exista uma grande batalha entre o provérbio "quem procura sempre acha" e o conselho pago – e bem caro — de *my very own* pitonisa, convenci-me de que as cartas alguma razão devem ter e estou há exatos doze dias sem entrar em desespero. Descontando o minuto de debilidade com Fred, é claro — quando pensei que ele poderia ser aquele esquivo rei de espadas que me sai sempre e que, segundo o tarô, é o homem da minha vida. *Anyway*. Doze dias de feliz solteirice assumida. Sem procurar por todos os cantos o meu rei de espadas. Apesar de faltarem cinco semanas para Natal. E seis para Ano Novo. O encontro do ano. Mas já disse: não vou pensar mais nisso — até que seja muito necessário, ou que me canse de entregar-me de olhos fechados à sabedoria dos pedaços de cartolina plastificada, por mais prestigiosos que sejam desde o antigo Egito.

É esquisito, mas fiquei bem mais tranqüila com a idéia de que seja como for — me depile ou não, engorde três quilos, comecem a aparecer os cabelos brancos, ou qualquer outra catástrofe estética — o rei de espadas vai aparecer. Isso soa bem. Penso nisso e procuro *One way or another*, de Blondie, enquanto dirijo por Espoz, caminho para me encontrar com a Camila. Com quem mais?

Sentamos-nos no seu apartamento, digno de *Vivenda e Decoração*, e ela me serve um daiquiri de morango. Bastante forte, mas não lhe digo nada, porque sei que se ofende diante qualquer insinuação de que não é perfeita. Elogiamos a roupa uma da outra e, de repente, Camila se levanta e põe um CD de Estela Raval[1]. Música que não escutava desde que veraneava com a minha avó. E enquanto falo sobre minha nova independência, ela canta frases do tom "você é diferente ao resto da gente que sempre conheci, por isso ao conhecer você, me apaixonei". Teria ela conhecido alguém ou estava me testando? Claro, se ela não me conta, não pergunto. Isso se chama discrição. E digo que estou bem, que ando

1 Cantora argentina de boleros.

melhor, que agora estou fazendo duas aulas na academia, uma de *spinning* e uma de *aerobox*, mas não para sair por aí conquistando novos galãs, e sim por puro prazer. Não vou dizer que descobri que posso ser cem por cento plena e feliz, como nos comerciais de absorventes, agora que assumi que a solidão não é um estado condenável ou uma lepra social. Uma vez que estou tentando...

— Pode-se saber o que está acontecendo com você? Nem sequer finge estar escutando. Você é bem chata, às vezes, Camila.

Minha paciência tem limites bastante baixos.

— Nada. Você é solteira, é feliz, faz *step*. Viu? Eu estava escutando, sim. Mais um daiquiri?

E vai para a cozinha, buscar aquela bebida intragável.

Fico aborrecida em ter que lhe explicar que a conheço demais para engolir um simples "estou bem, obrigada". Mas às vezes ela é assim. Fecha-se e não há meios de arrancar-lhe uma palavra que vá além das meras convenções sociais. Tento pensar em outra coisa, mas a fofoca pode mais. O que estará acontecendo com ela agora? Aproximo meu copo, para ver se o álcool faz a sua parte e me conta o que anda fazendo. Enquanto me faz um *refill*, eu a observo. É muito bonita. Tem um gosto impecável, e um gênio difícil de lidar. Mas sempre está ali. Mesmo que eu ligue para ela às três da madrugada para lhe contar que vi *O exorcista* e o medo me fez perder o sono. É minha grande amiga. Por isso, esses sinais de "tenho uma aventura e não vou lhe contar" me deixam um pouco desconcertada. Assustada até. O que acontecerá se Camila ficar apaixonada? E se ela se casar e me deixar de lado?

E aí eu entendo: meu problema não se chama solteirice; chama-se solidão.

Projetos

Camila continua igual. Misteriosa e fazendo cara de Mata Hari diante de qualquer pergunta sobre sua situação amorosa. Nos longos minutos antes de adormecer, penso quem pode ser o homem misterioso da Camila e... nada. Por um momento cheguei a pensar que poderia ser o Fred e que eles estariam mantendo seu *affaire* em segredo em consideração à solteira dos três.

Eles fariam um lindo casal. E claro, se tivessem filhos eu poderia ser a madrinha ou a tia dos chatinhos. As crianças seriam como meus sobrinhos e me convidariam nas datas especiais e eu seria a tia Consuelo que leva presentes e tudo mais. O ruim é que essa linha de desvario me dá insônia, assim acho melhor pensar que Camila anda metida em alguma coisa mais obscura e emocionante, porém momentânea. Para que continue sendo minha companheira de desgraças de solteiras. *Sorry* pelo egoísmo, mas assim estou.

Ontem recebi um *e-mail* de uma ex-companheira da escola que sempre foi muito mandona. No mesmo tom com que dirigia o conselho do curso, ela nos informava que no próximo 12 de dezembro fará catorze anos que saímos da escola. E que ela já conseguiu uma lista com os *e-mails* de todos nós e que vamos fazer uma reunião informal nesse dia para saber como está cada um.

Não sei por que fico tão nervosa. Reviso mentalmente: não tenho cartões de visita, também não tenho um anel deslumbrante, nem ao menos uma simples foto tamanho-carteira-de-identidade de alguém que possa apresentar como "meu adorado tormento". Não acredito que seja o grande sucesso da noite. Mas, está bem. A nostalgia dos anos oitenta está na moda e a verdade é que, entre ficar esperando que a minha gata apareça para me ver, ou sentar-me para comentar como ficou bom o nariz da Coté, ou como está velho o Nico, o mesmo que arrancou suspiros de todas nós, prefiro embriagar-me em público. Assim pelo menos me conformarei com um "não, se o meu é social", quando passar o delírio de que com a solteirice estou me tornando alcoólatra.

Liguei para Camila para lhe avisar sobre a reunião, porque não vi o seu nome na lista da nossa tirana ex-presidente de curso. Minha amiga ficou calada por um momento *extra large*, e compreendi que iria sozinha. Melhor, eu digo, com este superânimo sempre positivo, assim vou me acostumando a não ser sempre disponível. Conclusão: é ela quem vai perder. A curiosidade em saber em que ela anda metida ainda me mata, mas devo superar isso. Que horror! Acabo de escutar o que digo e só posso dizer a mim mesma: *get a life*. Enfim... Talvez o reencontro com ex-companheiros da escola faça com que passemos a nos reunir com mais freqüência e isso amplie meu pobre círculo social. E talvez o amigo de um ex-companheiro seja a famosa alma-gêmea que ando procurando.

Isso é horrível. Tento parar de pensar em procurar um parceiro, mas os pensamentos aparecem sozinhos. Mas tenho que reconhecer que essa é uma oportunidade. Pode ser que meu namoro seja tão relâmpago que eu até tenha com quem passar o Ano-Novo e receba um beijo apaixonado de novela na virada do ano. Não é pedir muito, certo? Que seja. Gosto da perspectiva de sair cedo da festa familiar, acompanhada por um bom espécime, e não ter que fazer cara de sono para despertar menos compaixão entre meus primos.

É claro que primeiro tenho que conhecer o novo sujeito. Na realidade, devo começar indo à reunião de ex-companheiros e depois, aos filmes em tecnicolor. De qualquer modo, isso me faz pensar em outras coisas, em vez de ficar imaginando Camila e Fred casados e felizes. É menos deprimente. Nessas horas me dá vontade de voltar à taróloga e lhe pedir que me devolva o dinheiro. Onde, afinal, está o sujeito das espadas?

Questão de atitude

Agora sim acredito em você, primavera. Saiu o sol. Até que enfim. Já me parecia um exagero aquela indecisão climática, que me tinha impedido de separar a roupa grossa no armário. Por fim, saias e vestidos leves. No momento preciso. Fred chegou de uma viagem de negócios e me trouxe os óculos de sol perfeitos para brilhar no meio da tarde pelas calçadas da grande capital. Eles são gigantes. E isso de andar escondida no meu próprio *glamour* me faz sentir a Jackie Kennedy. É claro que sem os milhões, um ex-marido presidente assassinado ou um consorte armador. O assunto é a atitude, certo, Jackie? É incrível; o que eu precisava era de mais sol. E de um pouco de ânimo, também. Depois de todo aquele rolo com o Juan Carlos fiquei muito pra baixo. Só queria colocar a cabeça num saco plástico e respirar até acabar o oxigênio. É tão fácil se torcer na auto-compaixão. Até que comecei a me desconhecer com as olheiras e a cara péssima, e me preocupei. Além do mais, o *look heroin chic* já passou faz séculos. E gritei para mim mesma "já deu". O sol chegou e vou me aproveitar do clichê do renascimento primaveril. Atenção, mundo, aqui vou de novo!

Passei toda a semana entretida em tirar o pó da roupa de anos anteriores e pendurar meus clássicos que resistem aos embalos da moda, e – revista na mão – fiz uma lista dos *must* para entrar em circulação de novo. "Se eu não acredito, ninguém vai acreditar", escrevi num canto do espelho do banheiro com o lápis para lábios. A frase ficou lá um par de horas, até a minha ajudante fazer a faxina. E assim estou. A lista inclui peças com listras e um biquíni que me ajude a disfarçar o resultados das *happy hours* invernais com Camila, nas quais, com a cumplicidade das roupas de inverno, acreditamos que comer uns petiscos a mais não fariam nenhum mal. É claro que agora é a hora de me expor novamente e, se quero que alguém se aproxime – além da senhora que vende doces de La Ligua[1] na praia – não me resta outra opção a não ser me pôr em dia

Saí com meus óculos novos – e meu *glamour* e a atitude e tudo mais – em direção à floricultura da Rua Holanda com a 11 de Setembro.

1 Cidade chilena famosa pelos bolos.

Comprei um ramo de girassóis e os coloquei no banco de trás do carro. Continuei na minha *attitude tour* rumo à Avenida Alonso de Córdova. Experimentei umas saias, mas não comprei nada. Prefiro aguardar a opinião azeda, mas sincera, da Camila. Acabei bebendo um suco na entrada da Galeria Animal. Aquilo era como a cafeteria no subsolo do Guggenheim de Nova Iorque. Questão de atitude, mais nada.

Tenho idéias e tenho vontade. Quero a assessoria de algum cabeleireiro que faça maravilhas para que o *look* Consuelo Aldunate primavera—verão 2002-2003 seja uma coisa digna de se ver. Estou aberta a todo tipo de sugestão. Sei que soa meio bipolar esse negócio de ficar como que isolada em um convento e depois sentir esta urgência inexplicável de renovação, de livrar-me da pele gasta do inverno e começar de novo.

Meu lado negativo me diz, aqui dentro, que os terraços dos bares estarão cheios de solteiros na temporada de verão que se aproxima, e que claramente não estou pronta para isso. Mas vou ignorar essa voz. Se o assunto é atitude, como é possível que, com uma megaprodução, não vá aparecer alguém que se iluda? Quero dizer... alguém real, que tenha defeitos e cometa gafes, e tenha bom coração. Já não quero uma mistura de Tarzan com James Bond e um pouco de George Clooney, embalado na atitude de Gladiator. Quero relaxar e fechar os olhos e esperar pelo melhor. Esse é o meu plano de contingência. Vamos ver se dá certo. A esperança, diz outro clichê, é a última que morre.

The look

Continuo bem otimista. Parece que os óculos que o Fred me trouxe vieram com algum tipo de tecnologia levanta-ânimo. O fato é que estou convencida de que tudo vai bem. Como trilha sonora para este momento, tenho a canção perfeita: *So nice*[1], de Bebel Gilberto. Entro no carro e vem a voz aveludada da Bebel, com seu envolvente inglês aportuguesado, cantando "como seria agradável ter alguém que pegue na minha mão ou me abrace pela cintura, e como deve ser bom saber que esse alguém existe". O melhor é que essa canção não é do estilo "ai, como estou mal; odeio estar sozinha". Pelo contrário, ela é otimista. Até aqui, tudo bem.

Estive olhando no espelho para ver o que eu poderia fazer no cabelo para melhorar sem ter que cortar, e lembrei-me que toda vez que eu terminava um relacionamento ou um simples *affair* ou o que quer que fosse, ia logo fazer alguma coisa no cabelo. Nem que fosse só uma escova. Sei que não é a terapia mais original do mundo, mas pelo menos para mim funcionava. A idéia era me deixar nas mãos do cabeleireiro, para ter em quem pôr a culpa se as coisas não melhorassem, obviamente. Como se uma pequena mudança por fora me liberasse de uma mudança mais estrutural – leia-se, uma mudança de atitude, que, do jeito que as coisas estavam, iria ser bem mais eficaz que uma escova.

Decidi-me auto-seqüestrar e fazer alguma coisa em mim. No salão de beleza, bem entendido. Liguei para Camila e lhe perguntei com quem ela estava cortando o cabelo ultimamente. Se existe alguém antenada, é ela. Ela sempre sabe o que acontece. Numa de nossas *happy hours* ela havia comentado que o seu novo cabeleireiro era maravilhoso, mas como eu estava mergulhada em vodca e auto-comiseração, não prestei atenção. Ela me deu o telefone, marquei uma hora e fui ver o Rodrigo, do Orquilla, em La Dehesa[2]. E passei o dia todo observando todos os detalhes do meu novo cabelo. Adoro isso. Meu ego e eu estamos de mãos dadas.

---

1 Versão em inglês de *Samba de verão (Summer samba)*, de Marcos Valle, Norman Gimbel e Paulo Sérgio Valle, que ficou famosa na gravação de Bebel Gilberto.

2 Bairro classe AA, em Santiago.

Fui estrear meu novo *look* e minha atitude melhorada no terraço do Zanzibar[1]. Não sei se é impressão minha, mas já estou recebendo mais olhares masculinos. Bom. Definitivamente, a campanha "um noivo para Consuelo" está destinada ao sucesso. Espero. É estranho como os rostos, as poses e a sensualidade mudam com o calor. Não sei se é porque mostramos mais a pele ou se os cheiros são distintos ou se sou eu que ando captando boas vibrações. Mas percebo mais risadas. Mais sinais do que o verão está a caminho.

Estávamos comentando o quanto nos achávamos gordas, quando de repente Camila piscou os olhinhos, num olhar de sedução, como faz a Margarida, do Donald. E cumprimentou um cara bonito, e bem mais velho. Ele fez a cena de "não se preocupem, eu me sento numa outra mesa", e depois de uma pequena insistência, ele se instalou. Disfarcei as mil perguntas que me passavam pela cabeça e decidi observar a minha amiga. Ela parecia nervosa, mas contente. Seria aquele o grande segredo? Um cara da idade dos nossos pais? Ainda bem que ele me conheceu assim arrumada. Pode ser que tenha um amigo... e paro. Tanto investimento de tempo e dinheiro está destinado a outro tipo de projeto. Não quero que a minha próxima conquista venha da Fundação Las Rosas[2]! A idéia de pensar num *over* 50 de cueca me deixa completamente mal. Deslocada. Ufa, acabo de encontrar o anticoncepcional ideal! Se alguma vez estiver enfrentando uma situação sexual de pouco futuro, tudo o que devo fazer é evocar essa imagem.

Volto para a realidade. Presto atenção no que falam e entendo que ele é seu novo chefe. E imagino a situação em pleno ambiente de trabalho. Danada. Ela tinha me escondido isso. Está perdoada. Não deve ser fácil chegar e dizer: "Olá, Consuelo, gosto de um coroa". Procuro uma desculpa para ir dar uma voltinha, quando percebo que mesmo que eu dançasse na varanda não iria chamar muito a atenção deles. Sussurro um "com licença" e caminho um par de passos, quando me intercepta Felipe, um companheiro de escritório da Camila, que sempre me agradou muito, mas que tinha uma noiva perfeita e paciente que o mantinha fora do mercado. Há um mês Camila me contou que eles terminaram. Hummm. "Olá, Felipe. Vai se juntar ao chefe? Puxa-saco" Ele é bonito. Indico-lhe nossa mesa e entro no toalete. Agora, sim, tenho razão para estar otimista.

---

1 Restaurante de comida exótica.
2 Casa de repouso para pessoas idosas.

Sondando o terreno

Senhoras e senhores, esse negócio de atitude funciona. Estamos a duas semanas do Ano-Novo e já nem brinco com a possibilidade de passá-lo sozinha. Porque como falei, a mudança está dando frutos. Grãos de areia em favor da campanha "Um noivo para Consuelo". Cada vez mais perto do objetivo.

Felipe, o colega de trabalho da Camila, é um sol. Depois de nos encontrarmos no Zanzibar, ele me ligou no dia seguinte para saber se podíamos almoçar juntos. É claro que fui, para aproveitar o meu novo *look* do salão de beleza. O que mais odeio quando corto o cabelo é que fico em pânico com a prova-de-fogo: a primeira lavagem. Porque, é claro, o novo corte espetacular nunca fica igual quando nos penteamos em casa. Este, porém, passou com mérito na prova de água e xampu. Mas voltando ao Felipe, fomos almoçar. Ele me convidou para ir ao Bohemia e aí eu percebi que ele está bem por fora. "O Bohemia fechou faz um tempo", respondi meio desiludida. Pensei que ele pudesse ter planejado para o encontro seguinte ir ao boliche e depois dançar na Gente. Então disse: "espero você no La Sal[1] às duas em ponto". Enfatizei o "em ponto" para medir sua reação com um método que criamos, Camila e eu. Se ele for pontual, quer dizer ou que está interessado, ou que adora ser dominado. Se chegar tarde, é porque é chileno, que se faz de durão, ou porque quer demonstrar que ele é que está no controle do relacionamento. Na realidade é um método bem pouco eficiente, porque deixa dúvidas de todas as formas. Agora que estou pensando nisso, me lembro que preciso dizer à Camila, quando a encontrar, que precisamos criar o resto do kit de provas, porque essa, sozinha, serve muito pouco para medir as intenções.

Como o novo corte de cabelo não levou a minha covardia, eu me atrasei, para não descobrir tão rápido qual é a do Felipe. Ele me aguardava com um drinque para mim. Muito bem. A ex soube treiná-lo. Optamos por um prato de carne para dois. Ele começou a falar de sua relação anterior. Eu fiz cara de compreensiva, concordei bastante com a cabeça e até –inspiração da *new me* de novo – pus minha mão sobre a dele quando falava da

1 Restaurante especializado em carnes e peixes.

ex, para que se concentrasse e se lembrasse que estava comigo. *It's all about me. Yes indeed.* O almoço foi nota 5,5, porque foi rápido e porque falamos muito da ex. Agora Felipe vai por três dias a Nova Iorque, a trabalho, e ficamos de sair no próximo sábado. Eu escolho o lugar. Vamos ver o quanto ele está treinado e se me traz um presentinho.

Na quinta-feira 12 era a reunião de ex-companheiros da escola. Quase não fui, porque agora encontrei o Felipe, mas pensei duas vezes e fui. A partir de hoje, nunca mais apostarei num homem só. Vou analisar e avaliar vários lugares ao mesmo tempo. Tentei arrastar Camila, mas ela se defendeu como uma leoa; assim, tive que ir sozinha. Taça de vinho na mão, eu me espantei: todos estão gordos, casados e velhos. Menos eu e meu novo *look*.

Sentei-me com a Esperanza, que também foi sozinha. Ela era um ícone *nerd* que viu a luz: descobriu seus três metros de perna e é hoje relações públicas de uma companhia telefônica. Agora está linda e enquanto me contava sua história, seu celular não parava de tocar e nos interromper. Como o meu não toca nem por engano, inventei que se ela perguntasse eu diria que tinha deixado o telefone em casa, para que ela não percebesse que eu andava assim sem amigos. Olhamos-nos nas mãos, procurando aliança, e como estamos na mesma situação, ela se ofereceu para me apresentar um carinha que anda procurando noiva. Perfeito. Ele é *manager* de alguma coisa, tem trinta e quatro e aparentemente não tem problemas psicológicos. E eu me senti tão bem cotada quando lhe disse: "Ok, mas tenho um encontro no sábado; então, marcamos para um outro dia". Mas ela me derrubou da minha nuvem de atitude ao dizer: "Calma, não é tão logo assim; ele está solteiro, mas não desesperado".

Pode ser que tenha mudado o *look* e o corte de cabelo, mas em algumas coisas ainda continuo boba.

Ho-ho-ho

Não posso acreditar que já vai chegar o Natal de novo. Eu me lembro que, quando tinha seis anos, a chegada de junho já me deixava excitada, pela proximidade da época do *cola de mono*[1] e do panetone. Demônios! Acho que está aí a origem dos meus maus hábitos com o álcool! Quem, em sã consciência, dá *cola de mono* a uma menina de 6 anos?

Como dá para notar, entrei na dimensão ho-ho-ho. Estou soterrada entre presentes para os mais íntimos e para aqueles que gosto e para os que eventualmente me dêem alguma coisa – pois não vou querer ser pega de mãos vazias. Também há lembrançinhas para os funcionários do prédio, o manobrista Dom Gabriel (não sabia seu nome até que me deixou um cartão no carro, solicitando sutilmente um bônus) e o amigo-secreto da família. E o do escritório. É cansativo. E o item "cartões" de todas as instituições de caridade que existem é uma outra história. Porque cada uma delas faz com que me sinta mal por me preocupar tão pouco com os demais. Quer dizer, enquanto eu sofro porque me sai uma espinha que não consigo disfarçar, há milhões de pessoas melhores que eu, que se dedicam a ajudar quem sofre, e que eu nem sequer sabia que existiam. Então, é claro, acabo comprando os cartões por me sentir culpada e, e do jeito que vão as coisas, esse sentimento de culpa já me deu uma provisão de cartões suficiente até o ano 2012. Mas como estou feliz, penso que quanto mais eu mando, mais deverão chegar. Mesmo que seja por obrigação. Mesmo que eu já tenha três agendas e cinco canetas. Amo abrir os envelopes. Ainda que soem patéticos, até os dizeres do cartão que recebo do gerente do banco me deixam um pouco emocionada.

Anyway. Saí com o amigo da Esperanza. E só há uma palavra para descrevê-lo: *grrr*. É o homem lado-B; aquele que poderia pisotear o que resta do meu coração e com certeza lhe pediria mais. Soa terrível, mas há certos homens que me provocam reações hormonais incompreensíveis. Os famosos hormônios. Se as pessoas não são de ferro, eu também não.

Voltando ao assunto: na quinta-feira Esperanza veio me buscar para conhecer o seu amigo que procura uma namorada. Entramos no Fuego e

1 Bebida natalina chilena, feita com aguardente ou pisco, café, açúcar e algumas especiarias aromáticas, como cravo-da-índia, canela e noz-moscada.

vi uma mesa com dois sujeitos. Um deles, com as sobrancelhas mais franzidas que já vi. Era óbvio: ele era o tal. A gente se sentou e a apresentação foi horrorosa. Diego, o pseudonoivo da Esperanza, quase a recebeu com uma banda de música, enquanto Santiago olhou para mim e fez aquela cara de "E isso é tudo?". E eu que acreditava que estava arrasando com um *top* tomara que caia. Enfim. Respirei fundo e pensei que já estou grande para fugir pela janela do banheiro; de modo que não me restou outra coisa a não ser curtir a comida grátis.

Odeio encontros às escuras por princípio. Pior ainda com um cara que não abre a boca. Só Diego, Esperanza e eu falamos. Eu chutava Esperanza por baixo da mesa, até que Santiago perguntou, gentilmente, de quem era a sandália pontuda que machucava a sua canela. Cem pontos a menos para mim. Depois de três *piscos sour* desabrochou o meu lado agressivo. Quem ele acha que é? Tentei ser sarcástica, mas obviamente não deu certo.

Pelo menos deu risada e começou a perguntar algumas coisas sobre mim. Até que enfim. Lembrei-me da regra de ouro de não falar muito sobre mim mesma no primeiro encontro, mas os malditos *piscos sour* me soltaram a língua e nem percebi quando a Esperanza e seu amigo foram embora. Se bem que Santiago não faz o tipo do homem-namorado. Quero dizer, se eu estivesse atrasada, ele não me esperaria jamais com um drinque, como fez o Felipe. Também não acredito que saiba comprar flores para me presentear, nem o imagino inventando nomes do tipo "chuchu" ou "fofinha" para me chamar. Ele tem uns olhos pretos expressivos que me hipnotizam. O que mais gostei é que, enquanto estávamos os quatro e ele brincava de mudo, eu comentei que tinha ido ao teatro, e quando ficamos sozinhos, ele perguntou o que eu tinha assistido. E eu que pensei que ele não estava escutando. Grrr. Ele tem essas mãos grandes que eu adoro. Grrr de novo.

Felipe voltou de sua viagem rápida e me alegrou saber que tinha me trazido um presente. O ruim é que era um perfume, e me soou como algo comprado à última hora no *duty free*. Zero preocupação. Ele viu a minha cara e prometeu melhorar para o Natal. Penso no quanto a sua ex deve tê-lo mantido amarrado. Bruxa. Gosto muito dessa vibração de namorado de Felipe. É claro que quero descobrir por que Santiago anda sempre com cara de bravo. Camila morre de rir e diz que fiquei safada. Talvez já fosse hora, não? De qualquer modo, obrigada, Papai Noel, pela graça concedida.

Dilema de final de ano

A culpa é de *Harry e Sally – feitos um para o outro*. Desde que assisti a esse filme e chorei como uma adolescente, quis ter um encontro definitivo na noite de Ano-Novo. Desta vez estou a um passo de passar a meia-noite acompanhada por um namorado. E adoro isso.

Estas semanas têm sido incríveis. Depois de estar sozinha até dar pena, agora tenho que tomar decisões. *Pick just one*. Não gosto de escolher, mas desta vez é diferente, porque sou EU quem escolhe, e não quem aguarda ser escolhida. Explico-me: tenho saído com Santiago e com Felipe. Sem que percebam troco noites, almoços e *happy hours* para vê-los.

Eu me sinto meio bandida e rezo para que ninguém acabe fervendo a Cucha viva num caldeirão, como no filme. Mas, ao mesmo tempo, acho que um pouco de emoção na vida não faz mal para ninguém. E tudo vai bem. Cada um no seu estilo. Felipe, preocupado com como amanheci, com o que sonhei e com o que penso dele. Santiago não telefona muito, mas de vez em quando me lança alguma frase mais profunda que me deixa animada. Meus dois homens. Sou como uma heroína de novela que se debate entre o bem e o mal, e bate a cabeça contra a parede para juntar as idéias e tirar conclusões. É claro que não me auto-flagelo, mas passo o dia ao telefone com a Camila ou com o Fred, empolgada com a boa fase.

Meu dilema começou há uma semana. No Natal jantei com o Felipe e, depois de fingir um ataque de sono incontrolável, fui ver o Santiago. Omito aqui os presentes, que foram bem ruinzinhos. Eu me achava tão *cool* até que os dois me perguntaram o que vou fazer no Ano-Novo. Não estou costumada a ser a cereja do bolo. Não sei lidar com mais atenção que a indispensável. E isso de ter que escolher entre os dois me parece muito esquisito. Passei meses com medo de morrer sem que ninguém percebesse, até que o mau cheiro chegasse na casa dos vizinhos. E agora sou cenário para dois homens. Que tal? Minha mãe e minha babá já podem colocar Santo Antônio na posição normal, depois de meses de cabeça para baixo.

Santiago me sugeriu irmos esperar a meia-noite no Cajón del Maipo[1], onde não tenha nada, além de um piquenique e uma garrafa de champanhe. Já Felipe – e seu irremediável impulso de noivo dominado – me convidou para a ceia escandalosamente elegante de seus pais. Conhecer toda a família? É um passo que tenho vontade de dar. Claro que depois me imagino no encontro meio *new age* com Santiago e penso que pode ser que deixe de enrugar a testa se estivermos no meio do nada.

Fiz uma lista com os prós e os contras de cada um, para ver o que decido. Incluí até a economia em roupas que farei se for com Santiago. Fixei a lista ao lado do telefone para me obrigar a decidir, mas o problema é que ter que escolher qual encontro será o último do ano me deixa mal. Meio tremendo. Faltam poucas horas para ter que começar a me arrumar e continuo sem saber. O telefone toca e, covardemente, deixo que a secretária eletrônica atenda, para não me ver obrigada e começar mentir: "você sabe, minha avó ligou e...". Dei-me como prazo final as cinco da tarde para notificar ao afortunado galã que foi escolhido para o encontro desta noite. Às cinco e quinze vou fazer voz de tristeza e ligar ao preterido. Que horror! Quando foi que me converti em um homem? Mas tenho que escolher. Obviamente, prefiro mil vezes isto a ficar inventando desculpas para sair da festa familiar. Mas escolher entre dois homens é complicado. Ser a abelha rainha tem seu preço e suas dificuldades. Seja como for, vou começar o ano com um beijo de filme e acompanhada por quem eu escolher. O que mais posso pedir?

1 Povoado localizado na pré-Cordilheira.

Feliz Ano-Novo?

No dia trinta e um eu me julgava a mulher do momento porque tinhas dois pretendentes. Aí, no último minuto, decidi ir com Santiago ao seu programa *new age* no Cajón del Maipo.

Eu já me via convertida em *partner* dos Astorga, da novela Cascata das Almas, viajando sei lá para qual destino exótico patrocinada pela TVN. Liguei para ele e disse "sim, aceito", e ele permaneceu calado por um momento.

Falou que passaria para me pegar às nove. Zero emoção. Eu o imaginara pulando de alegria como se tivesse ganhado na mega-sena. Mas ele, impassível. *Very* Santiago.

Procurei no armário alguma coisa de *look* étnico e vesti uma calça de linho largo e um top, e sapatos no tom.

Quando deu a hora – leia se: 7 e pouco –, liguei para o Felipe e lhe menti sobre a minha avó e seu estado de saúde. Duvido que tenha acreditado em mim, porque eu tinha a mentira tão ensaiada, que cada vez que ele me perguntava alguma coisa, eu ficava muda. Claro que ele, tão educado, não me chamou de mentirosa; apenas agradeceu que o tivesse avisado com antecedência. Esgotada, prometi ligar para ele em breve e desliguei.

Quase às 10 da noite chegou Santiago, de jeans e tênis, para me buscar. Olhou para mim com cara de "para onde vai esta garota?". Dignidade acima tudo, me arrependi em pensamento e imaginei que às vezes Madonna talvez chegue exagerada a algum lugar mas, como é a Madonna, ninguém olha feio para ela.

Eu tinha comprado vários tipos de *delicatessen* e uma garrafa de champanhe, e os coloquei numa cesta bastante chique, que Santiago pegou como se fosse um saco de batatas. Enquanto descíamos no elevador, ele comentou que, como eu demorei para ligar, ele tinha convidado uma sua amiga da escola, a Jimena. Disse que ela era gente fina e que o namoro deles já estava sepultado no passado. Eu o odiei. Vamos com a ex gente fina? Tive vontade de gritar, mas já era um pouco tarde.

Chegamos ao carro e ela estava instalada no banco do passageiro, com sua melhor cara e sua pior roupa. Cumprimentou-me deixando claro que éramos rivais e me piscou. A vontade de matá-la crescia a cada giro dos pneus. Meu mantra: o que eu faço aqui. Íamos pela avenida La Florida e percebi que era o momento de escapar: pular do carro em movimento seria demais; vomitar, pouco digno; fazer uma cena de ciúme, totalmente fora de propósito. Peguei meu celular e apertei memória 2. Camila! Liguei e desliguei três vezes. Num minuto ela ligou de volta, me chamando de psicopata. Enquanto ela perguntava o que estava acontecendo, eu atuava. Deveria ganhar um Oscar por aquilo.

Eu a consolei como se ela tivesse acabado de levar um fora, e arrematei com um "é lógico que vou aí agora". Desliguei, fiz cara de boazinha e comecei "Sabe, a Camila me ligou e...". Não cheguei nem a finalizar a frase e ele já fazia a volta. Quem sobrava era eu. Foram me deixar e ele nem sequer disse "eu te ligo".

A ordem era não me desesperar. Troquei de roupa e decidi ir à festa dos pais de Felipe, para surpreender meu futuro noivo. Procurei o endereço na lista telefônica e liguei para confirmar que era lá. Subi pela Avenida Apoquindo, estacionei e comecei minha entrada triunfal. O primeiro que vi foi o Felipe com a sua ex. Passeando de mãos dadas. O que acontece aos homens? Dou meia-volta discretamente e escuto Felipe me chamar. O portão estava tão perto... Parei e tentei falar sobre a milagrosa recuperação da minha avó, mas ele me abraçou, disse que estava feliz em me ver ali e pediu que eu ficasse.

Como não sou orgulhosa, aceitei ser apresentada como "a amiga de uma amiga do Felipão". Tradução: a solteira sem nada para fazer que virou penetra. E a ex recebeu o que tinha que ser o meu beijo de novela no Ano-Novo.

Se os doze primeiros dias anunciam como vai ser o ano, estou perdida. Por favor, me congelem e me acordem só no próximo ano.

IV

Ben

Esgotada

Já se passaram duas semanas e eu continuo em estado de choque. Meu Ano-Novo foi como um *megamix* das minhas piores expectativas, justo quando eu estava me achando a mulher da hora. Esperava que seria o ano da *new me*, mas não sei que fiz nas vidas passadas para merecer isto, porque meu carma é imenso e continuo sozinha e fazendo coisas que me fazem sentir uma *loser*.

Enquanto estava na festa dos pais de Felipe, estive pensando e percebi que grande parte do meu problema deve-se a eu não saber escolher. "É claro, eu deveria ter saído com Felipe", pensava enquanto o via todo atencioso com a sua ex, passeando com ela, como para exibi-la. Ele é o tipo de homem que eu deveria ter ao meu lado: alguém que cuide de mim, que me trate bem, que não tenha medo de compromisso e que venha programado para ser um bom marido. Mas eu tinha que ter tido uma alternativa e escolher Santiago, que já tinha decidido sair com outra? *Anyway*, dizem que assim é que se aprende. Na próxima vez em que esteja para decidir entre dois homens, optarei pelo mais confiável. Embora possa me sentir entediada como uma ostra.

Estava sentada no terraço do bar na Rua Andrés de Fuenzalida, esperando a Camila, que ultimamente tem trabalhando como escrava, para mostrar serviço, porque tem chefes novos. Ela chegou com cara de estresse e fiquei receosa de entediá-la com meu clássico monólogo "por que eu?, por que sempre eu?". Decidi escutá-la. Além disso, ela ainda não me colocou em dia a respeito do seu *affaire* com o chefe *oldie*, então decidi ser uma boa amiga e calar-me por uma *happy hour*. Ela se sentou e, depois de me cumprimentar com um beijo estalado, disse que tínhamos que ter uma conversa séria. "Vou ser tia?, Problemas no trabalho? Vai me dispensar?", perguntei

— Estou esgotada. Preciso estar embaixo de uma palmeira com um belo e musculoso espécime masculino me abanando, o que você acha?

Acho ótimo, é claro. Pergunto a ela como está indo seu romance e ela diz que quer que ele sinta a sua falta; quer estar longe para que ele perceba que está com saudade e deixe de bobagem. E alguma coisa aqui fez um *click*. Isso mesmo: preciso de férias. Outro ambiente, *relax* garantido, sem outra preocupação que não seja com o bronzeado. Um lugar onde o celular não tenha sinal; onde, finalmente, eu me desconecte de tudo. Excelente idéia!

Camila se queixa que o coroa ficou indomável. Ele é separado há anos, mas a ex-mulher o deixou com traumas e é muito difícil para ele agir como um bom namorado. Contei-lhe que estava arrependida de ter mentido ao Felipe para sair com Santiago, porque desde aquele dia passei ser sua amiga e não mais uma possibilidade de romance. Assim mesmo eu o entendo. É ruim sentir que mentem para a gente tão mal. Ele continua me ligando, mas para contar como vão as coisas com sua ex e as demais. Só isso. Nada de convites nem presentes. Perdi. E não sei se terá sido tão ruim assim; afinal, bastou que eu descuidasse por cinco minutos para que ele voltasse com a ex. E de Santiago nem há o que dizer. Ele só ligou ontem e deixou uma mensagem de feliz ano-novo. Estúpido. De modo que preciso de novos ares. Homens novos. Férias. Brilhante como sempre, essa minha amiga.

Agora a pergunta é: para onde? Camila, astuta, tira da bolsa folhetos com programas de viagens a de lugares que acha interessantes. Alguns são muito caros, mas começamos a repetir um slogan de propaganda que diz "porque eu mereço". Merecemos, sim, um bom descanso. Recarregar as baterias e renovar os clichês que usamos como desculpa para fugir. Adoro a idéia de fazer as malas e ter alguma coisa em que pensar que não sejam os meus fracassos amorosos. Caribe? Aí vamos nós! *All inclusive*, é claro.

Preparativos

Desde que comecei preparar a minha viagem com a Camila, tenho descoberto várias coisas.

Uma delas é que, segundo os especialistas, tenho a pele cansada, envelhecida e descuidada. Acredito que dá pra ver bem. Porque os cremes que aquela senhorinha maquiada como para uma festa de casamento me vendeu no inverno estão tão ultrapassados quanto um computador de 1995. Meu grau de atraso é tão grande, que tenho vergonha de comentar o que estou usando; porque de acordo com outra consultora de beleza, teria sido melhor eu ter comprado qualquer creme e economizado dinheiro, para ter o mesmo triste resultado.

A segunda é que Camila está tão entusiasmada como quando tínhamos dezoito anos e decidimos sair de mochila para viajar, e só depois de termos tudo bem planejado é que nos lembramos de avisar em casa. Nossas mães ainda riem disso. Elas nos disseram um redondo *não*, mas ainda assim continuamos muito entusiasmadas.

A terceira é que nas agências de viagem, quando vêm alguém maior de vinte e cinco – estou me auto-afirmando sozinha, ok? –, logo pensam que está atrás de uma lua-de-mel. Fica muito claro que as agências de viagem ainda não receberam a informação de que ser solteira, independente e ter recursos próprios é quase moda hoje em dia. *Sorry*, de novo – preciso continuar no processo de auto-afirmação para chegar arrasando aonde quer que decidamos ir nas férias.

A quarta é que essas clínicas que afirmam reduzir a cintura em coisa de horas são decepcionantes. Fui fazer uma avaliação. Eles me apertaram aqui e ali, e parece até que me colocaram celulite, porque até então eu não tinha enfrentado isso no espelho. É de doer!

Em resumo: as férias transformaram-se no estresse do momento. Os maiôs bonitos já se esgotaram e não estou mais na idade de desfilar com um ultra-micro-minibiquíni. Ou estarei? Será que isso pode fazer parte da "atitude"? Não tenho nem idéia. Camila disse que não quer passar vergonha comigo, usando um modelo digno de dançarina de axé. "Só falta você comprar aquelas microssaias de *cheerleaders* que as adolescentes estão usando, Consuelo. Não seria hora de olhar no seu passaporte e lembrar que já está nos trinta?".

Passaporte? O meu passaporte! Ah, a foto é espetacular, tirada nos anos de faculdade. Lembro que fiquei a manhã toda me maquiando, baseada nos meus conhecimentos de luzes e sombras. Pela rua, parecia uma maluca, mas na foto em preto-e-branco fiquei incrível. Incrivelmente jovem. Mas, é claro, o passaporte está vencido há um mês e terei que tirar uma foto colorida. E a verdade é que isso me chateia. Às vezes me dá vontade de não ir para lugar nenhum, porque estou me estressando sem sequer saber para onde vamos. Porque Camila está incumbida de escolher o destino. Decidi me envolver o menos possível e deixar tudo nas mãos dela, assim poderei reclamar se não gostar ou se não voltar casada com um magnata do petróleo sensível e com o *look* dos *Machos*, do Canal 13. (Abrindo um parêntese, que foto essa! Se fosse adolescente, juro que a colaria na minha agenda.) Enfim, Camila é quem está pesquisando. Tudo porque, quando fomos à agência, eu só fiz perguntas sobre o Hedonism II, aquele *resort* onde dizem que acontece de tudo. Camila não gostou e agora me mantém afastada dos balcões das agências. Só sei que embarcarei no domingo, rumo a areias brancas, palmeiras curvas e águas azul-turquesa. Bem clichê de cartão-postal. Espero que a gente não brigue no aeroporto e que ela não encontre alguém primeiro que eu. Também espero não morrer picada por algum animal exótico ou envenenada com plantas desconhecidas. Quero veranear. Desconectar-me. Vamos ver se isso dá certo.

Férias!

Tenho os ouvidos tampados e cheios de água, o cabelo meio quebradiço por causa do sol e do cloro da piscina, os olhos vermelhos e o fígado um tanto dolorido, mas estou feliz. Feliz. Minhas férias parecem um comercial de companhia de seguros. Só me falta encontrar com quem caminhar de mãos dadas pela areia branca de Tulum. É claro que ainda não descarto isso. Estou a menos de 48 horas no Paraíso e já aconteceram várias trocas de olhares.

Camila – eu já disse isso antes – tem estilo. E escolheu o México como destino para nós. Quando chegamos ao aeroporto e ela me passou o bilhete que dizia "Miami", eu quase morri. Pensei que ela me conhece melhor que eu mesma, e que agora que tinha uma chance, uns dias falando em *spanglish* e comprando para ajudar a economia gringa – nunca por consumismo, é claro – seria uma excelente maneira de recarregar as baterias. Mas... segui lendo, e dizia: "destino final, Cancún".

Franzi um pouco o nariz. Lembrei-me daquele comercial de TV que mostra que a gente sempre acaba encontrando pessoas conhecidas em qualquer lugar do mundo e isso me deu um tremendo tédio. A última coisa que preciso é de gente que já conheço. Além do mais, Cancún não era exatamente o que eu tinha em mente. Camila me olhou com o canto dos olhos quando conseguimos nos sentar no avião, e antes que eu pegasse o catálogo do *duty free*, ela disse que nós não éramos material para Cancún, mas que aquele era o aeroporto mais próximo do local para onde íamos. Eu, encantada, pensei no coroa de quem a Camila gosta, e que a faz passar maus momentos, e concluí que, definitivamente, ele não sabe a mulher que está perdendo.

Paramos em Miami e fizemos a conexão para o México. A aeromoça ainda não tinha acabado de fazer suas demonstrações e Camila já estava muito interessada conversando com o senhor da poltrona vizinha. Coloquei os fones de ouvido e fiz uma lista mental de livros, CDs e outros itens de entretenimento que eu levava na mala de mão, para o caso de o clássico romance de viagem não acontecer e eu acabar tendo que veranear comigo mesma. Admito que me considero bastante suficiente para me entreter sozinha por duas semanas. De qualquer modo, estou de férias. Essa é a desculpa que usarei em caso de ataque.

Chegamos ao aeroporto e um sujeito com pinta de francês estava nos aguardando. Subimos na van e, depois de uma hora, chegamos ao Paraíso. Tulum. Uma praia de areia branca, mar azul-claro, muita mata ao redor e todas as comodidades de um *all inclusive*. O recepcionista nos cumprimentou com seus dentes ultrabrancos, dizendo "desculpem, senhoritas, mas só aceitamos maiores de dezoito". Este lugar me encanta. A cantada é claramente preparada, mas funciona. Seguimos o mensageiro a nossos quartos, com hidromassagem, sacada e vista paradisíaca, no terceiro andar. Muito bem, Camila. *Well done.*

Enquanto reviso as malas procurando meu biquíni, Camila começa a recitar as maravilhas que o resort oferece: *tours* pelas redondezas, festas temáticas todas as noites, quadras para praticar mais esportes do que já escutei falar em toda a minha vida, cinco bares, um na piscina, etcétera, etcétera, etcétera.

Isto promete! E claro que se aqui é realmente um *all inclusive*, a esta altura já devem ter encomendado, na fábrica de homens mais próxima, um par de homens decentes, na faixa dos trinta, sem traumas causados pelas suas "ex", loucos para ouvir tudo o que temos para dizer, que telefonem quando dizem que vão telefonar, e com bastante aptidão para um romance de verão com projeções a longo prazo. Ontem foi o dia de recuperar as energias e agora já estamos fazendo um cuidadoso inventário do material masculino que anda dando voltas. E, pelo que tenho visto, estas férias prometem.

Areia e sol

Marta Sánchez[1] tinha razão. Pelo menos, nestes dias, é a canção que mais me vem à cabeça enquanto faço aeróbica na piscina, ou me fantasio para a festa dos anos 80, ou passo bronzeador às oito da manhã, estranhíssima hora em que desço para me apoderar da melhor espreguiçadeira — a que fica mais perto do barzinho. É que Marco, o *barman* brasileiro... Se eu voltar ao Chile com cirrose, vai ser decorrência das minhas constantes idas ali para visitá-lo. Fique claro que ainda não tenho idéia de como convidá-lo para ser meu amor de verão. Só brincadeiras, sorrisos profissionais de sua parte e comentários sobre a queda pelo álcool de meus compatriotas. Porque — Deus me livre — como tem chileno aqui no México! Ontem fizemos uma visita guiada para as ruínas de Chichen Itzá e escutei por mais de uma vez palavrões pronunciados no tom nacional. Uma volta à realidade. E eu que imaginava minha estada em Tulum como um capítulo do "cruzeiro do amor", auspiciado pela ONU: milhares de solteiros de todos os cantos do mundo, dispostos a me curar das feridas causadas pelos machos chilenos. E não tem sido tudo isso. Este *resort* para maiores de dezoito tem mesmo muitos homens. Mas vários em "casais", *if you know what I mean*. E também muitos casais em lua-de-mel, esfregando na minha cara de solteira o fantástico que é "sermos nós". Ainda assim, continuo positiva. Hoje almocei com um russo. Conversamos por meio de caretas e muita boa-vontade, porque ele não falava nada em espanhol além de "tequilaaaa".

Camila e eu estamos competindo para ver quem conhece primeiro alguém que valha a pena. O prêmio, além da massagem no ego, serão dois frascos de aloe vera *after sun*. Também não estou me pondo lá embaixo e dizendo que ninguém nos dá bola ou olha para nós. Mas até o momento, só conseguimos alguns gringos que acreditam que, com um *sombrero* e uma pulseirinha, se transformam em aventureiros selvagens. E, é claro, ficam ousados e procurando uma desculpa qualquer para entrar no nosso quarto. Um horror! Como nos especiais *Wild on E!* da TV a cabo. E depois que lhes passa a ressaca fazem cara de culpados e nem sequer cumprimen-

1 Cantora espanhola.

tam a gente no *buffet* do café da manhã. *Sorry*, estou exagerando. Nem todos são assim. Justamente nas duas últimas noites, Camila e eu temos estado rodeadas por uns rapazes.

Também, eu estou ficando demais. Já tenho um bronzeado digno de Miss Trópico e muitos conhecimentos de história maia que me teriam ajudado a não passar vergonha no vestibular. Além disso, constatei que o sorriso é um gesto universal para convidar alguém a se aproximar. Ainda há muito o que fazer por aqui; um romance, agora, sem dúvida me tomaria muito tempo. Ai! Agora nem eu mesma acreditei em mim. Talvez meu problema, seja no topo de uma pirâmide, em Santiago ou em qualquer lugar do mundo, é que me esforço muito. Acho que devo pensar menos em encontrar *Mr. Right* (o homem certo) e relaxar.

Férias são para conhecer gente nova e, na volta, aborrecer todo mundo com fotos que só interessam a nós. Se me apaixono por aqui, vou passar o tempo todo conectada ao *MSN* com meu amor internacional. Sofrendo. E, quando alguém me convidar para sair, vou levar meu *notebook*. E pode ser até que lhe pague uma bebida. Que espantoso! O excesso de sol me faz falar mais besteiras do que o normal. *Anyway*. O mais sério candidato a amor pela *web* é um inglês que anda com três amigos e que eu já tinha descartado, porque são tão bonitos e bem vestidos que concluí que eram dois casais *gays*. Até que ontem, no almoço, ele se aproximou com uma câmera de vídeo e me pediu que dissesse "*guacamole*"[1], porque lhe agrada o modo como falam as latinas. Barata a desculpa, mas no amor depois dos trinta, vale tudo. Assim espero.

1 Comida típica mexicana, feita de abacate, tomate, alho e temperos.

In love

Do México não me tiram nem com extradição. Se isso funcionou para Gloria Trevi[1] por um tempo... e olhe que eu não andei abusando de menores nem nada disso. Eu me enamorei. De Tulum e de Ben. Eu me sinto uma adolescente com um amor de verão.

Há três dias, Camila e eu decidimos ir conhecer Tulum. Porque o resort nos aprisionava e pensamos que seria divertido dar uma volta sem o guia etiquetando tudo. Pedimos transporte para a cidade e começamos a dar umas voltas. Numa loja de artesanato, eu estava olhando uma taça com borda azul, dessas para preparar margaritas, quando, do nada, surgiu um cara que a tirou das minhas mãos e me cochichou que logo ali, três portas adiante, elas estavam mais baratas. Plop! Que lindo sotaque! E que charmoso, ele. Fiquei como uma tonta, parada sem sequer lhe dizer "obrigada". Camila deu uma cotovelada em mim e eu, nada. Como na primeira vez que me tiraram para dançar uma música lenta. Saímos da loja sem comprar nada e continuamos percorrendo a rua. O charmoso não estava em nenhuma parte. Dez lojas e umas micheladas[2] depois, eu o vi numa das calçadas. Lancei-lhe meu melhor sorriso. Ele inspecionou as minhas sacolas de compras com um sorriso de filme. Disse que o ruim de Tulum é que as pessoas se aproveitam dos turistas. Estava quase lhe dizendo que, com seu metro oitenta e poucos e aquele cabelo loiro e a câmera ao ombro, ele não parecia exatamente um nativo, mas não consegui, porque já estava falando de outra coisa.

Chama-se Ben, é arquiteto em Wellington, Nova Zelândia, e está hospedado na pousada de Dom Armando, na saída de Tulum. Nada de *resorts*, disse, porque essa não é a forma de se aproximar da cultura local. Fico paralisada. Camila não está e, na realidade, não me importa saber se ela foi se unir aos zapatistas[3] ou se a raptaram e vai acabar virando recheio de *tacos*. Nada me importa. Ben não pára de falar e pede que eu o acompanhe ao lugar onde, há dois anos, comprou uma rede que ainda tem.

1 Cantora mexicana, extraditada por abuso de menores e pedofilia.
2 Coquetel mexicano elaborado com cerveja, suco de limão, molho de pimenta, suco de tomate, molho inglês e sal.
3 Movimento inspirado na luta de Emiliano Zapata contra o regime autocrático de Porfírio Diáz que encadeou a revolução mexicana em 1910.

Ele quer levar uma igual para sua irmã, Dan. Muda, eu o sigo. Quero lhe perguntar tantas coisas, se ele vem sempre, se tem namorada, se gostaria de levar uma chilena como *souvenir*, mas ele não pára de falar, como se já nos conhecêssemos e estivéssemos pondo a conversa em dia, e não quero interrompê-lo. Pergunta meu nome e eu respondo como respondo a uma pesquisa de mercado: com monossílabos e um sorriso amarelo. Adoro o inglês com *British accent*, embora tenha que fazer um certo esforço para compreendê-lo.

Enquanto caminhamos, presto atenção na sua camisa tipo guayabera[1] com umas labaredas de fogo; tento imaginá-lo vestido como gente da cidade e acho que adoraria passear com ele por toda Santiago, como um homem-troféu. Ele está bronzeado, mas pela sua desenvoltura e elasticidade, deduzo que não é porque tenha estado horas deitado numa espreguiçadeira como eu; imagino-o praticando esportes extremos ou fazendo piruetas dignas de Tarzan — daí aquele tom fascinante. Ele compra a rede e me diz que a pousada onde ele se hospeda é dia de peixe assado, que adoraria que fôssemos, que aquelas cabanas rústicas vão me mostrar o que é México de verdade. Eu lhe conto que numa das minhas viagens anteriores já fui ao D.F., a Teotihuacán, Taxco, Xochimilco, enfim, a todas essas paradas turísticas onde mostram o que é o México. Mas que desta vez queria só repor as energias e que minha amiga tinha escolhido este lugar. Ele me interrompe e pergunta o que acho do peixe assado. Não sei bem do que está falando até que faz um gesto, como que levando um garfo à boca. Derreto-me. Alguma coisa me diz que acompanharei esse homem aonde ele quiser. E o sigo.

1 Camisa típica bem colorida e com muitos desenhos.

Ben

Já estava me costumando com tudo dando errado. Meus trinta e um anos parecem mais uma *sitcom*, uma comédia de confusões desagradáveis. Estas últimas duas semanas têm servido para que eu entenda que se as coisas não estavam dando resultado era porque alguma coisa boa estava a caminho. Bom, espetacular, perfeito. Cinematográfico. Tudo porque encontrei Ben. Ben Crampton. Meu louco amor de verão. Conhecemo-nos em Tulum, quando, com tantas mulheres no planeta, ele se aproximou de mim e me disse para não comprar umas taças porque estavam mais baratas num local próximo. Ben é arquiteto, mora em Wellington, a segunda cidade mais importante de Nova Zelândia, mas em Tulum ele acha que é um nativo.

Passeia pelas ruas deste pequeno paraíso e cumprimenta as pessoas pelo nome. E todos lhe respondem amistosamente. E ele, sempre na sua. No início pensei que aquilo era um esforço para aparecer diante desta chilena deslumbrada, mas em pouco tempo fui entendendo que ele é assim. Está cansado de sua cultura, em que as pessoas não se tocam, e encantado com os "toques" latinos. Contou-me que a primeira vez que esteve no México, dez anos antes, se assustou com as mulheres, que o cumprimentavam com beijos. Agora curte essa forma de cumprimentar tão pessoal. E eu curto ainda mais, ao lado dele.

Quando nos conhecemos, Ben me convidou para comer peixe na pousada onde ele se hospeda. Se é que podem ser chamadas de pousada aquele lugar extremamente rústico. Eu pensava no meu *resort* onde poderíamos ficar de molho na hidro, mas quando comecei a captar sua pose de hippie que odeia gringos aceitei ir à sua cabana. Dom Armando, o dono da pousada, me contou no jantar que Ben é seu cliente mais fiel, porque há dez anos passa ali três semanas todo ano e lhe envia bons clientes. Todos já o esperam quase como um familiar de longe que aparece sempre em fevereiro.

Ben arranha o espanhol mexicano e é muito amigável. Eu prefiro que ele fale comigo em inglês, para sentir de verdade como fala. Ben me deixa tonta. Na primeira noite, jantamos peixe assado com as pessoas da pousada, e ele, com seu complexo de mexicano, gritava "*no mames*", enquanto eu divagava a respeito do que viria depois do jantar. Eu imaginava uma cena de cama tipo *Nove semanas e meia de amor*, e dizia para mim mesma "esqueça, é a primeira vez que vocês saem juntos" – se é que ir comer peixe com alguém numa pousada depois de tê-lo conhecido na rua pode ser considerado um encontro pra valer.

Ajudamos a recolher as coisas da mesa e eu, totalmente confusa, pensava em como lhe diria que "não quero" e, quase sem perceber, escutava o que Camila me diria, "admita, Consuelo, você não quer dizer que não, você é uma mulher de trinta e um que está veraneando fora do país, para poder fazer o que você quiser sem que ninguém saiba". Porque, estava claro, eu queria ficar com ele, embora não tivesse feito nenhum avanço nesse sentido. Mas a julgar pela maneira como ele estava me tratando, bem que eu poderia ser sua mascote ou uma turista principiante que ele salvou de ser ludibriada. Não dava sinais. Falava-me como se me conhecesse há um século e , sem mesmo que me convidasse, caminhamos para sua cabana, onde só havia uma rede e chão de areia. E comecei a perceber que aquilo de ser *hippie* era sério.

Mas gosto dele assim, com sua pele cor-de-coca-cola contrastando com o cabelo ultraloiro. Queria ver a marca da sunga, para saber qual era a verdadeira cor da sua pele. Mas desde o instante em que abriu aquela boca de lábios rachados pelo sol ele me deixou abestalhada. Eu me converti num robô que o segue sem sequer receber ordens. Mudei-me na manhã seguinte para a sua cabana. Levei um biquíni e uma saia e fui brincar de *hippie*. E devo dizer que não me arrependo.

Meio apaixonada

Camila já está em Santiago. Fomos levá-la ao aeroporto — ela e suas trinta malas de presentes e artesanatos para seu apartamento de *look* decorado — e vai com a notícia de que estou brincando de *hippie* em Tulum com um neozelandês. Adoro falar no plural: nós. Ben e eu. Fomos, comemos, dormimos. *We*. Eu também deveria estar de volta, mas por Ben, não me incomodou ter que pagar a multa para mudar a data da passagem.

Volto no próximo domingo. Restam ainda cinco dias ao lado do meu neozelandês, que já está me convencendo de que quanto mais simples, melhor. Desarma-me com três frases. Não me deixa questionar sua rede nem usar o ar-condicionado. Com Ben ao meu lado, não me importo de tomar banho de água fria nem de ter que comer só peixe, em vez daqueles camarões *size ultra king* do *resort*. Passeamos por todos os cantos deste lugar e tenho o melhor guia de todos. Ben vem veranear aqui há dez anos e adoro que me mostre a sua Tulum; aquilo que o faz voltar sempre aqui.

O problema de tudo isto é que eu faço planos. Não posso separar a sensação de gostar muito de alguém, sem idealizar onde vamos estar em três meses. Sempre que gosto de alguém, fico imaginando como estarei em três meses. Em seis meses. Como a minha família o receberia, e meus amigos, e meus colegas. O que vou lhe dar de presente de Natal ou de aniversário. Mas com Ben não posso. Na realidade, não devo. Vivemos longe, com uma quantidade incrível de água nos separando. Não posso pensar em seis meses; posso pensar daqui até domingo, e parar de contar. E isso me angustia, embora eu não me atreva a dizer nada a esse selvagem que me faz mergulhar em Xel Ha, me arrasta para as ruínas maias, me faz subir nelas e me explica que ali era sacrificada uma virgem todo ano.

Eu festejo este saudável momento e tento nem pensar na cara da minha mãe ou da minha avó se me vissem aqui. Tranqüilizo minha consciência com alguns "sei que é só até o domingo", mas essas aspirinas morais têm contra-indicação e me fazem logo pensar no que vai acontecer na segunda-feira quando me deitar na minha cama mil vezes mais confortável que a rede, mas sozinha. Sozinha. Sem Ben. Enquanto ele estará viajando vinte e sete horas para voltar a Wellington. E me dói o simples fato de pensar que não estaremos comendo *ceviche* de caracol com pimenta, e que, pelo contrário, eu estarei numa mesa de *happy hour* contando a minha façanha e os minutos para checar meu correio eletrônico.

Mas não digo nada disso a Ben. Faço a minha melhor cara e o sigo nas suas caminhadas. Ele caminha com um short esfiapado e eu, mentalmente, o imagino em traje de pingüim, me esperando do lado de fora da igreja Los Sacramentinos ou dançando a valsa nupcial no Castelo Hidalgo. Não consigo evitar.

Estas férias estão sendo as melhores da minha vida. De fato, acho que estou meio apaixonada por Ben. É o homem que não me agüenta minhas conversas chatas e me despenteia como a um cachorro e eu então me calo e lhe dou a razão. Chego a pensar em como eu me sentiria lá em Wellington.

Na realidade, eu e a Camila. E o Fred. E a Cucha. E entendo que seria difícil. O melhor é beber outra michelada enquanto espero Ben acabar de negociar com o cara que vai nos levar para Isla Mujeres e deixar para resolver os meus problemas no Chile. Ainda restam cinco dias de férias. Vou ter que chegar e dar explicações no trabalho por estes dias extras que me dei, e contar quem é o loiro *hippie* que aparece nas fotos das minhas férias, e criar uma couraça que me ajude a não pensar tanto em Ben. Tenho medo de não ficar com ele. Observo-o enquanto estou aqui no *cyber-café* escrevendo minha coluna. Ele checa seu correio eletrônico e se admira que eu escreva *e-mails* tão longos. Não sabe os que o aguardam.

De volta a Santiago

Santiago está me matando. Quero vestir uma canga e um biquíni e sair caminhando pela areia branca. Num tubinho plástico de rolo de filme guardei um pouco da areia de Tulum. Abro-o e fico olhando a areia. Eu a trouxe para pisar nela quando sentisse saudades de Ben e, assim, me lembrar de como eu me sentia. Mas a verdade é que não sei como a colocaria de volta no frasco, e o mais provável é que ficaria psicótica, pois cada vez que fosse colocá-la de volta perderia alguns grãos e ela iria acabando e apagando aos poucos Ben. Por isso a deixo no frasco.

Ben foi me levar ao aeroporto de Cancún e ficou por ali, porque o seu vôo sairia algumas horas depois para a Cidade do México, depois para Londres, e daí para Auckland, na Nova Zelândia, onde faria a conexão para Wellington. Acompanhou-me e nem sequer tentou enfeitar um pouco a situação. Disse-me que tudo tinha sido excelente, mas não falou de outra vez. Não disse "Vejo você no próximo ano" ou "Me espere em Santiago". E isso doeu em mim. Eu queria lágrimas pungentes ou promessas que começassem ou acabassem como sempre. E nada. Um abraço, uns beijos e "faça uma boa viagem". Subi no avião e odiei que fosse proibido ligar imediatamente meu *discman*. Queria escutar *Again*, de Lenny Kravitz, e chorar gritando, mesmo que a minha vizinha de poltrona pudesse pensar que sou louca. Mas, é claro, não posso causar nenhuma interferência no complexo sistema de navegação ligando meu pequeno aparelho.

Depois coloquei os fones de ouvido e comecei pensar nos dias espetaculares em Tulum. Quero ver Camila para agradecer a ela por eles. Quero chegar e escrever um *e-mail* para Ben, para ver se me responde. Sinto-me como se estivesse voltando da viagem de formatura. Só me falta aquela agenda cheia de dedicatórias do tipo "nunca mude" ou "a amizade é como uma flor".

Durante toda a viagem mantive-me um pouco alcoolizada. Aquelas pequenas garrafinhas foram minhas companhias mais fiéis. Quando cheguei ao nosso aeroporto e vi Camila, que mantém aquele tom caramelo, desandei a chorar. Eu a abracei como se estivesse voltando da guerra e não das melhores férias da minha vida. Camila me falou que aos poucos eu me recuperaria e que, pelo menos, eu tinha curtido bastante. Mas eu queria que aquilo tivesse acabado de modo diferente. Com Ben sentado na frente dos meus pais pedindo minha mão. Ou comigo enviando um *e-mail* que diria: "*Sorry, folks. I'm gone*. Segue meu novo endereço na Nova Zelândia". Mas, nada. Estou de volta, esvaziando as malas e com seis filmes para revelar. Vou pôr uma foto minha e de Ben na mesa do meu escritório. Para mostrar que sou o melhor produto de exportação não-tradicional. Talvez me ligue a chanceler Alvear, para me felicitar por tudo o que tenho feito em prol da imagem do país. Consuelo Aldunate, agregada cultural honorária.

É tão estranho o que sinto. Quero parar no World Trade Center da Avenida Costanera e gritar tudo o que me aconteceu em Tulum. Mas ao mesmo tempo é chato ter que me reunir com as amigas e contar-lhes tudo, porque é uma coisa tão minha que não quero que saibam. Quando Camila me trazia para casa, eu pensava que estaria mostrando a cidade para Ben e imaginava o que poderia gostar e o que não. Que horror! Sinto saudade dele. Não sei se dele ou do fato de ter um companheiro que me queira e ligue para mim. Quando cheguei havia dez mensagens na secretária eletrônica. Sonhava com que a última delas fosse de Ben, de algum aeroporto, dizendo que sentia a minha falta. Nada. Uma de Felipe, algumas do cartão de crédito do supermercado, outra de uma prima e outras descartáveis. De Ben, nada.

Ainda.

Março é um mês nazista

Março é um mês nazista. Tudo fica arrumado. As pessoas que antes mostravam a pele se cobrem com ternos cinza e uniformes. Tudo começa de novo e não há como passar por cima disso. Começam os engarrafamentos nas portas das escolas, e a televisão só se dedica a comentar o primeiro dia de aula, o final das férias e a situação das estradas no retorno a Santiago, em matérias que parecem ter estado sempre guardadas para serem lançadas nesta época, como se fosse um *cover* de um grande sucesso.

Sim, eu sei: ando negativa. Estou me mantendo à margem daquilo que movimenta a cidade, para continuar me sentindo fora por uns dias a mais. E não é difícil me isolar. O tema em todos os lugares aonde vou é a escola das crianças. Uniformes, lista de material escolar e suas marcas, opiniões sobre a coordenadora, que agora é chamada pelo nome, para que as crianças não se assustem com a figura da autoridade. E não tenho muito a ver com tudo isso. Tirei o uniforme no século passado, literalmente. Assim evito tudo isso e me junto a Camila e Fred para beber no Ébano, para mudar de ambiente. Até o El Bosque já me cansou. E enquanto todos se queixam de quotas de incorporação ou da dificuldade de disciplinar as crianças que vêm do jardim-da-infância com método Montessori, nós, solteiros sobreviventes, brindamos e festejamos a irresponsabilidade compartilhada.

Camila terminou o namoro com o coroa. Está em contato com Ian, o inglês que achei que era para mim e que demonstrou não ser *gay* – como tínhamos deduzido, entre fatos e preconceitos. Voltou a ser a Camila que eu conheço e não aquele monte de nervos e inseguranças no qual estava sendo transformada pelo *oldie*. E, óbvio, agora que ela não quer mais saber dele, ele se deu conta que ela é a mulher da sua vida e está ficando maluco. Até ameaçou demiti-la. É o fim.

Fred está saindo com uma das contadoras de sua empresa e agora tudo o que escutamos é "a Fê diz", "a Fê não come carne", "a Fê não usa perfume porque lhe parecem muito fortes". Pior: parece ser que a tal Fê tem dez opiniões de cada coisa e já contou um monte ao Fred, que repete tudo como um papagaio apaixonado. É bom vê-lo assim. Eu já tinha esquecido como fica quando está apaixonado. E eu só fico checando meu novo celular, que tem um sistema de *messenger* conectado à minha caixa-postal, para saber quando Ben se conecta ou me escreve. Como isso não acontece com muita freqüência, estou aqui, no meio da *happy hour*, ligando para o celular da Camila para ver se funciona. Ben me escreve, mas com linguagem ambígua, e não deixa claro se ainda lembra que passamos uma semana dormindo numa rede e contando um para o outro nossas vidas inteiras. Às vezes penso que me isolei e alucinei completamente. Pelo menos tenho fotos para provar que ele existe.

Março é um mês nazista. Lembra-me que pessoas da minha idade têm três filhos, problemas conjugais que não são os meus, que parecem tirados de uma conversa de *pijama party*. Às vezes tenho vontade de me juntar à maioria e poder reclamar que o gordo chega muito tarde do trabalho, que as meninas não querem levar para a escola lanche de casa, que gozam do filho caçula porque é muito magro e não sabemos o que fazer para que ele vá à escola. Às vezes acho março simpático porque me lembra de todas as responsabilidades que não tenho e que o tempo livre de problemas é impagável. Por isso prefiro me desligar e deixar de inventar coisas. Se Ben escreve, ok. E se não, ok também. As coisas acontecem quando menos as esperamos.

Os e-mails de Ben

Há três dias Ben me escreveu. Um *e-mail* longo e um pouco melancólico e, pelo tom sincero e carinhoso, achei que devia estar meio bêbado. Pela primeira vez eu não me sinto sua mascote e acho que foi um amor de verão ou alguma coisa assim. Ponto para mim. O ruim dos *e-mails* de Ben é que junto com a assinatura eletrônica vêm umas frases do tipo "*Buckle up, it's the law*" ou "*Don't drink and drive*". E essa propaganda pró-direção segura não combina muito com o *hippie* despreocupado e cheio de gestos indicativos de que nada é tão importante. Talvez lá em Wellington ele seja um neurótico de marca maior, como aquele *nerd* que enlouquece em *Um dia de fúria*, e em Tulum me convenceu que era um tipo mais relaxado. Aos poucos Ben está se apagando na minha memória. Segundo a Camila, eu o via como tão desencanado porque era o que eu queria ter ao meu lado naquele momento – alguém sem complicações, para me fazer esquecer do que é a minha vida em Santiago. É claro que não me convence muito, porque eu andava procurando estabilidade e me encontrei com Ben.

Há alguns dias fui ao aniversário do meu pai e não curti muito. Embora lá ninguém me diga coisas desagradáveis, sinto olhares que parecem dizer "essa coitada não pega nem resfriado". *See if I care*. Mantive-me firme e falei pelos cotovelos sobre o meu namorado neozelandês. E recebi mais de uma pergunta irônica e olhares questionadores para a cadeira ao lado, que pareciam dizer "eu não o vejo". Enfim. Não vou ficar amargurada. Ben me escreveu que me quer e que sente saudade, e por enquanto isso me parece suficiente.

Enquanto estive em férias chegou um redator novo na agência. Ele se chama Vicente e é muito bonito. Pelo que tenho percebido, é tão solteiro quanto eu e, para confirmar, pensei em dar uma chegadinha na sua sala para ver se há fotos de sua *significant other*. Por fim ontem tive um mau pretexto para ir até lá, porque vou ter que preparar o material para sua primeira campanha e precisava captar um pouco o seu jeito. Ele mal olhou para a minha cara. Contei-lhe de Tulum, e zero resposta. Depois falei da minha gata, para ver se pelo menos nesse assunto a gente se entendia. Nada. Não me restou outra coisa a não ser bancar a profissional e lhe perguntar sobre sua campanha. E não conseguimos fazer *click*. Bem... Não é primeira vez que alguma coisa fracassa antes de começar. Pelo menos com um bonitão desses no escritório vai ser menos difícil levantar de manhã.

Já estou gostando de novo de estar em Santiago. Ontem saí para jantar com o Felipe e lhe contei a minha aventura no México. É claro que fantasiei um pouco e disse que Ben vinha me ver em junho, para que não soasse tão "me usaram e me jogaram fora e eu me orgulho de não ser levada a sério". Felipe me contou que ele e sua ex-namorada decidiram não voltar, pelos mesmos motivos que tinham terminado. Ele não acredita que ela esteja pronta para um compromisso maior. Sem perceber, imaginei o quintal da casa dos pais de Felipe, com uma tenda como na festa de Ano-Novo, mas desta vez éramos nós numa cerimônia de casamento. E eu me via tão contente... Automaticamente lembrei-me de Ben e juro que me senti como se estivesse lhe pondo uns chifres. Aí inventei que estava cansada e que entraria muito cedo no dia seguinte. Não sei se estou ficando louca ou se tenho um absurdo conceito do que é fidelidade. Cheguei em casa e chequei os *e-mails*. Nada de Ben. Só propagandas e promoções.

Cara a cara

Há dias em que não espero tanto os *e-mails* de Ben. Fiz um "cara a cara" comigo mesma e me acusei, sem nenhuma diplomacia, de ser patética por estar vivendo um amor pela internet, a menos de um mês de completar trinta e dois anos. Estava me achando paranóica, quando descobri que tenho razão. Não posso substituir as mãos dadas de um casal real com o exercício de agarrar o *mouse* e checar freneticamente os *e-mails* a cada meia hora, para ver se ele me escreveu. *Please no more*. Assim, aqui estou, tentando diminuir a angústia da espera, fumando bastante e comendo muito chocolate. Acabarei com câncer ou com diabetes, mas, quanto a Ben, vou superar esse assunto. De qualquer jeito.

Frank Sinatra, o primeiro macho estilo Canal 13, cantava que as noites de sábado são as mais solitárias. E eu tinha medo de passar outra dessas noites sentada na frente da televisão, esperando uma reprise de *Sex and the city*, porque o sábado é uma noite honesta, na qual a gente está com quem verdadeiramente importa. Assim, esforcei-me para convencer meus amigos; Fred deixou a Fê e suas opiniões em casa e Camila sacrificou um de seus eventos *fashion* para me dar apoio.

Fomos nos sentar naquele terraço que dá para a Praça Peru, e depois de uma garrafa e meia de merlot, em que o conselho da noite foi puxado de uma canção de Rafaella Carrá – "procure um melhor, volte a se apaixonar" — fomos para o Playland, cantar *karaokê*. Estávamos admirados com a quantidade de *wannabe* Douglas que fazem sucesso naquele lugar, quando vejo entrar Vicente, o novo colega que não me dá bola, com dois amigos e duas moças, procurando mesa. Ele passou por mim sem me notar. Eu o segurei pela manga da camisa, para que me cumprimentasse. Não sei por quê. Foi instintivo. Foi um daqueles gestos dos quais prefiro culpar o merlot que os meus maus pensamentos. Ele ficou nervoso e eu, meio valente e impulsionada pela necessidade de pôr em prática o conselho dos meus companheiros, instalei-me, sem que me convidassem, na sua mesa.

Estava mais do que disposta a verificar se aquele era o prego que eu estava procurando, quando de repente tomei certa distância e procurei me olhar do lado de fora. E aquela não era eu. Eu não me instalo onde não me chamam; não deveria procurar desculpa para me aproximar de quem me interessa. E alguma coisa aqui dentro me disse que aquilo já estava de bom tamanho. Fred, que me conhece como ninguém, aproximou-se da mesa com uma jaqueta que não era a minha, e saímos sem sequer esperar a Camila, que estava no toalete. E percebi que tenho que crescer.

Não estarei pronta para conhecer ninguém enquanto não conseguir definitivamente tirar Ben de debaixo da pele. Por respeito a Ben, a mim e a quem venha depois dele. Não sei fazer jogo duplo. Já banquei a louca no Ano-Novo e esse foi o melhor indicador de que há coisas para as quais não sirvo.

Ainda acredito que devo certo respeito a Ben. E, embora tente ser moderna, esta maldita voz me diz para não fazer o que não sinto, e que a solidão é mais digna do que se instalar onde não é chamada.

Esse negócio de consciência é uma coisa tão estranha. Às vezes me dá raiva de não ser mais canalha; além de tudo, já foram tantas más jogadas que justificam que me transforme numa *player*. Mas, é claro, essa voz anasalada que me assalta quando pretendo fazer alguma coisa repreensível está ficando afônica de tanto me dizer que não fique safada. A maldita boa-criação é como uma tatuagem feia e difícil de ocultar. Não se apaga e sempre dá para perceber, mesmo que a gente não queira.

Cogumelo

Ontem topei com um calendário, e os números vermelhos e pretos me jogaram na cara, sem compaixão, que faltam duas semanas para o 15 de abril. Meu aniversário! Cada minuto me aproxima mais dessa data, que me incomoda só de vê-la na agenda. Depois de ficar um tempo chocada com a rapidez com que passou este ano, decidi atacar o problema antes que começasse e fui à casa da minha mãe, para que me dissesse que ter trinta de dois anos não é nada e todas aquelas mentiras piedosas que ela diz tão bem. Mas nada. Ela não estava. Tinha ido ao salão de beleza; um que eu nem conheço. Decidi transformar o mau momento num motivo para dividir com aquela que me deu a vida e fui buscar consolo embaixo da saia da mamãe.

Cheguei e ela adorou a idéia de compartilhar uma tarde de frivolidade. Ofereceram-me uma massagem capilar, para reanimar o meu cabelo morto e maltratado pós-Tulum – bem que poderiam também fazer massagens para corações maltratados, penso – e depois de enrolarem minha cabeça como se fossem fazer um rosbife, comecei a aborrecer minha mãe com minha crises, e o único *feedback* que recebi foi: "Até para isso você é igual ao seu pai; você se aborrece com o passar dos anos como se ficar amargurada fosse salvá-la de envelhecer; há momentos em que é preciso aceitar que o tempo passa, Consuelo". E nada de carinhos e mentiras piedosas. Saí do vaporizador e pedi que me fizessem uma escova, e pronto. Mas o cabeleireiro me convenceu com frases do tipo "ah, um rosto tão lindo emoldurado por um cabelo morto perde muito". E caí. Sei que, às vezes, sou tão fácil. Entreguei-lhe minha cabeça e ali começou minha infidelidade. Enquanto ele se desfazia em críticas às técnicas do meu cabeleireiro oficial, eu pensava que este Ricardão é o primeiro que tenho na vida. E nem sequer o achei melhor que o outro. Se é assim que sentimos todas as infidelidades, fico tranqüila. Não me viciei em adrenalina.

Saí transformada num cogumelo que fala. Meu lindo cabelo ficou destroçado e o *look* claramente me acrescenta alguns anos. Justamente quando ando na onda de rejuvenescer, o Ricardão me faz isto. *Mea culpa* público: Rodrigo, você é o único. Eu juro de joelhos. Vou até aí assim que conseguir recolher os pedaços de meu destroçado ego ou quando me ocorrer alguma desculpa para tamanha chifrada que seja mais convincente do que a vontade de compartilhar minhas angústias com a minha mãe.

Fomos até a doceria Girasoles para comprar um glorioso *cheesecake*, e nos instalamos na cama da mamãe para comê-lo, deitadas naquele lugar que sempre foi para mim um santuário, do qual não deveria me aproximar demais. Conversamos e ela me colocou um par de bóbis e me convenceu de que eu parecia mais jovem. Há mentiras que só ela consegue dizer e que soam verdadeiras. Até acredito quando diz que o homem para mim está ali na esquina.

Entre a crise dos trinta de dois – a coluna mudará de nome ou vão me dar colo ao ponto de me tirar a idade? — e o assassinato do meu cabelo, no *way*. Vicente mal me cumprimenta depois do nosso encontro no Playland. Até me devolveu as provas da campanha. Maldito perfeccionista sem vida própria, excessivo, *workaholic* e puxa-saco. Mas também é incrivelmente bonito; está sempre bem mesmo às nove da manhã. Até o *look* de sonho fica bem nele. Que melhor indicativo que esse? Quem diz é um cogumelo que fala, quase para completar trinta de dois.

A infidelidade fica péssima em mim. Não sei ser infiel. Não tem jeito. Nem o meu cabeleireiro posso chifrar.

Contagem regressiva

E falta só uma semana para meu maldito aniversário. Sete covardes dias que, com certeza, passarão voando. Camila está obcecada, organizando uma festa escandalosa e ultraproduzida, de modo a me fazer esquecer o que estamos festejando e me acabe com esta depressão que parece TPM, mas que, no meu caso, é a tensão pré-aniversário. Ela ligou para todos nossos conhecidos, e gente que nem sequer conheço, mas que são divertidas, e enquanto preenche os convites, sentada de meu lado na cama, grita "Vai ser uma festa a fantasia, Consuelo. Seus trinta de dois vão ser inesquecíveis!", com um ânimo realmente invejável. O amor fica bem nela.

Estes trinta de dois já são inesquecíveis para mim. Não posso deixar de encarar que fazer mais um ano, que os quarenta estão cada vez mais perto, que minha fase fértil vai acabar antes que consiga dizer ao *Mr. Right* que gosto de crianças e quero levar três, por favor. Que horror. Passei o final de semana mergulhada nesse tipo de pensamentos, na cama, coberta até o nariz, tentando uma auto-asfixia bem pouco atrativa, pensando em tomar um banho de banheira e jogar nela, sem querer, o secador de cabelos ligado e morrer de uma vez. Mas ser suicida exige uma coragem que eu não tenho.

Enquanto eu me acabava em autocompaixão, Camila me convenceu a fazer uma grande festa, e como não tenho sequer vontade para ficar negando nada, lhe disse "ok, mas você se encarrega disso". Fred qualificou a festa a fantasia de um grande retrocesso, mas a esta altura não tenho vergonha de declarar que quero voltar aos dezessete. Mentira: aos dezessete acho que eu era mais *loser* que agora. Por favor, me dêem um bilhete de volta aos vinte e cinco anos e juro que a Consuelo 2.0 seria uma mulher incrível.

Então, na próxima terça estarei fazendo aniversario. A festa será na sexta, e já estou tendo ataques. Vou querer morrer se não aparecer ninguém e eu ficar com todas coisas que vou comprar, o globo igual ao das *discos* que a Camila me fez alugar e nós duas acabarmos dançando sozinhas. Espero que apareça gente suficiente para que eu não tenha que contratar figurantes no último segundo. Será verdade o rumor de que Tomás Cox[1]

1 Empresário de eventos para famosos.

contrata pessoas lindas para o caso de lhe faltarem amigos bonitos nos eventos? Espero não precisar disso. Camila me jura que virá bastante gente e eu, materialista ao extremo, vejo o lado positivo: vou receber muitos presentes. Camila fica horrorizada. Diz que estou muito *out*; que nas grandes festas já não se leva nada; que isso é coisa de antigamente. E acabo de me dar conta que estou bem perdida no que se refere a etiqueta em festas de aniversário. Então, zero presentes. Mas a ilusão de que sou querida e adorada pelo monte de gente que conheço. Isso vai me fazer bem ao ego. Pode ser que promover uma noite com comes e bebes para desconhecidos seja o que eu estou precisando para mudar de atitude.

Com tudo isso, o *look* vai melhorando. Rodrigo transformou minha cabelo de cogumelo numa seta exótica. É claro que levei um susto. Ele tinha trocado de salão e eu tive um ataque de nervos. Fui ao GAM[1] comprar roupa para a minha festa e para superar a nova crise, e o encontrei estabelecido lá, vivinho da silva e muito bem. E eu que quase o declarei desaparecido.

Não sei para que existem os aniversários. Não precisamos levar tapinhas nas costas por termos sobrevivido mais 365 dias. Não tem a menor graça, *if you know what I mean*. E, para piorar, nem sequer me darão presentes para me alegrar os trinta e dois anos. Mas não vou me aborrecer, para não me criar rugas. Vou ficar bem esotérica e pensar que isto é o começo de uma nova era, um renascimento, um bom momento para me estabelecer objetivos reais e realizá-los. Se é que sobrevivo até o grande dia, logicamente.

1 Grupo Anti-Mall (anti-shoppings), um heterogêneo coletivo, mistura de loja de roupas de estilistas emergentes, salão de beleza, lojas de calçados e lojas de CD.

V

De volta à ativa

Aniversário infeliz

Não dormi muito bem esta noite. Mal adormecia, acordava e me levantava e ia ao banheiro para me olhar no espelho, para procurar alguma mudança no meu rosto e até agora, nada. Só umas olheiras *size premium*, que acredito serem resultado das lembranças de ontem à noite. E é assim, com um inventário de rugas, pintas e manchas, que começa um novo ano para mim. Os trinta e dois.

Camila veio aqui ontem à noite e trouxe um merlot Casa Lapostolle, meu vinho favorito. Minha amiga sabe suprir com detalhes a ausência de um macho tipo-exportação, e nestes minutos significativos percebo que nenhum namorado me conhece tão bem quanto ela. Rapidamente descartei uma mudança de sexo como desejo para este ano; quero experiências novas, mas também não é para tanto. Pedimos comida e Camila me deu o primeiro presente: um mapa astral. Ela não acredita em tarô nem em nenhum guru da moda. Mas quando está insegura ela é capaz de acreditar em qualquer oráculo que lhe diga que as coisas vão melhorar.

Ela sabe que eu, de vez em quando, preciso que um estranho me diga, mesmo que tendo de pagar por isso, "o homem de sua vida está prestes a aparecer". Pesquisou entre seus milhares de contatos e conseguiu alguém para fazer meu mapa astral, mas sem que fosse preciso informar a hora exata do nascimento – minha mãe alega que com as dores do parto a última coisa em que pensou foi olhar o relógio, assim que não tenho a mínima idéia da hora em que nasci. Nesse caso, o mapa astral tem validade de apenas um ano. Camila me implorou para que desse uma olhada nas previsões periodicamente, mas que não ficasse tão obcecada como no aniversário anterior, quando ela me deu de presente o "oráculo do guerreiro", que usei até para decidir que roupa iria vestir. Li a primeira página. Dizia que se não estivesse me sentindo bem nos dias anteriores ao meu aniversario, era porque a energia se esgotaria naquele ciclo, mas que daí em diante tudo iria melhorar. Adorei essa coisa de otimismo num papel com cheiro de incenso.

Camila foi embora duas garrafas de vinho depois e me vi acompanhada pela Cucha, que se dignou a aparecer, mas que, na quarta vez em que me levantei, me olhou com desprezo e foi dormir na sala. Antes de deitar pela última vez com trinta e um anos, deixei tudo pronto para esta manhã: um CD de Blondie para ouvir no carro para começar o dia com muita vibração, cantando aos berros "*anytime anyplace anywhere*"; uma roupa que grite "cada-ano-eu-me-vejo-mais-jovem"; maquiagem da espessura que somente numa betoneira é capaz de fazer; sapatos Pura López, que me fazem parecer mais alta, jovem e realizada – com o preço que paguei por eles, sonhar não custa nada – e uma linda bolsa que uma tia me trouxe da Itália, mas que pelo tamanho, deve ter sido criada para levar fraldas e mamadeiras. Levo a bolsa quase vazia, para que possam caber os presentes que vou ganhar no escritório.

Odeio aniversários, porque são um teste de popularidade, exato e cruel. Em plena era do identificador de chamadas, ninguém pode usar como desculpa "eu liguei e você não atendeu". Também não podem sair com o "*sorry*, não lembrei", porque até as contas de *e-mail* grátis têm agendas com lembretes, e sem falar do *Outlook*, que não perdoa nada. Gostaria que os ciclos do mapa astral tivessem razão, gostaria de me sentir querida. Quero que a bateria do celular acabe com tantas ligações e que minha caixa-postal peça misericórdia com tantas mensagens, e que eu me canse de dizer "não importa estar com o pé nos quarenta, se estou melhor que nunca", mas dizer isso sem estar embriagada, deitada no balcão do Liguria[1], com a cara toda enfeitada com cascas de amendoim.

Vamos ver que nota vou tirar na prova.

1 Restaurante da moda, que reúne famosos.

Viva a high tech!

Antes de mais nada, quero agradecer ao Bill Gates ou quem quer que seja o responsável pela Internet. De coração, direto de Santiago do Chile, uma sua serva humildemente vem agradecer pela *high tech* concedida.

Terça-feira passada estive no escritório até tarde – ninguém tinha se lembrado de me cumprimentar até a hora do almoço, quando Fred passou para me buscar com um presente de proporções tão gigantescas que era impossível ser mais óbvio – e foi só aí que vieram me cumprimentar, com desculpas tão esfarrapadas que iam de "íamos cumprimentar você na saída, com bolo e tudo" a "seu ramal estava ocupado, cansei de ligar!". *Pigs*. Pelo menos vi que saíram correndo para conseguir comprar um bolo no supermercado, pratos e trinta e duas velas. Assim que os parabéns acabaram, fui correndo para casa e fiquei sem bateria no celular bem no meio de um engarrafamento.

Entrei no prédio, com raiva por ter ficado sem celular. Talvez o Francisco, galã do *reality* do canal 13, tivesse ligado! Ele é meu novo amor platônico – ele deve ser um bom namorado, compreende as fraquezas humanas, é carinhoso e bonito. E pensar que não o atendi! Percebo que o zelador se aproxima com uma caixa daquelas que dizem "aqui dentro há rosas muito caras". Podia jurar que ele estava prestes a declarar seu amor oculto e contemplativo por mim; arrumei o cabelo e comecei a inventar um discurso de rejeição suave, mas esclarecedor.

Mas, é claro, não era nada disso. Ben tinha me enviado rosas da Nova Zelândia por meio de uma dessas empresas de entrega internacional – brilhante idéia – pelo meu aniversario. E veio a recaída. Talvez seja ele o homem da minha vida, e eu o deixei partir. Vou acabar velha e sozinha por ser tão *picky*. Arg!, amo o Ben. Não sei como consegui me arrastar até o elevador, e então li o cartão. Não vou contar o que estava escrito, tenho vergonha, mas foi o suficiente para me deixar boba.

Coloquei as flores num lugar de destaque para receber comentários dos parentes que só aparecem quando prometo que haverá bebida e comida grátis e sem limite. Não houve bolo, para evitar as malditas velinhas, e os convidados tiveram a elegância de não perguntar quantos anos eu estava fazendo. Agradeço de coração.

O resto da semana passou voando. Nem me importei se a festa seria um sucesso ou não. Alguém importante para mim tinha me surpreendido, e isso era o bastante. O bom senso durou até sexta-feira, quando fiquei aterrorizada com a idéia de que ninguém apareceria. O suspense durou até as onze da noite, quando já havia dez amigos da Camila. E à meia-noite já havia o número suficiente de pessoas para confirmar que eu era uma pessoa com vida social. As fantasias estavam muito bem produzidas e brilhei com a minha roupa de *showgirl* de Las Vegas.

O corpete destacou o que a natureza não me deu, e acredito ter sido uma boa anfitriã. Tinha um cara fantasiado de Zorro, encantador, bom de papo e com um sorriso espetacular. Estávamos conversando na varanda quando Camila veio me dizer que eu deveria cumprimentar os convidados que estavam chegando. Voltei para o Zorro e o surpreendi com Mulher-Gato e a Feiticeira, o que foi bastante desagradável. Infidelidade logo no primeiro encontro na minha própria casa? *No way*. Eram quase quatro da manhã quando ele se despediu muito educadamente e agradeceu pelo convite – Eu o convidei? Mas, se nem ao menos sei quem ele é! – e me deu seu cartão de visita. Tirou o chapéu e partiu entre outros que também não conheço. Ele não pediu meu telefone! Pensei que a vida é mesmo um filme ruim cujo diretor parece me detestar. Aí olhei para as rosas de Ben, e quase me auto-flagelo de tão exagerada que eu sou.

Ben está comigo. Longe, mas está.

Quase tudo sobre minha mãe

Minha mãe ama nata de leite. Antigamente, quando não havia leite desnatado, ela fervia o leite e separava aquela cobertura espessa como se fosse a melhor coisa do mundo. E eu, entre nojo e minhas primeiras enxaquecas, não entendia como ela podia gostar daquilo. Não entrava na minha cabeça que aquela senhora elegante, de pescoço fino, com pintas charmosas e olhos pequenos, que me enchia de orgulho, fosse capaz de comer aquela substância de apresentação duvidosa com cara de prazer absoluto e que, para piorar, me chamasse a atenção quando eu não bebia o leite se tivesse nata.

Minha mãe e eu passamos anos nessa dinâmica de não nos entendermos em nada. A nata, a maneira de vestir, meu amor pelas saladas que ela qualificava de simples capim, minha paixão por tomar sol nas piores horas – somando-se a isso meu descarado complexo de Electra – nos mantiveram numa briga constante, feita de pequenos triunfos e derrotas. Um exemplo clássico era nosso carteado, com a bandeja de chá, assistindo novela. Um comentário mal-interpretado e, pronto, uma de nós acabava jogando solitário e a outra assistindo TV. Não tinha jeito. Não podíamos conviver pacificamente. Se bem que ela nunca jogou na minha cara os nove meses de gravidez, nem as horas que passou em trabalho de parto, nem a cicatriz da cesariana, nem os desejos de maçã-verde ou pastéis às nove da manhã. E eu jurava que quando tivesse uma filha ia ser sua melhor amiga e sua companheira. O nosso relacionamento era realidade pura e sem graça. Não havia *feeling*, eu achava naquela época.

Minha mãe era para mim a personificação da mulher de classe. A forma de segurar o cigarro, os cafés tomados em sussurros cúmplices com suas amigas e a forma de dirigir como se em cinco minutos o mundo fosse acabar eram as coisas que eu mais amava nela. E que detestava. Eu detestava chegar ao semáforo e ter que olhar para as pessoas do carro ao lado com cara de "desculpe". Adorava quando suas blusas de lã ficavam perfeitas nela, o perfume cálido e único que ficava nos lençóis, inclusive após eu usar a sua cama quando estava com gripe. Eu passava os dias oscilando entre imitá-la ou entrar em pânico quando alguém dizia que éramos muito parecidas.

Não houve um momento de verdade em que tudo tenha mudado. Recentemente a tenho sentido mais perto do que jamais esperei, através de seu apoio total e incondicional, sua vontade de dar risada comigo quando conto a ela meus casos. Vejo que ela está feliz comigo. Aos poucos fui percebendo que podemos passar uma tarde na sua casa, sem dizermos grande coisa, mas sem brigar. Percebo que ela é uma tremenda mulher, com uma força interna que não sei se herdarei. Embora não sejamos as *Gilmore Girls*, temos um relacionamento de respeito e confiança que jamais pensei que alcançaríamos. Tive que reconhecer que o sol causa rugas, que a alface não é a única salada possível, que precisamos dirigir daquela forma para que o motorista do ônibus não nos mate, e que posso comer nata, sim, mas na forma de manteiga. Hoje ela está separada de meu pai, e sei que aprendi com ela que estar sem um parceiro é uma opção corajosa e honesta. E que até para o coração mais quebrado do mundo existe conserto. Não há mais espaço nesta coluna para agradecê-la por tudo. Por suportar minhas neuroses, por acreditar em mim além do razoável, por ter me ensinado tudo. Ou quase tudo.

Obrigada, mãe. Feliz dia.

Dirty martini

Get ready 'cause here I go. Estive *down* mais do que o recomendável e isso estava me sufocando. Se eu continuasse assim, quando o outono se manifestasse no ruído romântico das folhas caindo e nas primeiras chuvas na noite, ia acabar bebendo uísque com remédio para dormir, como uma digna representante do filme *O Vale das Bonecas* na versão 2003. Assim sendo, chega de lamentar. Aqui vou eu novamente. Mundo, aqui vou eu! Acabou o eterno choramingo.

Com peso na consciência liguei para Fred para pedir desculpas por meu total desprezo pela Fê e combinamos de nos encontrar no Ozono para superar o problema. A primeira mudança de atitude foi trocar o *pisco sour* pelo *dirty martini*. Há pouco tempo li uma matéria sobre a história dessa bebida e até gostei do nome. Mas não adiantou. Depois de comer as azeitonas da primeira taça com estilo, estava totalmente convencida de que namorar é uma chateação das grandes. Não sei por que eu me esforço tanto. Os dois falando "meu amor" pra cá, "meu benzinho" pra lá me deixavam maluca. Não sei se algum dia chegarei a esse ponto, mas o estado de bobeira e a falta de caráter de meu amigo Fred eram duas coisas constrangedoras.

Eu não sei fingir. Fred me deu mais de uma olhada fulminante e algo me diz que vou ser rapidamente descartada do seu círculo de amigos. Não consigo evitar. Eu me sinto até um pouco traída. Sei que, como amiga, deveria estar contente por seu namoro tipo *teenager*, mas fico chateada – que feio ter de aceitar o fato – que isso tenha acontecido com ele primeiro. Sim, ele merece, é claro; nunca entendi por que ele estava sempre disponível no mercado, como também não entendo por que *eu* estou disponível. Ele é um bom-partido, diria minha mãe. Mas, não sei por que na minha cabeça de algodão cor-de-rosa nunca pensei que Fred pudesse encontrar alguém antes que eu. Para conversar com ele e conseguir desgrudá-los por cinco minutos, perguntei se conhecia o cara que estava fantasiado de Zorro no meu aniversário; ele me respondeu em tom agressivo "não tenho idéia; você e essa sua obsessão de conhecer justamente quem não pode". Irrrk!

No dia seguinte saí com a Camila e no segundo martíni confessei que estava incomodada – e não enciumada — com o romance de Fred. E foi como se tivesse aberto uma torneira. Ela tivera o mesmo raciocínio que eu, perguntando-se por que primeiro ele e não nós. Se for verdade que a maioria sempre tem a razão, então estou me saindo bem. O caminho para o inferno está um pouco mais longe. Camila me disse que quer me apresentar um cara que ela tem 75% de certeza que pode ser o Zorro da minha festa.

Adoro quando ela me dá apoio mesmo quando estou completamente fora da realidade. Após um brinde para comemorar nossa adolescência tardia, ela me contou que no dia das mães ela ficou passada, porque se esqueceu de comprar alguma coisa para sua mãe e enquanto percorria vertiginosamente o único shopping no qual achou vaga para estacionar, depois de quase uma hora dirigindo em círculos, entrou na Privilage[1] para comprar o que quer que fosse e encontrou seu ex, o chefe, de mãos dadas com outra garota do escritório. Ela saiu correndo, mas tem certeza que eles a viram; a outra, como não soube de seu *affaire* ultra-secreto, até tentou cumprimentá-la. E foi assim que sua mãe acabou ganhando apenas uma rosa, com cara de "acredito que eu mereço alguma coisa melhor" e Camila ganhou uma depressão horrível. Pedimos outro martíni e repetimos a frase de Samantha em *Sex and the City*: *Dirty martini, dirty bastard*.

Era por isso que eu gostava tanto do seriado. Somos umas *losers* sem vida própria. Mas assumidas.

1 Loja de roupas de grife.

Péssima idéia

Vou matar a Camila. Tenho pensado em qual é a melhor forma de fazê-la pagar por sua atitude e tenho algumas idéias: fazer picadinho dela, embrulhá-la em um saco plástico e jogá-la no rio para que apareça boiando no mais perfeito estilo Laura Palmer[1], ou procurar uma taróloga falsa que lhe diga que o amor da sua vida já era. É provável que ela acredite na taróloga por algum tempo e se sinta péssima, mas como ela é uma otimista detestável, vai tentar a sorte na terceira leitura possível do baralho e se convencer de que ainda assim terá uma segunda oportunidade com esse amor perdido.

É que, falando sério, hoje sinto que a Camila merece os castigos dos deuses gregos modernizados. A perua me ligou para contar que fez um ótimo trabalho de detetive e que encontrou o cara que foi fantasiado de Zorro na minha festa e marcou com ele um encontro às escuras para mim. (Nota mental: conseguir fazer mais amigos antes do meu próximo aniversário para não ter que depender dos que tenho agora.) Como a sua generosidade não tem tamanho, ela prometeu ir junto, com um amigo, *just in case*. Acredito que o enredo da minha novela está ficando cada vez mais complicado e me sinto como se estivesse numa novela brasileira, *Direito de amar*, onde Lauro Corona conhece o amor da vida dele numa festa a fantasia. Eu adorava aquele ator, embora fosse baixinho. Ele morreu de aids uns anos depois. Hoje vejo que nunca tive muito faro para homens. Durante anos tive um pôster ultragigante do George Michael no quarto, convencida de que aquilo era testosterona pura. A meu favor posso dizer que pendurei o pôster na parede quando era bem mais jovem; e essa foi uma tendência decorativa na época. Eu acho. Ou todas minhas amigas eram tão bregas quanto eu.

Voltando à Camila, ela tinha percebido uma oportunidade de voltar a brilhar disfarçada de detetive. Deixou-me aborrecida com tanto poder e com as ordens que dava para que eu me apresentasse bem à noite. Fui obrigada a me entregar nas mãos dos especialistas.

---

1 Laura Palmer é um personagem do seriado Twin Peaks do diretor David Lynch. Sua morte foi o ponto principal dos eventos do seriado.

Fui ao GAM, meu *beauty saloon* preferido, como se estivesse participando do *fashion emergency*. Pelo menos agora estava em boas mãos, repetia comigo mesma, enquanto Rodrigo cortava e aparava meu cabelo. Camila parecia preocupada, até que confessou o motivo: "disse a ele que você tem vinte e sete, porque ele tem trinta e dois, mas ele disse que gosta de mulheres mais jovens". "O que são cinco anos?", pensei otimista. Daniel apareceu e tingiu meu cabelo com mechas vermelhas. Saí do salão como se fosse uma adolescente pronta para enfrentar a balada de sexta-feira.

O encontro seria no bar Santo Remédio às nove, no terraço do fundo. Chegamos cinco minutos antes, porque *it's all about location*. Gosto de conhecer o lugar e saber onde ficam o toalete, as saídas de emergência e outros detalhes, *just in case*.

20h55: "Oi, queremos dois martínis". 21h00: "Deixe o cardápio aqui porque estamos esperando mais duas pessoas". 21h10: "A falta de pontualidade é um vício, chegar na hora é mal-visto; o Zorro dos filmes tem excelente *timing*". "Pedimos outro ou fica chato eles saberem que já bebemos um?". 21h25: "A gente diz que esse é o primeiro, eles não precisam saber que, além de velhas, somos pontuais". 21h32: "Camila, nunca mais vou lhe dar ouvidos,". 21h35: "Como é estranho ser ruiva. Não, esta cadeira está ocupada". 21h44: "Peça a conta; quero ir embora *now*". Eu achava que não há nada pior do esperar. Errei: é pior esperar sem saber o que vai acontecer. 21h50: "Oi, desculpe o atraso". Não pude acreditar. Queria morrer. "Ha, ha, ha, o que aconteceu com o seu cabelo?". *Please*, tire-me daqui. Vou matar a Camila.

Morte ao Zorro!

Uma vez mais, vou ter que me levantar ao ritmo de *I will survive* para me animar e conseguir ir trabalhar com o pouco de dignidade que me resta. O que seria de mim sem Gloria Gaynor? Será que minha vida é uma eterna piada? Nunca se sabe, porque não penso em mudar de música favorita a esta altura. Até porque tive que passar por vários namoros fracassados para escolher Gloria Gaynor como minha porta-voz. Voltando ao assunto, não tenho coragem de cruzar com o Vicente, que a esta altura já deve ter contado até para o manobrista do quarteirão de trás que meu grau de desespero é tal que aceito um encontro às escuras com homens de quem apenas vi os olhos, as sobrancelhas e a boca por trás de uma máscara, e por cinco minutos numa noite. Que horror! Por que o grupo de solteiros com mais de trinta é tão pequeno?

Talvez seja hora de acatar a sugestão da Camila de começar a explorar outros estados, isto é, organizar viagens para alguma cidade em que a gente tenha parentes – Puerto Varas seria meu primeiro destino; li em algum lugar que Puerto Montt é um pólo de desenvolvimento, de modo que deve ter várias opções –, e pedir a nossos gentis anfitriões que nos apresentem aos *bachelors* da área. Mas, esse é outro assunto. A questão é que o Vicente é uma pessoa detestável. Além de chegar quase uma hora atrasado ao nosso encontro às escuras, ele se aproveitou do fato de já saber que iria se encontrar comigo e assistiu de camarote ao meu absoluto descontrole prévio, minhas conversas telefônicas com a Camila, minha corrida ao GAM, minhas sessões eternas com Verô, a secretária com quem passei o dia conjecturando maluquices sobre quem seria o misterioso Zorro que iria ao Santo Remédio. E me aparece justamente ele, a pessoa com quem pior me relaciono, com um sorriso irônico e uma hora de atraso. Não sei se vou sobreviver a isso.

Porque o encontro dos meus sonhos era com Vicente, o publicitário que se acha melhor do que eu, apesar de, quando nos conhecemos, eu ter jogado todo meu charme para cima dele para ver se daria certo –reconheço que ele é bonito, simpático quando quer e que tem mais de uma fã na nossa agência -, mas que eu e a minha baixa tolerância à frustração desistimos dele depois de três tentativas frustradas, e o coloquei na lista dos *as if*. Eu sei que a Camila teve a melhor das intenções e que deve ter perdido bastante tempo interrogando os que foram na festa para achar o sujeito misterioso. Essas são as atenuantes, mas continuo acreditando que se ela já tinha se dado tanto trabalho, não lhe custaria nada perguntar o nome da pessoa em questão. Porque fui eu quem teve de passar pela humilhação. Fui eu que fiquei sentada com mais expectativas que as razoáveis e com uma taquicardia que quase me matou. E depois de uma hora de espera entra ele, Vicente, com cara de satisfação, e depois de me explicar o que estava acontecendo – eu cheguei a pensar na hora que ele estava ali porque tinha um *crush* secreto por mim e que foi para impedir que outro ficasse comigo –, disse que, sim, ele tinha ido ao meu aniversário embora eu não o tivesse convidado, que estava disfarçado de Zorro e que tinha conversado comigo como se não me conhecesse, porque me achou um pouco arrogante quando nos conhecemos no dia em que voltei de Tulum, e pensou em me dar uma segunda oportunidade sob meus termos. Ele se acha. Eu o odeio. E como se isso não bastasse, contou ao amigo que foi com ele que eu tinha mentido sobre minha idade, tingido o cabelo e agido como uma neurótica diante da possibilidade de me reencontrar com alguém que tinha mexido comigo há mais de um mês. Moral da história: assistir menos televisão, escolher melhor os encontros às escuras e não deixar que a Camila negocie por mim. Uma fantasia a menos. Parem de passar o seriado na televisão! Morte ao Zorro! Ódio ao Vicente! Talvez o *casting* em outros estados seja uma boa idéia.

Aí vem a praga

Vicente é uma praga. Estou quase denunciando-o ao Centro de Controle de Pragas ou seja lá qual for o nome do órgão encarregado de controlar doenças, solteiros metidos e sogras potencialmente indesejáveis. Porque agora, onde quer que eu olhe, ele está lá. Ele é pior que o ator Ballero, mas sem papel na televisão. Aparece e desaparece e isso está começando a me desesperar.

Na terça-feira fui a um desfile do GAM na danceteria Ócio e, enquanto passeava com ar de *see if I care* procurando alguém conhecido, me encontrei com ele. Para variar, tem sempre um amigo que o convida. É incrível! Como é que ele conhece tanta gente? Ou é um inseguro que não suporta ficar sozinho por dois minutos ou me segue em todos os lugares e depois inventa que tem amigos ali para se justificar. Seja como for, me aproximei para cumprimentá-lo por educação, e antes que eu pudesse reagir, me perguntou em tom de brincadeira por que eu o estava seguindo. É por isso que odeio esse cara. Ele pode até ser muito elegante com aquela camisa cinza, mas continua sendo um imbecil. É um dos cavaleiros do Apocalipse que me lembra meu próprio inferno: solteira aos trinta e dois, à beira do abismo.

Acho que o que mais me incomoda em Vicente é essa ambivalência permanente. Quer dizer, ri de mim porque vou a um encontro às escuras, mas me traz uma taça de merlot porque sabe que eu gosto e porque percebeu que estou com a mão livre. E se o agradeço, faz cara de "não fiz nada demais" e diz que não é para eu ficar imaginando coisas.

Estava remoendo meu ódio quando Fred chegou e teve a brilhante idéia de convidar Vicente para se sentar à nossa mesa. Não deu tempo de perguntar sobre a Fê nem de olhar feio para ele, e já estava sentada entre os dois, me perguntando por que eles se entendiam tão bem. Como se estivesse bêbado, Fred confessa que já não sabe o que fazer com a Fê e Vicente responde que os homens têm sacrificado sua masculinidade, mostrando seu lado mais sensível, e que isso não tem servido de nada porque, por algum motivo, as mulheres agem como se fossem loucas. A cara de absoluta identificação de Fred me fez imaginar que estava assistindo ao programa "Separados ao nascer". Eles se amaram! Falaram de tudo: futebol, governo, bebidas, lugares, traumas, decadência das mulheres, dicotomia trabalho—família, carros, cinema. Parecia uma edição especial de *Tolerância Zero*. Insólito.

Começou o desfile e o zumbido dos gêmeos que se reencontraram me incomodava. Tive que fazer esforço para me concentrar nas roupas, que estavam incríveis, mas que passaram para segundo plano quando comecei a escutar as confissões. Eu jamais havia alcançado tal nível de intimidade com alguém em tão pouco tempo. Com exceção da moça que me depila, porque me parece natural falar de assuntos pessoais quando estou de roupa íntima em poses indecentes. Para eles, foi apenas necessário um uísque e já estavam trocando telefones, *e-mails*, e combinando de sair num outro dia para continuar o papo. Maldito Vicente. Está tentando tirar o Fred de mim. Do jeito que as coisas vão, é provável que ele se aproxime da Camila e a conquiste e me deixe irremediavelmente sozinha, só com a Cucha, amaldiçoando o dia em que fiz aquela festa a fantasia. No final do desfile, disse que estava indo embora e os dois novos melhores amigos nem me deram muita bola, a não ser pelo discurso já clássico de Fred de "dirija com cuidado e me ligue quando chegar". Sinto-me sobrando inclusive com meus melhores amigos.

Romance em três rounds

Vicente perdeu: Fred leu minha última coluna e tivemos uma sessão intensa sobre as hierarquias afetivas. Acho ótimo que exista esse controle para que as relações – amistosas ou conjugais – não se acabem por causa de algumas palavras não ditas. Melhor para Fred e pior para Vicente, que agora ouve do meu amigo essas mentiras socialmente aceitas, do tipo "eu ligo pra você", quando ele o convida para sair.

Para dar por encerrada a crise, e afogar as mágoas de Fred, que está nas últimas com a Fe, fomos ao Cavala[1]. Eu não tinha muitas expectativas porque sabia que, saindo com um amigo homem, nenhum outro se aproximaria. Parece que qualquer situação "homem e mulher" é considerada sempre um namoro. A gente se pergunta com quantas pessoas mais teremos que sair antes de conhecer o *the one*. Fred, que anda mais por baixo que disco do Pink Floyd, disse que talvez nunca o encontrássemos e isso era as *good as it gets*.

Já estava quase ficando deprimida quando entrou um cara que parecia que ter um holofote sobre si. Isso aconteceu comigo apenas duas vezes: uma, com meu ex, Javier, e agora no Cavala. Vi que ele circulou com uns amigos e depois dos incentivos insistentes de Fred, me aproximei. Odeio fazer isso, mas se estou vendo que entrou um cara tamanho médio, cabelo castanho e curto e com um ar entre perdido e prepotente, e para o qual não consigo deixar de olhar, tenho que me aproximar. Não pensei duas vezes e fiquei em pé ao seu lado no balcão, repassando mentalmente todas as frases *pick up* que tenho visto nos filmes, mas que claramente perdem seu efeito em espanhol. Olhei para ele algumas vezes, e nada. Nada. Estou enferrujada, *out of shape and out of game*, pensava a mil, mordendo os lábios. Até que optei pelo minimalismo: um simples "Olá, meu nome é Consuelo". A iniciativa sempre é o pior momento, pela incerteza com relação à resposta. Fiquei imaginando que ele pegaria seu copo e voltaria para seu grupo de amigos para contar a eles sobre a maluca que está sozinha no balcão. Mas seu nome era Martín e meu primeiro round foi clássico: "Ufa, como está lotado aqui! É a primeira vez que você vem?, Com

1 Restaurante de comida internacional, em bairro nobre de Santiago.

quem você veio? Que loucura que o local não tenha placa; sim, claro, mas é fácil achá-lo porque está cheio de carros nas calçadas, ah sim, você tem razão". Logo veio o silêncio. Empate. Segundo round: "Oi, e o que você faz. Ah, que interessante. E onde você trabalha? Não, não conheço. Que idade você tem. Ah, então já não é crime! Risos. Nossa como eles estão demorando para trazer a sua bebida". Momento decisivo: vai me dizer que paramos por aqui ou me convida para sua mesa? Terceiro round: "Sim, claro! Espere, vou pegar minhas coisas. Obrigada por me acompanhar! *How polite*. Este é meu amigo Fred, que está de saída. Eu ligo pra você".

Fiquei até as quatro da manhã com Martín. Um amor de pessoa. Exceto pelo fato de que está separado há menos de um mês e já está pedindo os telefones das solteiras como eu. Ou pelos amigos que vinham até nossa mesa e davam tapinhas em suas costas, como se isso fosse o Eve, danceteria dos anos noventa. Ou pelo jeito de falar muito parecido com Vicente. Quase perguntei se o conhecia. O que mais me incomodou foi que, ao nos despedir, ele disse "eu ligo pra você". Lembrei de Fred e sua diplomacia com Vicente. Ainda não ligou, portanto continuo na dúvida se disse isso apenas como uma mentira politicamente correta.

Possibilidades no ar

Martín ligou à noite. Ainda bem, porque já estava a ponto de entrar em colapso sob o peso da literatura séria. Estava lendo com um dicionário de sinônimos numa mão e o "tijolo" que comprei, na outra. Enfim. Desculpou-se pela demora em ligar, porque estava viajando, em não lembro mais qual país emergente. Malditos negócios, que se interpõem no caminho do amor. Ando tão venezuelana. Conversamos e me fiz a *hard to get* por um instante, só para seguir as regras do jogo. Enquanto eu pensava aonde iríamos, o que iria vestir e demais amenidades de vital importância, ele desligou sem me convidar para lugar nenhum. De novo disse "eu ligo". Que péssimo hábito o dele! Vou ter que corrigir isso, se o namoro der certo.

Liguei para Camila. Ela está saindo com um cara mais novo e me disse que foi convidada para um *after hour* no sábado, daqueles que começam bem tarde. Sugeri que ela dormisse até as duas da manhã e que saíssemos por essa hora para beber alguma coisa, assim quando ele ligasse pareceria que ainda estávamos na balada. A que ponto chegamos para conquistar um homem. De qualquer forma, Camila está feliz. Até tenho um pouco de inveja dela. O carinha é bonito, simpático e está bastante apaixonado por ela, razão suficiente para eu ter respeito por ele. Acredito que essa coisa de romance de novela entre uma mulher mais velha e um rapaz mais jovem e bonito serve de exemplo para que nós na faixa dos trinta. Estava discutindo estratégias de marketing com a Camila por *e-mail* quando Martín me ligou de novo.

Conversamos um pouco e ele me convidou para ir a sua casa no sábado. Fiquei calada, processando a idéia. Não seria melhor nos encontrarmos em algum lugar público primeiro? Será que os homens me acham fácil? Desconfio dos convites para a casa de um homem que acabei de conhecer. Amor em domicilio? Estou fora. Ele deveria pelo menos investir em alguns encontros, penso. Como sou meio lerda, não consegui achar uma boa desculpa e parece que meu silêncio foi bastante claro. Ele me tranqüilizou, dizendo "é um jantar com vários amigos, pensei que você gostaria de vir". Ah, vai mais gente! Primeiro encontro com coadjuvantes. Assim eu aceito.

Fred, que é mais pé-no-chão, disse que ainda não é hora para criar expectativas, porque Martín acabou de se separar e que o mais provável é que seja um jantar de incentivo do tipo "Vamos, Martín, você consegue ir pra frente, a vida existe depois de um romance falido". E ainda completou: "Aliás, um gesto que você poderia imitar, porque o fim do namoro com a Fê me deixou mal". Coitado do Fred. Nessa coisa de ser tão egocêntrica acabo esquecendo que as outras pessoas também têm problemas.

Ficamos de nos encontrar na sexta-feira e o mais provável é que a noite termine com uns tragos a mais, e nós dois fazendo discursos de apoio recíprocos neste caminho estranho que é a solteirice. Precisamos antecipar os possíveis cenários do jantar com Martín. Segundo Fred, tenho que me comportar o mais dignamente possível e não cair no meu esporte predileto de fofocar sobre as "exs" de meus pretendidos, embora nem as conheça. Vou ter que usar muito *self-control*, custe o que custar. Pretendo me destacar comprando um bom vinho para adicionar uma parcela de conhecimento enológico ao jantar de Martín e assim ganhar pontos com os amigos dele. Nada mais eficiente para apressar um romance que ter do seu lado os amigos dele. Vou com tudo. Com certeza, passarei o domingo na cama por causa do esforço. Mas tomara que valha a pena.

O que acontece com os homens?

Sábado tinha o jantar no apartamento de Martín. E como gosto de ter tudo sob controle, abandonei uma tarde que originalmente estava dedicada a ficar em dia com os seriados Fox e Sony – sou decadente, sim, e daí?, pelo menos admito, e acredito que o primeiro passo é sempre reconhecer os erros e os vícios, e chega — e fui para a rua. Às quatro saí com a Camila para fazer compras. A lista incluía uma garrafa de vinho para mim e uma saia curta para ela. "Não quero que pensem que ele está levando a tia ao *after hour*, você entende?", disse Camila. Não, não entendo. Eu invejo com paixão e loucura o seu armário. Procuramos alguma coisa curta e só encontramos aquelas saias de *cheerleaders* que as abaixo dos 20 usam. Não permiti que ela chegasse a tanto; brincos de plástico tudo bem, mas uma boina ou aquelas saias, *no, thanks*. Ainda bem que ela reconsiderou. Desejamos sorte uma à outra e prometemos conversar no domingo logo cedo.

O convite para a casa de Martín era às nove, mas demorei para encontrar um par de meias que combinassem com a saia. Nervosa, porque odeio chegar atrasada, toquei a campainha às nove e meia. Não tinha barulho nenhum e pensei que talvez eu tivesse me enganado de dia. Até que ele apareceu na porta, com um visual de quem está fazendo faxina. "Consuelo, desculpe, meus amigos cancelaram na última hora, deixar as crianças com a babá é mais difícil para alguns; liguei para você faz dez minutos e deixei um recado na secretaria eletrônica". "E para que você acha que servem os celulares?", pensei, enquanto sentia que a minha maquiagem estava derretendo. "Mas, já que você está aqui, entre. Mil desculpas. Sou um péssimo anfitrião", disse, enquanto me ajudava com o casaco. Não havia sinais de que estivesse esperando por alguém. E é importante verificar quem foi o advogado da mulher dele na separação, porque Martín não tem nada. Nada! Eu suponho que ele deixou tudo para a ex. Vaca! Tenho que aprender a não falar mal das ex de meus pretendidos, ainda mais se não as conheço. Obrigada a agir relaxadamente, dei a garrafa de vinho a ele. Olhei minhas pernas e vi que a meia estava furada. Sentada no chão, naquela sala vazia, e nem a mais forte das essências Victoria's Secret Garden disfarçava o cheiro de desespero. O que eu faço agora? Uma taça de vinho e digo que tenho outro compromisso. Boa desculpa: tem tanta gente que faz aniversário em junho, que até poderia parecer verdade. Ok. Uma taça e vou embora.

Martín tinha ido levar meu casaco no seu quarto. Reapareceu com o menu de um *delivery* e sugeriu que pedíssemos imediatamente porque aos sábados há muita gente pedindo. Deixei que ele escolhesse e fui ligar para Camila pelo celular enquanto ele fazia o pedido. Nada. Ela devia estar dormindo, esperando o *after hour*. Abrimos o vinho e conversamos sobre o péssimo hábito de cancelar compromissos na última hora. Até que chegou o entregador. Ele tinha pedido pizza. PIZZA! Com o meu vinho caríssimo! Recebeu a caixa e perguntou se eu tinha vinte reais. Abri a bolsa enquanto pensava que aquele era o convite mais esquisito que já tinha recebido. Trouxe talheres e pratos plásticos e nos sentamos no chão. Quase rezava para que a Camila acordasse e me salvasse daquela situação. Terminamos de comer e, enquanto eu limpava disfarçadamente as mãos na saia, porque não havia guardanapos, ele abriu os braços e me perguntou se eu queria dançar. Por educação, aceitei. Uma música e *bye bye*.

Ele colocou um CD e começou a girar, me fazendo carinho no cabelo. Regressão. Isso parece uma festa de escola, pensava eu, cada vez mais confusa. Sem ritmo, me vi claramente sendo guiada para o quarto. E só então percebi o que estava acontecendo.

Mal-entendidos

Quando o celular me acordou no domingo não sabia por onde começar. Como explicar para Camila onde tinha passado a noite, em poucas palavras, sem muito barulho, e sem acordar o Martín? Porque, de qualquer forma, a Camila ia surtar. Consegui desligar o celular enquanto me levantava e pegava minhas coisas e saí do apartamento sem fazer barulho, repassando na cabeça as imagens da noite anterior e tentando me explicar o que tinha acontecido.

Cheguei ao carro e me senti ridícula com a roupa da noite anterior amassada e totalmente fora do lugar, como eu na cama sem lençóis de Martín. Liguei o rádio com o carro ainda parado, para me organizar. Não deu certo. Liguei para a Camila.

— Posso saber por que você não atende o telefone de casa e desligou o celular? Onde você está às onze da manhã de domingo? Você foi andar no parque para curar a ressaca? Você foi à missa para exigir uma explicação divina por estarmos solteiras ou simplesmente não estava com vontade de me contar como foi, Consuelo?

Hummm. Vamos ver. Por onde começo? Pelo falso jantar com amigos, que acabou num *rendez-vous* para dois e nem sequer convite *all inclusive*, porque a pizza e o vinho fui eu quem pagou, ou pela tentativa de violência sexual com música lenta dos anos oitenta de fundo, ou pelo ataque de choro que ele teve quando começou falar de sua ex, ou pela minha narcolepsia, que me empurrou para a cama dele? Porque a noite teve de tudo: mistério, romance, violência, drama, comédia.

Depois que comemos pizza e começamos a dançar na sala vazia de sua casa, ele se fez de esperto e tentou me arrastar para seu quarto, tudo isto fantasiado por passos de dança e de carinhos no cabelo e rosto colado. Esse é o problema com os homens. Entendem mal os sinais. Ele achou que o fato de eu ter ido à sua casa já significava chegar e levar. Que nada! Disse a ele, muito incomodada, que ele estava passando dos limites, e ele se fez de desentendido e disse que eu era muito desconfiada, que aquilo era uma simples dança e que se eu era tão complicada assim que seria melhor que fosse embora. Entrei no seu quarto para pegar meu casaco – que ingênua, eu reconheço – e ele entrou atrás de mim, fechou a porta e começou um papo sedutor brega. Resumindo, seu argumento era que eu desejava aquilo tanto quanto ele, portanto, *drop the attitude* e aproveite a vida. Eu disse que aquela tinha sido uma das piores noites do ano e que, por favor, ele me deixasse ir embora imediatamente. Então ele começou a chorar. Que as mulheres o tratam mal, que ele se entrega por completo e ao final o deixam só, que não se pode confiar em ninguém, que é melhor ser frio e não se envolver, blablablá. Eu não sei reagir diante um homem que chora. Fico incomodada. Não soube o que fazer. Fui ao banheiro buscar *tissues* e não havia papel higiênico. Ele limpou o nariz de qualquer jeito e me pediu que entendesse que seu divórcio é muito recente, que é muito difícil voltar à dinâmica dos encontros e que, como seus amigos conhecem mulheres em barzinhos, ele pensou que ia rolar sexo naquela noite. Até para isso ele deu azar, porque eu não poderia estar mais longe de entrar no clima. Perguntou-me se podia falar sobre a sua separação, porque precisava desabafar e seus amigos não o escutam, só apresentam a ele mulheres ou o deixam embebedar-se. Eu me acomodei e ele começou a falar. E isso é a última coisa de que me lembro.

Acordei no domingo com a chamada da Camila, com a roupa no corpo e uma sensação de decepção, e ela não parava de rir enquanto eu contava o que tinha acontecido. Pelo menos, temos material para dar boas risadas por muitos anos.

Férias de inverno

Se você é menor de idade, não continue lendo, pois há cenas de conteúdo erótico. Estou engasgada.

É melhor eu contar tudo desde o começo. Ontem à noite cheguei em casa, dei comida para a Cucha e peguei o controle da televisão. E me achei tão patética, que abri uma garrafa de vinho para completar o quadro. Estes dias gelados que nos convidam a ficar na cama são os grandes inimigos dos solteiros que andam à procura de encontros. Só os mais valentes saem nas noites em que o cabelo se desarruma facilmente, quando é preciso se cobrir mais que uma muçulmana e é difícil convencer alguém a sair da toca para ir dar uma olhada em como andam os seus poderes sedutores. Para piorar, a Camila regrediu aos anos de faculdade com seu romance – do jeito que está, logo vai aparecer no jornal protestando a favor do crédito universitário; com minha amiga nunca se sabe – e as conversas com Fred me deixam mais deprimida ainda. Tive que analisar seriamente a idéia de sair sozinha.

Meu problema é aonde ir. Que lugar? Uma taça de vinho: "Estou tão sozinha; devo estar com cheiro de naftalina e sou a coitadinha das minhas primas mais novas". Duas taças: "Mas não tão sozinha. Este ano já tive vários encontros – todos ruins, mas foram muitos – e um amor de verão idílico. Ai, Ben, quanta saudade". Terceira taça. "Vai ser muito difícil algo acontecer se ficar aqui trancada, lembrando das glórias do passado. Se não tivesse tanto medo do que as pessoas vão dizer, poderia ligar para um daqueles anúncios de acompanhantes masculinos e solucionar minhas necessidades hormonais de uma vez. Não posso acreditar que esteja falando em pagar para ter companhia. Os hormônios me deixam maluca. Preciso decidir já: ou durmo e acordo com pena de mim mesma ou saio. Hummm, que gostoso é este vinho. Decidi! Vou sair."

Troquei de roupa e achei que fiquei parecendo mais jovem. Digamos... trinta. E entrei no carro. Aonde posso ir desacompanhada? A um bar da moda? Não. Vai parecer que me deixaram plantada. A um restaurante menos ainda; não quero que achem que estou com bulimia. A um bar de hotel. Isso! Assim vou parecer uma executiva top em viagem de negócios, ou uma *escort*, mas não uma santiaguina desesperada. Descartei os lugares mais óbvios, porque as *happy hours* ficam cheias e nessa hora só há gente que gosta de encher a cara e aproveitar ao máximo os 50% *off*. Vejamos... O Ritz é muito *in*, mas lá é provável que eu me encontre com o meu chefe. Ah, o Park Lane. É pequeno e tem mil variedades de martínis.

Estacionei pensando que o desespero é *partner* da loucura e primo das boas idéias. Entrei num bar onde poucos falam espanhol e me senti como se estivesse viajando. Justamente o que precisava. Férias. Sentei-me, fiz minha melhor cara amistosa – "meio bêbada, mas simpática" – e fiz o pedido: *um executivo solteiro, simpático e HIV free, e a carne ao ponto por favor*. Na verdade, pedi um martíni de chocolate e esperei. Com dor de barriga. Não tenho espírito de caçadora, mas não é que em cinco minutos um espanhol bastante bonito me perguntou o que eu estava bebendo e se não me incomodava de conversar com ele!? Caiu do céu. Xavier, minha conquista, trabalha com abastecimento de água e oh!, coincidência, é solteiro aos trinta e seis, por culpa de suas constantes viagens. Depois de um jantar muito animado, convidada por ele – aprende, Martín! – decidi subir. E foi tudo ótimo. Economizo os detalhes, mas hoje tomamos café da manhã e ele pediu meu telefone antes que eu fosse para casa para trocar de roupa e ir trabalhar. Ele vai ficar até sexta-feira e não sei se vai me ligar. Mas não importa. Estou orgulhosa de me comportar como adulta.

Embora tenha sido um erro, *absolutely no regrets*.

As férias continuam

Ando tão neurótica ultimamente que não sei se o caso com Xavier valeu a pena. Mentira. É claro que valeu a pena! Mas, esta maldita neurose aumentou quando liguei para o Fred. Eu o convidei para almoçar em um dos poucos Au Bon Pain[1] remanescentes em Santiago. Eu me sentei com um sorriso radiante para lhe dizer, com certo orgulho, que ontem à noite eu me fiz de fácil. Mas a minha cara de moderna e liberada só durou até a primeira reação do Fred.

Ele fez mil perguntas do tipo "eu suponho que você tenha se cuidado" – não sou tão idiota assim –, "você tem que fazer o exame de aids daqui a seis meses, porque se o cara viaja tanto, deve estar acostumado a fazer isso até na África do Sul ou no Brasil. É muito possível que você tenha feito parte de um *tour* sexual de um terrorista da aids, que anda infectando o mundo inteiro como vingança por estar doente". Congelei. Fred ficou ofendido com a minha noite de luxúria e nem quis saber o que eu achava. "Você está aqui para ouvir, e mais nada. Isto não é um *reality show*, em que uma mensagem de texto decide se você vai ou não ao quarto de um cara".

Estávamos em plena discussão quando o meu celular tocou: era ele. Ninguém menos que o Chanceler "triple X" da Espanha. Queria saber se o número do telefone era verdadeiro e se eu gostaria de vê-lo mais tarde, porque suas reuniões terminariam às cinco e ele queria sair para conhecer Santiago. Eu, vermelha como um tomate, aceitei passar no seu hotel por volta das sete. Fred não disse nada, olhou com cara de "você está louca" e, depois de um tenso cigarro, fomos embora.

Decidi não dar importância a seu chilique, porque quando não estamos de bem com a vida queremos que todo mundo fique de baixo astral. É o egoísmo dos que estão exageradamente felizes ou tristes. Terminei o trabalho *ultraflash*, fui para casa trocar de roupa e saí para buscá-lo. Liguei para ele da recepção e aí o estresse começou. É que eu não sabia se devia cumprimentá-lo com um beijo no rosto nem que diria. "Oi, sou a de ontem à noite". Que baixaria! Optei por fingir que estava lendo. Assim, quando ele chegasse, teria que tomar a iniciativa. Ele se aproximou e me

1 Rede internacional de padaria e cafeteria.

cumprimentou com dois beijos no rosto. Surpresa, bati meu nariz no dele e me senti uma *nerd*. Sentamos no carro apreensivos.

Depois de dois semáforos, lembrei por que tinha gostado dele desde o momento em que perguntou o que eu estava bebendo. Ele é um gentleman à moda antiga e me trata como se eu fosse a última coca-cola no deserto; com tanta delicadeza, que eu me sinto o máximo. É agradável se deixar levar, não se preocupar com nada, pedir e ver que a ordem foi cumprida num piscar de olhos. Talvez eu tenha nascido para ser cortesã e ainda não tenha percebido. Fomos caminhar pela Avenida Nueva Costanera, e eu disse a ele que pensaria num lugar mais típico para o dia seguinte. Ele riu. Entramos para comer no restaurante Água e, depois, voltamos para o hotel. Eu estou feliz. Mereço uns dias de romance. Parece sintomático que eu me atreva a isso só com "importados". Mas é preciso começar por algum, eu acho.

O ruim é que temos somente mais um dia e eu já estou sonhando que ele é o meu príncipe encantado. Exatamente o que não devo fazer. É que existem tantos mitos urbanos entre as solteiras — como o daquela que conheceu um estrangeiro, se apaixonou, e na semana seguinte já estava com as malas num avião, com o cara. Estou esperançosa de que esta vez vai dar certo. Já estou gostando bastante dele.

Dear lover

Alguns dias já se passaram e, como estou cansada de apertar a tecla *refresh* do meu Outlook e não encontrar nenhuma mensagem de Xavier, decidi que darei o primeiro passo. Essa história de tomar a iniciativa está se tornando um vício. Um bom vício, de qualquer forma. Mas agora sei que tomar a iniciativa é uma opção. Não sempre digna e às vezes com um profundo não-sei-quê de desespero, mas não quero pensar nisso, ou acabo voltando atrás. Decidi escrever-lhe um *e-mail* quando chegar do trabalho.

Passei no Le Fournil para comprar uma salada gourmet — em homenagem à minha maturidade — e dirigi ouvindo *Red Hot and Rio,* para entrar no clima em que deveria estar para escrever. Cheguei em casa, liguei o computador e começou o parto. Arrumei a mesa, acendi umas velas, queimei um pouco de essência de canela – que supostamente estimula a sensualidade, mas para mim ainda não funcionou — e, sem mais desculpas, sentei-me para escrever. Coloquei uma taça de vinho ao lado do computador – eu sei, tenho assistido muita televisão — para o caso de me faltar coragem, e comecei a tentar escrever. Não saía nada. Nada. Como começar? "Querido Xavier"? "Obrigada, Pátria-mãe, pela graça que me foi concedida"? Ai, por que não nasci com um *chip* de mulher moderna? Para fazer alguma coisa, dei um pouco de atenção à pobre da Cucha, escovei seu pêlo, deixei-a fofinha como a Pantera Cor-de-Rosa, e voltei a me sentar diante do teclado. Nada. Tinha toda a intenção de escrever um *e-mail* ardente e malicioso, mas o problema é que o erotismo escrito parece diálogo de filme semipornô (tipo *what are you wearing?*) e eu não tenho coragem de escrever coisas *dirty* sem ter sido instigada. Ok, alguns dias trancada num quarto são provocação suficiente, mas o que vocês querem? Até algumas semanas atrás eu não me atrevia a fazer nada e agora me sinto viva, tentando achar meu lado mulher-fatal estilo Marlen Olivari. Mas é claro que ainda não achei.

Na quarta tentativa frustrada, decidi que tenho que deixar de fingir e ser mais espontânea. E, duas horas mais tarde, acabei de escrever um *e-mail* bastante meloso, quase perfeito para a ocasião. Reli uma última vez e o enviei, sem voltar a me questionar se aquilo era o correto, de acordo com o manual de mulheres liberadas. Fiquei bastante satisfeita, embora em alguns momentos ache que deveria ter sido mais cordial, para que ele não pense que estou levando isso a sério. Talvez eu devesse ter salvado uma cópia na pasta de mensagens enviadas. Mas, enfim, agora já foi. Em meio ao exame de consciência, olho para a tela e lá está, na íntegra, meu *e-mail* de volta, acompanhado daquela mensagem do provedor, que explica com códigos indecifráveis o porquê de o seu *e-mail* não ter sido recebido. Talvez a caixa-postal dele esteja lotada, porque ele está sempre viajando. Ou talvez tenha me dado um endereço eletrônico falso. Pode ser até que nem sequer seja espanhol, e que ganhe a vida enganando mulheres sozinhas. Estou me sentindo uma vítima. Quero morrer. Já estou me vendo numa página de jornal, num depoimento em que digo que eu só queria um romance e que fui enganada. Eu não aprendo. Mas finjo que isso não é tão importante assim. Agora só me resta esperar que ele escreva e me tranqüilize. *Pilatos, Pilatos. Eu juro que se ele me escrever eu te perdôo.*

Vinte razões para continuar solteira

Achei que o *e-mail* para Xavier não ficou tão bem escrito como eu gostaria. Eu o reenviei todos os dias, cada vez mais aperfeiçoado, até que, enfim, o provedor deixou de devolvê-lo. Agora tenho a certeza de que minha mensagem está lá, na sua caixa-postal. E se ele tem um mínimo de curiosidade, já deve tê-lo aberto. Ainda não há resposta. Mas não vou ficar deprimida. Contagiada pelo inesperado sol de inverno de Santiago, vou pensar positivamente: vinte boas razões para continuar solteira. Aqui vão:

1. Posso assistir televisão e ter fantasias com qualquer homem que apareça na tela, sem me sentir culpada com relação ao meu companheiro de cama. A Cucha não é ciumenta, portanto minhas fantasias não machucam ninguém.
2. Posso comer na cama coisas que deixam migalhas, sem que ninguém reclame.
3. Posso ficar mais tempo sem depilar as pernas e outras partes do corpo – essa verdadeira tortura chinesa – sem ser responsável por irritar a pele de ninguém.
4. Posso cantar música brega enquanto arrumo a casa, sem receber reclamações por meu desafino crônico ou pelo meu gosto musical às vezes duvidoso – ou eclético, dependendo do ponto de vista.
5. Posso preferir manteiga a margarina, sem ser questionada a respeito do colesterol; ou comprar guardanapos dos mais baratos sem ouvir reclamações pela sua textura de lixa; ou comprar coisas baratas e não ser considerada mão-de-vaca.
6. Posso experimentar comida com todos os temperos possíveis e imagináveis. Se ficar uma porcaria, só eu sofro as conseqüências.
7. De manhã, posso demorar no banho e usar o banheiro por quanto tempo eu quiser, sem ninguém batendo na porta para me apressar porque está atrasado.
8. Posso sonhar que o amor está esperando por mim ali na esquina, sem culpas e sem cometer o pecado de ser infiel para quem jurei amor eterno.

9. Posso dormir a noite toda, *non stop*, sem ter que acordar para trocar fraldas ou tentar "calar a boca" de quem ronca ao meu lado.
10. Posso ser a pessoa mais egoísta do mundo e gastar todo o dinheiro comigo mesma, sem me sentir culpada por deixar um coitado sem sapatos ou agasalhos novos.
11. Posso deixar de pagar uma conta, se tiver me excedido no consumismo egoísta, sem que ninguém me olhe com cara de reprovação.
12. Posso me declarar eternamente disponível para minhas amigas e amigos. Não dependo da disponibilidade da babá ou do nível de cansaço do cônjuge.
13. Tenho minha certidão de Registro Civil e minha carteira de identidade sempre limpas e sem máculas.
14. Posso dormir atravessada na cama sem invadir o espaço de ninguém.
15. Posso viver um mês só tomando sopa, se quiser.
16. Posso usar a mesma calcinha dois dias seguidos, em caso de emergência, sem que ninguém perceba.
17. Posso gastar o tempo que quiser fazendo listas sobre as vantagens de ser solteira, sem deixar de dar atenção a alguém.
18. Posso assistir aos programas *O diário de Eva* ou *Sala de casais* sem que me acusem de mau-gosto. E ainda agradecer por estar solteira ao ver casos extremos de desamor.
19. Posso acreditar, como uma adolescente, que o amor é perfeito – porque ainda ninguém me provou o contrário.
20. Posso viver com a ilusão de que, quando me apaixonar, será para sempre.

VI

Novas ilusões

Sim, aceito

Se faltaram alguns motivos para continuar solteira, eu os omiti para não ficar batendo na mesma tecla. Além disso, do jeito que está o panorama da minha vida sentimental, prefiro não cuspir para cima. Porque – tchan, tchan, tchan, tchan – conheci alguém. Música, maestro, por favor. Nem eu acredito; por isso aceito, sem me incomodar, as caras de surpresa. Agora que a Camila se acha protagonista de *16*, a novela da TVN, e o Fred está deprê como Kurt Cobain, ando em processo de selecionar novas amizades. Pois é, o *e-mail* da Esperanza, convidando para seu aniversario, chegou num momento que não podia ser melhor. Diante do elegante R.S.V.P., pressionei *reply* e escrevi aquelas palavras que tanto espero um dia poder dizer em público: "Sim, aceito".

Eu, por princípio, detesto comemorações de aniversários em barzinhos, porque uma coisa é parabenizar alguém pela pouco louvável façanha de ter sobrevivido por mais 365 dias, e outra é que, além de ter que levar um presente, a gente ainda tem que pagar pelo que consome. Esse era meu receio quando entrei no carro, na quinta-feira, a caminho do Sushihana, na Vitacura, reservado para o evento. Aquelas salinhas nas quais é preciso entrar sem sapatos e sentar-se no chão me parecem geniais.

Cheguei com um ramalhete de tulipas para a aniversariante e com certo temor de me encontrar com o cara que ela tinha me apresentado no ano passado, e com quem tive um pseudo-encontro no ano-novo, antes de perceber que quem estava sobrando era eu. Ainda bem que ele não estava lá. Eu finco os pés ao lado de um cordial espécime de trinta e poucos anos, sem aquele anel que repele solteiras, que me olhava sorridente. Sorrio de volta – a cordialidade nunca matou ninguém – e agradeço quando ele me oferece uma taça de vinho. Ele se apresenta: Cristóbal. Parece ser muito simpático. Advogado, trinta e cinco anos, solteiro sim, sem traumas e bastante atraente. Se isto fosse uma crítica especializada, daria a ele seis estrelinhas de um máximo de sete. Depois do bolo, trocamos telefones e me despeço. Cristóbal me segue, me acompanha até o carro e me pergunta: "Existe a possibilidade de que você aceite sair comigo para jantar neste sábado? Se é que isso não vai interferir com as atividades já programadas pelo seu fã-clube, é claro."

Olho para a ponta dos meus sapatos para controlar os giros mortais que dá a minha cabeça. Mordo os lábios e respondo com a minha frase favorita: "Sim, aceito".

Testando possibilidades

No sábado, o lema era simples: *grow up*. Chega de filmes em tecnicolor sobre o que pode acontecer ou de expectativas frustradas. Um encontro é nada mais que isso: um encontro. Por mais que eu tente me ajustar repetindo esses *slogans*, ainda há algo em mim que me faz desenhar coraçõezinhos nos cadernos. Desta vez, vou com calma. Se der certo, tudo bem. Se não, *hello Prozac, welcome back*.

Almocei tarde e não me preocupei em matar a fome apenas com sopinhas e sucos porque, a esta altura, ter algumas gordurinhas para sobreviver ao inverno já deveria ser permitido por lei. Tirei um cochilo, e não me submeti às quase trinta torturas habituais que antecedem um encontro – leia-se: cera quente, máscaras de todo tipo, massagens capilares de óleo quente, máscara com líquido gelado para desinchar as pálpebras, alongamento de alto risco para pintar as unhas do pé, retoque nas sobrancelhas e outros segredos que não confesso – e também não desfilei durante horas diante do espelho procurando o que vestir. Não tem nada a ver com o conceito de "casual", mas se vão gostar de mim, que seja do jeito que sou. Não é pedir muito, eu acho. Ou não? *A little self esteem* não me cairia mal.

Cristóbal me ligou na sexta-feira para confirmar o jantar de sábado. Como eram sete da noite e eu ainda não tinha notícias dele, sentei-me na cama com todos os cardápios de entrega que tinha em casa para escolher a comida que pediria para o jantar, enquanto paquerava Jimmy Fallon pela televisão. Sete e dez, quando a *paella* estava no *top one* do *ranking*, ele ligou para perguntar a que horas poderia me pegar e onde. Expliquei a ele que não permito que me levem a lugar algum até que eu conheça bem o motorista; e que, por uma questão de independência e de meio de transporte disponível em caso de fracasso, prefiria ir com o meu carro. Ele não me mandou pastar e ficamos de nos encontrar num pub, o Ébano, às nove.

Cheguei dez minutos antes, para poder fazer aquela cara de "cheguei faz tempo, seu insensível", mas ele já estava lá, numa mesa, cardápio nas mãos, me esperando. Pontual? Que milagre! Estava tentando não criar expectativas e estava até preparada para o pior: que ele fosse chato, que me fizesse dividir a conta, que fosse daqueles que pedem o vinho mais caro só para impressionar e não porque gosta. E Cristóbal não escorregou em nada disso. É divertido conversar sem culpa a respeito das vantagens de ser um *single item*, sem a intenção impressionar ninguém. Quero dizer, falar sem se preocupar em estar sendo analisada pela pessoa que está diante de você. Em nenhum momento senti que ele estivesse desinteressado. Talvez por isso perguntei a ele, sem neuras, se podia convidá-lo para almoçar na terça-feira e deixei que ele escolhesse o local.

— Jardim Secreto, no Hotel Carrera, às duas em ponto. Você sabe onde fica, certo?

Quase me ofendi com isso. Mas acho melhor acreditar que foi um gesto de consideração de sua parte. E penso que poderia me dar mal se levasse isso tão a sério.

Nessa hora, certo pessimismo me parece ser a melhor opção.

O outro lado da moeda

Na terça-feira acordei feliz. Tinha um encontro na hora do almoço, e patrocinado por mim. Que moderna! Cruzei os dedos para que tudo desse certo e fui trabalhar, levando uma grande *nécessaire* para o retoque da maquiagem antes de entrar em ação. Esperei até uma e meia com o estômago roncando, atendendo cada ligação convencida de que seria ele, para cancelar o compromisso por algum motivo estapafúrdio Mas ele não ligou. Então, fui ao Hotel Carrera para ver o que aconteceria.

Achei bom que ele tenha escolhido um restaurante de hotel. Nunca entendi por que as pessoas não freqüentam muito esse tipo de restaurante se isso é um hábito comum em qualquer outro lugar do mundo. Eu às vezes faço de conta que estou viajando e que sou uma hóspede. Entrei pensando que ia me divertir enquanto esperava e logo o vi sentado numa banqueta vermelha, esperando, com um *pisco sour* na mão. Sou conquistada pelos pequenos detalhes. Pontualidade, flores, a gentileza de lembrar dos meus gostos quando menos espero. Vê-lo ali, pontual, com um drinque para mim já servido, deixou-me totalmente encantada. "Calma, Aldunate, esfrie a cabeça", eu me repetia enquanto caminhava para a mesa, concentrada para não tropeçar ou derrubar alguma coisa no caminho.

Ajudaram-me a tirar o casaco – existe algo melhor do que ser tratada como estrela de cinema? — e eu o cumprimentei, um pouco nervosa, apalpando discretamente a carteira para ter certeza de que tinha levado o talão de cheques. Porque só me faltava ter esquecido e ter que passar a tarde toda lavando pratos. *No, thanks*. Pedimos uma salada de polvo com camarões para começar e ficamos de decidir o prato principal.

Pensei em como ele era parecido comigo, uma pessoa que estuda o cardápio durante a espera para se fazer passar por sofisticado, mas ele me contou que, como trabalha num *buffet* antigo do centro, freqüentava os restaurantes da área e escolheu aquele como seu favorito. Encantada, evitei olhar muito nos seus olhos e passei a admirar aquele lugar que eu não conhecia. Ele, muito bom guia, me dava explicações sobre os murais; e contou que quando criança ia ali com freqüência— seu pai o levava nos finais de semana para tomar café da manhã, porque também era do ramo. Eu adorava quando ele falava. Havia uma química estranha entre nós.

A princípio eu me senti vulnerável como se estivesse em desvantagem e, acima de tudo, surpresa. É esquisito estar do outro lado. Eu sou obsessiva até dizer chega, passo horas pensando em como conseguir que um homem preste atenção em mim, para ver o que rola, e acontece que agora tenho diante de mim um homem superinteressante, que está interessado em me conhecer. É estranho. Não é uma questão de ego; apenas que eu não esperava por isso. E aqui estamos, sem falta de assunto, porque percebo que não tenho que explicar muito as coisas, porque ele parece já sabê-las. Gosto de estar assim. De me sentir confiante, de não ter que me promover tanto, de contar com alguma certeza de que a pessoa sentada à minha frente está verdadeiramente interessada.

E fazia tempo que isso não me acontecia. Por isso, quando ele se levantou para ir ao banheiro, aproveitei para pedir a conta e estava até feliz de pagar. Fiquei gratamente surpresa quando me disseram que já estava paga.

Ele voltou com meu casaco e me acompanhou até o carro. Estava convencida de que se eu tinha ficado sozinha por tanto tempo, era porque precisava ter passado por um preparo antes de conhecê-lo. E gosto cada vez mais dessa idéia.

Paliativos para o ego

Coitado do Cristóbal. Acredito que nunca imaginou que depois de todos estes anos aquele seu ex-cliente ia aparecer para se vingar de sua negligência que o fez passar uma longa temporada em Capuchinos, um presídio para quem comete delitos financeiros. Espero que não tenha sofrido muito enquanto o ex-cliente o seguia, acuava e torturava psicologicamente antes de lhe dar quarenta e três punhaladas.

Depois do almoço no Hotel Carrera estava convencida de que as coisas estavam melhorando. Não cheguei ao extremo de verificar qual é a pedra da moda para alianças de noivado nem de me informar sobre o melhor tecido para um vestido de noiva em – vamos dizer, sendo otimista - março do próximo ano. Mas não tive mais notícias dele. Nada. Nem uma ligação, nem *e-mail*, nem sinal de fumaça, nem algo em código morse... NA-DA. O que aconteceu? Não tenho a menor idéia. Achei que tudo tinha saído tão bem. Se tivesse uma foto sua, dançaria uma *cueca* sozinha na frente do Palácio do Governo. Ai. Esse comentário se deve ao excesso de documentários "trinta anos depois" que tenho assistido, sobre o golpe militar de 11 de setembro de 1973 no Chile. *Sorry* pela grosseria. Tenho até lido – confesso — a seção de obituários, porque sabe-se lá se não o mataram ou coisa assim. Embora pareça cruel, prefiro acreditar que aconteceu alguma coisa ruim a ele a ter que aceitar que ele fugiu a mil por hora.

Oh, well, chin up. Manterei a dignidade de ser solteira até que me transforme em solteirona. Qual é o limite de idade para cair em desespero? Haverá sinais evidentes ou farei papel de maluca sem que ninguém tenha pena de mim e diga que chegou a hora? É que, às vezes, é difícil manter-me otimista. Por exemplo, comprei um ramalhete enorme de astromélias e o coloquei no criado-mudo do meu quarto para melhorar o meu já tão castigado amor-próprio, assistindo a filmes que têm como tema um admirador leal que não desaparece depois de dois encontros perfeitos. É claro que no dia seguinte amanheci com os olhos inchados, espirrando, e me lembrando, da pior forma, que sou alérgica a pólen e que as flores devem ficar na mesa da sala. Mas não vou me desesperar. *I will survive*.

Amanhã tenho uma *happy hour* com uma ex-companheira de faculdade, a Paz, que esteve fora por anos para estudar e aperfeiçoar-se. Sinto falta de apoio, de outra mulher com quem possa conversar por horas sobre a baixa oferta de homens da nossa idade. De novo, começo do zero. Cristóbal ficará rotulado como "supostamente morto". E espero que a Paz traga sua visão de mulher contemporânea e me apóie na teoria de que estamos bem sozinhas, porque *being single is an important fashion statement*. Gostei dessa frase. Vou deixá-la escrita no espelho do banheiro, para ver se repetindo-a como um mantra eu me convenço de que preciso encontrar um *hobby* que consuma a minha energia mal empregada na procura da minha cara-metade. Talvez o bordado em ponto cruz seja uma opção. Ou bridge. Ou reiki. Ou aromaterapia. Ou ufologia. Tanto faz! Aceito sugestões.

Desilusão

Paz chegou de Boston, onde morava com a desculpa do estudo. Ela ter voltado foi genial, porque me salvou do ostracismo. Ela tem me acompanhado a todos os lugares – quem poderia imaginar que haveria tantos eventos em setembro – e tem me distraído muito. É como o subcomandante Marcos das solteiras: radical, extrema e cheia de *slogans* ideológicos que convence qualquer um. O reencontro foi numa *happy hour* da qual prefiro não falar, porque ela se acostumou a beber como uma gringa e acabou reclamando, aos gritos, que não vale a pena freqüentar barzinhos em Santiago pois ninguém se aproxima da outra mesa.

No dia seguinte, nos encontramos para conversar no meu apartamento e fizemos uma lista das conhecidas que temos em comum. Resultado: quinze casadas, dez separadas, quatro morando juntas, uma lésbica não-assumida e três solteiras não-fanáticas. Contar os filhos alheios teve o mesmo efeito que contar carneirinhos: começou a nos dar sono, e antes de cairmos duras na cama, saímos. Fomos para o Barcelona, um pub onde é preciso matar alguém para conseguir uma mesa. A Paz me colocou em dia com seus romances multirraciais e, quando finalmente nos sentamos, foi a minha vez de fazer um resumo da minha vida amorosa. Antes da nossa sangria chegar, o assunto já tinha acabado. Os fracassos são tão rápidos para contar. Ela continuou com sua evangelização em favor das solteiras, e comemos sem culpa. Amanhã começo aquela dieta que está na moda e que – dizem – emagrece em questão de horas.

Na sexta-feira por volta das onze da manhã estava pensando em por que Cristóbal teria desaparecido, quando Paz me interrompeu. Ela perguntou onde eu iria almoçar e respondi que tinha que ir ao centro para tratar de alguns negócios e que passaria no Hotel Carrera, com a desculpa de que ele estava para ser fechado, e a nostalgia, e blablablá. A solteira emblemática se ofereceu para me acompanhar e combinamos de nos encontrar no restaurante Jardim Secreto. Meu coração bateu forte. No território inimigo, sentamos e comentamos como aquele lugar estava na moda. E enquanto atacávamos nossos pratos, discutindo aonde iríamos à noite, eu o vi. Está vivo. Não foi apunhalado, nem seqüestrado, nem morto. Está vivo e paquerando outra. OUTRA. Vi, da escada, os dois de mãos dadas, falando muito perto um do outro.

Preferi não olhar. Aproveitando que o local estava cheio de gente, tentei não ficar olhando. Mas é claro que a curiosidade foi mais forte e acabei observando a rival. Magra, bonita – sem estilo próprio – e mais nova (ou acionista de todas as companhias de cosméticos que existem). Pagamos a conta e chegou o momento de sair. Eu queria morrer só de pensar que teria de me levantar; então procurei no meu arquivo de atitudes dignas e encontrei a solução: sair caminhando com ar de aborrecida, coisa que as modelos conseguem fazer tão bem, para me concentrar em outra coisa e controlar a vontade de perguntar a ele o que havia dado errado.

A Paz, sem ter idéia de que estávamos a ponto de ficar congeladas em branco-e-preto como no final dos capítulos da novela *Machos*, saiu caminhando na minha frente e passou justamente ao do lado da mesa dos meus tormentos. O safado me viu, tenho certeza, e olhou para o prato. A comida devia estar muito interessante, porque ele não levantou o olhar nem por decreto. Covarde! Cara-de-pau! E também pouco original, pois leva todas suas conquistas ao mesmo lugar. E mal vestido. Ops. Mentira, ele estava elegante. Saímos e meu coração diminuía a cada batida. Cheguei ao escritório querendo saber onde havia bonecos de vodu à venda. Ao verificar a minha caixa-postal, encontro um *e-mail* dele. "*Hi*", dizia o *subject*. Peguei o *mouse* e fiz um *click*. Em *delete*.

Virando a página

Com o reaparecimento forçado de Cristóbal na minha vida, meu ego murchou. Por mais que eu analise a minha rival, não a acho divina, nem irresistível, nem tão atraente a ponto de fazer um homem que parecia decente agir como se não tivesse educação. Contei tudo a Paz, que por pouco não me tira de sua lista de *BT friends*, porque eu não disse a ela, no restaurante, que o homem dos meus sonhos estava lá, a duas mesas de nós, e que ela queria ao menos tê-lo visto. É que tive medo de como ele reagiria se ela ficasse olhando insistentemente para ele, ou de como ela poderia ofendê-lo, dizendo em tom maternal "você não sabe a grande mulher que está perdendo, meu filho". Depois do discurso em favor dos *singles*, decidi que não iria mais me incomodar com os maus momentos e que iria predispor meu ânimo o melhor possível para o que está por vir. Inexplicavelmente, a depressão tem um lado positivo: não tem jeito de ficar pior. Só resta melhorar. E vamos melhorar, não é mesmo, senhoritas?

Não sei se foi boa idéia deletar o *e-mail* de Cristóbal sem sequer o ler. Mas é que realmente fiquei ofendida. Uma coisa é me convidar para sair algumas vezes, me deixar entusiasmada e desaparecer sem explicação; outra, muito pior, é deixar passar a oportunidade de limpar a sua barra, agindo como se eu fosse invisível logo quando eu estava tão bem-produzida. Enfim... Acredito que o destino o castigará, pois ele merece. Eu continuo fã do *Morcheeba*[1], e concordo plenamente com a letra da música que já está gasta de tanto que a ouço: *I thought that you were wise, but you were otherwise.*

Vou virar a página, só isso. E como o melhor jeito de ressuscitar é uma mudança no visual, uma vez mais cheguei ao GAM em estado catatônico e fui direto para a sala de emergência. Nada como um *photoshop* para melhorar o ânimo. Tirei as mechas vermelhas e cansei o pobre do Rodrigo com os meus desatinos. Amo essa terapia alternativa contra a depressão. Isso deveria ter cobertura pelo convênio médico. Algumas horas em mãos experientes e fiquei mais jovem, zerada e pronta para voltar

1 Banda britânica de música eletrônica.

ao circuito das baladas. Mesmo que o destino insista em me pregar peças, continuarei com a minha obsessão até que alguma coisa dê certo.

Eles não vão me vencer. Comprei algumas peças de roupa do *designer* fashionista Juan González e fiquei feliz da vida. Sozinha, mas — Deus do céu! — como estou *in*. Liguei para a Paz para sairmos e estrear meu *look* primavera-verão, mas ela estava viajando. *Oh, well.* Como eu queria sair para me exibir, decidi ligar para a Esperanza e ver se ela tinha tempo para mim; queria pedir-lhe que tivesse mais tato na hora de me recomendar homens, porque considerando os dois que tinha me apresentado, ela deveria me pagar uma indenização pelo estrago emocional e as decorrentes mudanças de *look* necessárias para sobreviver às desilusões. Inexplicavelmente, a Esperanza estava livre. Ficamos de nos encontrar no modernésimo Ponle Cacao em algumas horas.

Cheguei feliz por poder mostrar como estava produzida, mas não vi nenhuma mulher sozinha sentada por ali. É claro: ela já estava em ação. Lá estava ela, acompanhada de dois rapazes de *look yuppie* que vinham direto do trabalho. *Hello emerging market*. Minha idéia inicial era achincalhar as suas recomendações anteriores, mas não me faria mal nenhum conhecer novos candidatos. Tive uma surpresa enorme quando me aproximei e reconheci o que estava de costas: Cristóbal, com seu melhor sorriso.

Pré-temporada

Se eu tivesse que escolher um superpoder, gostaria de voltar atrás no tempo e poder corrigir as besteiras que fiz por causa de informações erradas. Oxalá o superpoder viesse acompanhado de um vestido no mais perfeito estilo Mulher-Maravilha, mas isso é negociável. É que naquele dia, no Ponle Cacao, eu me superei. Eu me coroei como a prefeita vitalícia de *Loserland*. Vi Esperanza acompanhada, alegrei-me com a possibilidade de ampliar o leque de homens disponíveis e, justamente quando estava agradecendo mentalmente a passagem pelo GAM, reconheci Cristóbal. Controlando o salto de *bungee* do meu estômago, decidi disfarçar e cumprimentá-lo como se nada tivesse acontecido, enquanto maquinava uma saída digna. Não deu muito certo: eu exagerei, disse que estava esperando uns amigos, fiz de conta que ia me sentar, fingi que o celular tinha tocado e conversei com um amigo imaginário e — a cereja do bolo — acenei a todos e fui embora, evidenciando as deficiências da minha *performance*. Tudo isso em menos de cinco minutos.

Tive vontade de matar Esperanza. Certamente ela não teve a intenção de me magoar, mas ela já deveria saber que eu preciso me programar para as grandes emoções, ou faço besteiras. Tropeço, fico tonta, fico exibida demais. Que droga. E o *glamour* vai por água abaixo. Estou ficando cansada desses desastres. Enfim... Como a idéia é pensar positivo para não ficar estigmatizada como uma solteira amargurada, decidi não ficar deprimida – não se pode ser multitalentosa, eis a justificativa — e compreender a mensagem: Cristóbal não é o homem para mim. Ponto-final. *Can't handle the pressure*. Uma pena, porque nos demos muito bem; ele me fazia rir bastante e eu estava gostando da idéia de falar sobre nós. *Erase and rewind*. Estamos nos primeiros dias da primavera e não é possível que com tantas flores e calor e pele exposta a minha sorte não melhore.

Por enquanto estou me preparando para a pré-temporada. Decidi me preparar conscientemente para o que está por vir. E nada melhor do que consultar os especialistas. Nos meus passeios pela internet encontrei um livro que vai se converter na minha Bíblia assim que o *courier* o entregar. "*Best advice on finding* Mr. *Right*". Somente 12 dólares – mais impostos e despesas de postagem – e estarei preparada para reconhecer, a uma distância segura, aqueles que não querem compromisso, os com carga emocional para três, os com medo de se comprometer. Obrigada, Amazon, pela graça concedida.

Seria excelente se, além disso, me enviassem também um mapa com a localização dos espécimes mais exóticos e de alta demanda. A idéia é que não me façam mais de boba. Serei uma equipe de alta performance. A goleadora do campeonato, é lógico. Quero deixar vaga a minha prefeitura o mais rápido possível e vou estar preparada. *Men, watch out*. Com conselhos de especialistas pode ser que me transforme numa vampira fria e perigosa, do tipo Scarlett O'Hara. Depois não digam que não avisei. Mas primeiro o livro tem que chegar. Por enquanto, farei pilates, para ver se é tão espetacular como dizem.

Veremos.

Esportista profissional

Tenho enfrentado meus demônios mais que o habitual e cheguei a uma conclusão óbvia, mas necessária: não estou enfrentando muito bem a procura de *my soulmate*. Isso porque tenho encarado o desafio como um esporte amador enquanto o círculo dos encontros é como uma maratona com obstáculos, digna de esportistas muito bem preparados. Talvez eu devesse passar menos tempo nos barzinhos e mais nos centros de treinamento. É que, honestamente, o circuito dos encontros e paqueras frustradas ou bem-sucedidas é intenso. E da mesma forma que os grandes esportistas têm uma temporada em que são obrigados a mostrar resultados, nós, solteiros, temos um período de alta demanda que se inicia na primavera.

Aproveitando o festival hormonal generalizado, é preciso sair para os encontros com cabeça de vencedora. E anotar telefones e *e-mails*, é lógico.

Por isso adotei uma atitude vencedora – não mais triunfos morais, chilena — e estou encarando o desafio de forma organizada, quase profissional. Ainda não chegou o livro que encomendei, *Best advice on finding Mr. Right*, mas enquanto o *know how* está a caminho, eu improviso. Fiz uma lista daquilo que acho serem os meus pontos fracos e estou procurando soluções imediatas. Assim, me inscrevi num programa para noivas num centro de beleza. Não porque esteja convencida que daqui até dezembro estarei a caminho do altar, mas porque percebi que esses programas nos deixam "no ponto" muito mais rápido.

O programa inclui limpeza de pele, massagem, drenagem – essa palavra me assusta, porque parece algo cirúrgico ou relacionado a pântanos —, bronzeamento, manicure, pedicure, tratamento com algas – saberei o que sente um *hossomaki* por meia hora — e aromaterapia de relaxamento. Não é bárbaro? A única coisa ruim é que a garota que me atendeu me aborreceu com algumas perguntas: como é meu noivo, quando vou me casar, quem será o banqueteiro e onde vai ser a festa. Primeiro virei uma mentirosa compulsiva e comecei a improvisar com meus desejos frustrados, mas aquilo me pareceu tão esquizóide que, na quarta pergunta, fiz papel de noiva neurótica e disse que estava lá para relaxar e me esquecer da tensão da organização do Grande Dia, e por isso pedia que parassem de me fazer perguntas. Todos os esportistas devem passar por maus momentos, eu acho.

Assim, com o *look* sempre em dia, sinto-me mais tranqüila. E dando continuidade à lista de pontos a melhorar, acredito que me falta um pouco mais de conhecimento específico. Decidi fazer um curso de alguma coisa, e como nem tudo deve ser rigoroso e sem graça – existirão as olimpíadas dos encontros? — acho que vou fazer algo relacionado com vinhos. Degustação, ou apreciação, sei lá. Para escolher com mais segurança e brilhar nos encontros com uma frase estilo "tem pernas longas e uma auréola transparente... ah, é um vinho de caráter". Isso eu já faço, mas é tudo inventado. Agora quero saber do que estou falando. Além disso, tenho a esperança de que pode ser um bom lugar para conhecer candidatos em potencial. Pelo menos teríamos um interesse em comum, o que já é um ponto a favor. E aqui estou eu, tentando me preparar o melhor possível. Declaro aberta a temporada de caça.

Por que será que as frases que deveriam parecer muito *cool* – como declarar-se na temporada de caça — me parecem tão falsas? Sou honesta. Quando disse isso me imaginei o caçador careca dos desenhos animados que passa o tempo todo dando tiros no Patolino. Estilo zero. Ou vestida de vedete. As semelhanças com o Pernalonga eram de abismar.

Vou ignorar esse meu comentário inadequado.

Como será possível que não apareça alguém?, pergunto.

Relax, relax, relax

Tenho pensado muito sobre qual será a minha posição no circuito dos encontros. Já estarei entre as *top ten*? Se depender do meu empenho, com certeza não ficarei muito longe disso. Minha dúvida é qual seria o nome que os comentaristas especializados e que acompanham o circuito dariam a mim. Fígado de pedra? Coração de chilena? A canhota de Vitacura? Solteira não assumida? Que horror! Isso é que é ter muito tempo livre.

É que ultimamente me sinto tão fracassada quanto o Tom – do *Tom* e *Jerry*. Nota mental: deixar de assistir *cartoons* e dar preferência aos canais de cinema na TV por assinatura. Não posso passar a vida fazendo alegorias com os desenhos animados da Warner nessa história de caça aos homens, ou, com certeza, meu próximo namorado vai ter entre dez e doze anos. Porque – meu Deus! – como faz falta um namorado. Parece um grito desesperado, mas, bem, os homens são um vício e, de acordo com os programas de doze passos estilo Alcoólicos Anônimos, a lição número 1 para superar o vício é ter de reconhecê-lo. Portanto, aí vai: "Olá, meu nome é Consuelo Aldunate e sou viciada no sexo oposto." Querido Papai Noel: é melhor você já começar a procurar o presente que vai colocar sob a minha árvore no final do ano. Se for possível, que seja um desses homens que entendem que nada supera um ramalhete de flores quando o assunto é alegrar as minhas manhãs.

Na semana passada, Paz me fez um convite espetacular: um final de semana em Viña del Mar. Pareceu-me que se tratava de uma agência especializada em turismo de aventura, mas como fiquei com preguiça de perguntar, fui sem saber bem aonde estava indo. Enquanto seguíamos pela estrada a mil por hora, cruzando os dedos para que o túnel não desmoronasse antes de passarmos, ia me perguntando que desculpa ia dar para me safar de um passeio de *rafting* ou o que a maluca da minha amiga recém-importada tinha na cabeça. Até que Paz leu a programação do final de semana e o fato era que estávamos indo para um *spa*. Por um segundo pensei que estava sendo vítima de uma armação, e que aquilo seria uma desculpa para me internar num *resort* psiquiátrico. Ainda bem que não era isso. Continuei sem camisa-de-força nos outros sete dias. Assim, passei o final de semana entregada ao reiki e seus parentes próximos e voltei com as baterias carregadas. E secretamente convencida de que aquilo foi a coisa mais charmosa que fiz na vida.

O ruim é que acabei gostando daquele negócio de passear de roupão e pedir *bloody mary* sem álcool e me deixar cair numa maca para ser massageada. Paz me olhou com uma expressão mista de vergonha e riso contido quando perguntei, na hora do almoço, se precisava dar gorjeta depois de cada sessão. "O seu caso é mais crônico do que eu pensava", disse ela um dia antes bater a porta na minha cara depois que perguntei a qual bar iríamos à noite para mostrar nosso *look* descansado.

Estou *ultra-relax*. *Sorry* por gozar da cara de vocês, mas eu me converti na nova evangelizadora em favor dos spas. Mulheres, há luz no fim do túnel! Rejuvenesci sessenta e quatro dias, e só não gostei de terem me proibido de tomar sol. Um sacrifício que vale a pena para aparentar ter vinte anos à noite. Talvez eu mude o roteiro das férias de verão. Talvez deixe de fazer o cruzeiro para solteiros que tinha planejado e continue em processo *detox*. Quando tiver a aparência de vinte e nove, então me darei por satisfeita.

Horóscopo

Eu mesma me vejo como se tivesse trinta e alguma coisa. *Early thirties*, para me fazer mais justiça. De volta ao mundo dos encontros, as coisas estão melhores. Muito melhores. É que faz duas semanas estava lendo meu horóscopo e os três que li levavam à mesma conclusão. Há consenso entre os astros: neste mês "consigo a tão desejada estabilidade emocional". Uau! Em palavras cultas parece até mais importante e transcendental e estou levando a caçada a sério. Espero que a espingarda não seja como a dos desenhos animados, para que o tiro não saia pela culatra e venha a explodir a minha cara.

O ruim é que, pra variar, eu exagerei. Parece que o excesso vai ser sempre a minha assinatura. Essa coisa de pensar que a qualquer momento dou de frente com o homem da minha vida me deixa mais pressionada que o habitual. Tenho que dar 130 por cento na quadra para satisfazer as expectativas do treinador e por isso estou acordando em horas indecentes para pode cumprir com meus novos rituais: maquiar-me e pentear-me como se tivesse sido convocada para centroavante da seleção. Mentalidade vencedora é a chave. Até o elevador é uma arca-de-noé em potencial e a adrenalina anda a *full* o dia todo, o que me deixa mais estimulada e alerta. Mas fico duplamente cansada ao final do dia e a visão enfraquece. O que é péssimo, pois nessa hora meu nível de sedução deixa muito a desejar.

Voltando ao elevador, qualquer homem que entra e sai entre os andares poderia ser o homem da minha vida e, portanto, pisco para todos. Em todo caso, nos últimos dois dias, meu sucesso tem sido bastante relativo. Se não fosse por meu super-Hydra-zen, estaria com alguns anos a mais nas costas de tanto gesticular sedutoramente.

O importante é que estou com um pensamento vencedor. Demasiado vencedor, talvez. Por exemplo, ontem. Quase desmaio de vergonha. Estava na fila do Starbucks quando tocou o alarme: numa mesa, um homem muito dos mais desejados. Como agora não deixo passar nenhum, comecei o ataque até que paf!, fui ofuscada. Aliança na mão esquerda. Mas nada vai me desanimar. Este mês eu me estabilizo, *it's written in the sky above*. Sinto-me muito mais relaxada. Depois de um período tão nublado, a previsão do tempo diz "ensolarado". Nada mal. O otimismo me deixa até um pouco poética. Talvez, se continuar com essa mentalidade vencedora, o famoso milagre aconteça. Por enquanto, nada melhor que passeios por Santiago para aplacar a ansiedade do vício que me tem absorta há muitos anos. Essa coisa de participar no circuito de alta temporada é estressante.

Nova seita

Essa coisa de estar sempre em *full production* é superdivertida. Reconheço que toda a minha vida tenho sido preguiçosa, pois meus grandes conhecimentos sobre cosmetologia vêm daquela música do grupo espanhol Mecano, que diz "sombra aqui e sombra ali, usa maquiagem, usa maquiagem". Sempre achei que fazia o suficiente lavando o rosto com sabonete e chorando quando alguma espinha infame me estragava uma saída para prospectar. Justamente a luminosidade menos desejada. E somente agora fiquei sabendo que o sabonete é abrasivo. É como dizer que lavei o rosto com cloro e sapólio durante anos e depois reclamar de como a minha pele está ruim. Mas, há algumas semanas, conheci o mundo paralelo dos cremes e cosméticos vários e não deixo de me surpreender a cada dia.

Falando em sabonetes, há alguns anos um namorado quase perfeito – desses que nem sei como consegui e menos ainda como perdi – trouxe-me de presente, de uma de suas inúmeras viagens pelo mundo, uma camisa preta espetacular. Abri o pacote entre gritos de agradecimento. A camisa vinha embrulhada em uns papéis com instruções para a lavagem. Junto com ela, embrulhado em papel prateado, havia um sabonete, que parecia dizer "olá, eu também sou hipercaro".

Abri a embalagem e admito que amei mais ainda o namorado. Como o sabonete parecia tão *top*, separei-o para o banho no dia seguinte. É claro que fiquei com a pele meio esquisita. Pensei que era devido à minha falta de conhecimento enciclopédico de beleza. Depois de um jantar regado a bastante vinho, perguntei ao meu príncipe se o sabonete era para pele oleosa ou seca. Foi como se eu tivesse falado em russo com ele – mais um fora da senhorita Aldunate. O sabonete era para lavar a camisa, que, sem dúvida, precisava de mais cuidados do que eu. Acho que ficou claro que sou bastante ignorante em assuntos de cuidados pessoais.

Voltando aos cremes, acontece que tudo, mas tudo mesmo, é possível com a ajuda e o generoso apoio da alta tecnologia em cosméticos. Pode parecer que sou a mais nova integrante de uma seita recém-criada, mas é que eu não sabia o que estava perdendo e estou disposta a subir em qualquer mesa de bar que esteja desocupada para divulgar a boa nova: "a salvação facial existe, companheiras".

É que estou alucinada. *So much to learn and such a short time to take it.* Movida a *slogans* e pela imagem mental de como eu quero ficar, tenho percorrido todas aquelas seções dos grandes magazines onde aconselham sobre os prós e os contras conforme o seu tipo de pele. Eu, por exemplo, depois de horas sob lentes de aumento sem nenhuma piedade dos consultores, descobri que tenho os poros grandes (serviriam para um *partner* em potencial praticar golfe *indoor*?) e a zona T luminosa (quando alguém me dizia que era "luminosa" eu achava que era uma cantada). Fui obrigada a abrir a carteira! Saí da loja com várias sacolas na mão e agora vou comprar um móvel novo que faça jus aos lindos frascos com *super-ultra-design*.

E foi assim que o arsenal de beleza chegou ao banheiro. Fico até com vergonha que alguém entre ali e calcule, só com uma olhada, os altos preços de se manter natural. Isso é que é ser otimista: achar que um homem de quem eu goste vai entrar no meu banheiro. Talvez, com tanto investimento, eu consiga que algum dia um homem com uma toalha em volta da cintura me acompanhe enquanto encho a banheira. E se isso não acontecer, pelo menos o verão já está chegando.

É impossível não amar a indústria de cosméticos.

VII

Diego

Química

Há algumas semanas que estou guardando uma fofoca e acho que, se não a jogar *right here, right now*, vou estourar. Tenho estado supersticiosa até dizer chega, e como dizem que é preciso ficar de boca calada até que as coisas se concretizem, vocês compreenderão meu silêncio. Mas , se não der certo, não terá sido a primeira vez, não é mesmo? É que conheci alguém. Bem, tenho conhecido bastante gente nestes dias. Mas como Diego, ninguém. *Wonder if I'm in love? Wonder if he's feeling the same?*

Não sei se é para tanto. Mas – meu Deus! – como gosto desse exemplar recém-adquirido. É melhor começar do começo. Há três semanas que meu fígado pede piedade, porque tenho saído de segunda a segunda. O corpo tenta me passar a conta, mas os hormônios é que mandam. O motivo das saídas é Diego. Um fotógrafo que me deixou nas nuvens. Nós nos conhecemos porque eu precisava fazer umas fotos, e na noite anterior me bateu aquele pânico, porque, sei lá, me cansa aquilo de "faz pose de *hot*, agora de *happy*, cara de séria, mas não tanto, um pouco menos". Uma sessão de fotos já me deixa suficientemente nervosa, *plus* as minhas olheiras dignas de máscara de La Tirana[1] e a minha insegurança galopante, não é fácil. *Anyway*, às onze em ponto cheguei ao Mucca, um restaurante de cozinha mediterrânea escolhido como locação para as fotos. Entrei, rezando para que a sessão tivesse sido cancelada, mas não. Ali estavam todos: maquiador, cabeleireiro e outros. Finalizada a etapa de "cirurgia reparadora", me vestiram e me prepararam. "Mais algumas horas e você estará fora daqui", me acalmei sozinha, até que ele apareceu. Juro por tudo que é sagrado que quando ele entrou escutei música, como aqueles *blues* de Muddy Waters, que começam "tara rarám". Ele, alto, cabelo cacheado e um pouco comprido, vestido com um certo descuido proposital. Enquanto tentava me acalmar, para que ele não percebesse que estava à beira de um ataque de pânico, ele me cumprimentou de forma cordial, disse que eu não ia sofrer porque aquilo não doía e que faria o máximo para curtirmos a sessão. Respirei fundo, e mãos à obra.

1 Carnaval religioso realizado todo anos no norte do Chile em homenagem a Nossa Senhora.

Se tirar fotos já é complicado, com um cara daqueles então... Dá vontade de pular no pescoço dele; E é quase um martírio. Porque, claro, ele estava por detrás da lente, olhando. E eu, tentando posar relaxada, simpática ou sexy, conforme ele ia pedindo. Um horror! Quando ele me pedia uma pose, eu tinha que me segurar para não soltar algumas palavras indecentes.

Depois de mil retoques e uma úlcera assassina tipo Alien me devorando, terminamos. Em vez das duas horas programadas, terminamos justamente na hora da *happy hour*. Bendita coincidência. Todos guardaram seus apetrechos e juro que escutei alguém dizer "nossa, que mulher complicada". Fiquei esperando, já que vi que ele também estava demorando para guardar as lentes, os filmes e outras coisas. E chegou a hora da definição por pênaltis. Já estávamos a sós, e eu abobalhada diante daquele deus, tive um branco e não sabia o que dizer. Porque com ele não ia dar certo um "o que você vai fazer agora?" Com ele, certamente acostumado a estar rodeado por predadoras bem melhores do que eu, seria necessário ter um bom arsenal para o ataque. E pesquisava meu *google* mental, que respondia "sua busca não encontrou nenhum documento". Estava a ponto de abortar a missão, frustrada e me odiando porque justamente naquela hora a minha criatividade foi para o espaço. E o galã se interessou por mim.

— O que você acha de irmos ao Ócio?

Foi assim que tudo começou.

Tímida

A primeira saída com Diego foi um pouco estranha. Porque fiquei tímida. Não sei o que acontece no lapso temporal entre o momento em que tenho as idéias e o em que abro a boca para falar. Deve ser falha de algum neurotransmissor, eu acho. Porque ele me faz perguntas simples do tipo "que tipo de música você gosta?", e eu demoro três goles de martíni, sete respiros, e alguns trancos para pegar. E, claro, eu esqueço a pergunta ou dou respostas telegráficas e devo passar ou por tonta ou por chata. Que coisa! Mas ele foi compreensivo. Deve estar acostumado a causar esse efeito nas mulheres, porque nem boceja. Ele espera pacientemente que eu vire a cabeça para ver se encaixo meus neurônios e me pergunta outra coisa quando fico sem assunto.

O encontro devo ter obtido uma média de doze pontos de audiência, calculo. Porque apesar de o meu público não me abandonar, não devo ter sido o sucesso do momento. *Anyway*, depois de ele pagar a conta – o que pode ser mais afrodisíaco do que tentar tirar o talão de cheques da bolsa e ele dizer ofendido "não, eu convidei" –, fomos embora, cada um no seu carro, e não passamos daquele estressante "nos falamos". Odeio essas duas palavras. É como deixar a bola no meio, sem um indicador de quem deve tomar a iniciativa.

No dia seguinte, ensaiei vários tipos de ligações: a amigável, a sedutora, a que quer sondar o terreno, a carinhosa. Depois de me encontrar com Fred para contar o que aconteceu, ele sugeriu que eu aguardasse dois dias antes de qualquer *performance*, para esperar baixar um pouco a poeira do meu desespero. Obedeci e resolvi esperar, torcendo para que o prazo dele terminasse antes do meu e que a mim coubesse, ao final, o papel da conquistada. *Plain and simple*, que ele ligasse.

No terceiro dia decidi que era a minha vez de ligar. Mas, depois do ataque de desespero – por que as coisas sempre me levam ladeira abaixo? –, coloquei cinco da tarde como *deadline*. Eram quatro e trinta e dois: Um café. Um cigarro. Outro café? Sim, mas depois da barrinha de cereais, ligo para ele. Pronto? Ainda não. Mais um cigarro. Ok, já chega, pareço uma chaminé. Até quando vai durar esta eterna adolescência? Estou com dor de barriga. Vamos acabar logo com isso. Procurei seu cartão – desnecessário, pois já tinha memorizado o número – peguei meu celular e desci até a rua para que parecesse que era uma ligação mais casual e não uma ligação de negócios. Enquanto suava olhando a tela com o mortal "*calling*", devo ter envelhecido 83 dias. Ele não atendeu. Ufa. Alívio *versus* raiva. Deixo um recado e depois ele decide o que quer fazer. Mas, por outro lado, era impossível não pensar por que ele não atendia o telefone. Estaria com alguém? "Sou eu, liguei para agradecer pelo jantar do outro dia. Ligue-me, se quiser, este é o meu celular". Desliguei e percebi que não tinha deixado claro quem eu era nem a que dia eu me referia. *Damn and a blast*. Erros de principiante aos trinta e poucos?

Já estava pensando em guardar seu cartão com todos os outros quando, às nove da noite, meu secretário de comunicações – entenda-se, o celular – vibra. Não acredito: é ele. Embora eu tenha feito do "faça sua reserva com antecedência" um lema de vida, decidi ir contra todos os manuais. Não dei importância para isso e combinamos de nos ver em meia hora no Zanzibar.

E, obviamente, não me arrependo.

Concentração

A ida ao Zanzibar foi quase perfeita. Quase, porque decidi me concentrar em deixar de ser otária e parece que me superei. No caminho fiquei pensando que ser tão boba não vai me levar a lugar algum. E se os encontros forem marketing puro, então não estou considerando o custo-benefício dos produtos, como mereço. Então me programei como uma vil máquina de encontros e repeti para mim mesma no caminho para o centro gastronômico: "chega de silêncios incômodos, chega de esforços visíveis para juntar dois neurônios; em resumo, chega de Consuelo *loser*". Vou fazer a minha parte para que este encontro não seja outro fiasco amoroso.

Fiquei preocupada assim que saí do carro. Como estava com sapatos Nine West de salto bem alto, havia a possibilidade de que criassem vida própria e saíssem voando pelos ares. Dobrei os dedos dos pés para segurar os pés no sapato e subi as escadas. Subi bem concentrada, caso Diego estivesse sentado observando a minha entrada triunfal. E consegui: apesar dos passos estilo robô, cheguei lá em cima com os sapatos no lugar. Procuro pela sua aprovação e caio na real: como bom chileno, ele peca por não ser pontual. Fui ao banheiro para que ele não me visse ali sozinha, e quando voltei de uma sessão *extralong* com o espelho, ele acabava de chegar. Se ele se atrasou porque demorou para se arrumar daquele jeito, lindo, então pode se atrasar o quanto quiser. A espera valeu a pena.

Fomos nos sentar e ele cumprimentou até os cinzeiros. *Mr. Popular* me seguiu até a mesa e, quando chegamos, deu para perceber o quanto estou enferrujada no assunto dos encontros. Quando ele foi gentilmente puxar a cadeira para mim, eu achei que ele fosse se sentar naquela cadeira, e continuei dando voltas ao redor da mesa para me sentar em frente a ele. Parecia a dança das cadeiras, e quando entendi a mensagem fiquei quieta, evitando seu olhar, surpreso e divertido, por essa minha *performance* inicial. Finalmente nos sentamos e eu não sabia se pedia desculpas ou se me fazia de *cool*. Optei pela segunda opção, porque me pareceu mais digna, e decidi me concentrar mais. E teria conseguido, não fosse pelo cardápio, que por duas vezes caiu das minhas mãos, e quase arranquei a toalha da mesa em uma das minhas tentativas de pegá-lo no chão. Pedimos a comida e eu decidi beber um suco para que não correr o risco de ficar mais boba ainda se tomasse um *pisco sour*. Não foi uma boa decisão, porque, sem querer, fiquei olhando fixamente para a sua taça de vinho com cara de alcoólatra em fase de reabilitação.

Ele chamou o garçom e, sem me consultar, pediu, para mim, uma taça de vinho como a dele. E eu me derreti toda, porque às vezes gosto desses gestos meio dominantes. Sei que são resquícios de meus genes um pouco machistas, mas eu adoro esses atos protetores ou de cavalheiro à moda antiga. Agradeci a ele mentalmente pela paciência e me comprometi intimamente em perdoar todos os seus atrasos, se com esses pequenos detalhes ele conseguir fazer com que eu me sinta menos *nerd*. Não entendo por que ele perde suas noites comigo, mas eu adoro.

É estranho que, apesar das minhas incessantes incoerências, ele tenha me enviado uma mensagem de texto, na manhã seguinte, que dizia – fico até vermelha – "ganhei um vale para esta noite?".

Até as minhas sobrancelhas tremiam quando mandei um simples "sim" de resposta.

Surpresas

Estou ótima! Sei que é estranho eu escrever isso. Já estou acostumada a estar agressiva, incomodada, chata e reclamona, à beira da neurose por causa desta solteirice que se nega a me abandonar. Por isso é estranho dizer que estou bem. E contente. Surpresa de como as coisas estão se arranjando sem que eu perceba como os bons momentos se multiplicam.

Também me surpreendo com o Diego. Porque depois de nosso último encontro, no qual só faltou me contratarem para assumir o lugar do Cantinflas[1], pensei que ele desapareceria; como todos os que fugiram quando viram que sou neurótica, exagerada e tonta. Eu teria até entendido se ele não me ligasse mais. Por isso fiquei tão surpresa ao receber sua mensagem de texto me cobrando o vale. Combinamos que ele passaria aqui às nove da noite e, para não dar chance ao azar, às oito e cinqüenta e dois já estava tudo pronto. Eu, com um vestido preto impecável – não sabia aonde íamos, portanto optei pelo básico –, uma tábua de queijos sobre a mesinha de centro e uma garrafa de vinho já aberta, caso decidíssemos beber.

Às nove e três comecei a me desesperar. Às nove e meia decidi beber o vinho. Fui para o quarto, morrendo de ódio, assistir TV a cabo para que o tempo passasse mais rápido. Dez e vinte e oito, quando os queijos já estavam mordiscados e restava menos da metade da garrafa de vinho, a campainha tocou. Como já fazia tempo que eu tinha me resignado àquela situação, e tinha pedido uma bandeja de *sushi* em casa, pensei que a minha comida havia finalmente chegado e abri a porta naquele estado lastimável: cheirando a vinho, o vestido chique cheio de pêlos da Cucha, descalça e com a maquiagem borrada. E era ele. Bem despreocupado, sem sequer dizer "desculpe, eu demorei um pouco". Ele me cumprimentou, entrou e bebeu uma taça de vinho enquanto comentava como achava engraçado que meu apartamento fosse elegantemente perfeito. Acho que ele quis dizer "neuroticamente arrumado". Eu, cada vez mais deslocada – falar mal da minha casa estando em minha casa pareceu-me demais – não chamei a sua atenção pelo mega-atraso. Sentei com ele e conversamos.

---

1 Mario Moreno Cantinflas, ator e comediante mexicano.

Não me atrevi a perguntar a ele aonde íamos, mas só para dar a entender que para conseguir uma mesa àquela hora ele ia ter que mexer todos os pauzinhos como fotógrafo do *jet set*, peguei o cardápio *express* e me aproximei. Queria ver se, por dedução lógica, ele perceberia que eu estava com fome. Não compreendeu de jeito nenhum. Ainda bem que o *sushi* chegou. Estava começando a pensar que talvez aquela coisa de "eu passo para pegar você" fosse uma convenção entre os solteiros para dizer "amor em domicílio, prepare-se para o que vier". Para falar a verdade, não era uma má idéia. Então, decidi relaxar, tirar o pé do freio e deixar de pensar tanto. Que ele assumisse o controle e que eu me deixasse levar. Quando eu estava a um passo de pensar em estupro, ele se levantou e me estendeu a mão. Ação! Pensei muito otimista. Nada. Era a hora de sairmos. Ruminando a decepção e me criticando por tanta libido explícita, dei uma olhada no relógio. Era quase uma da madrugada.

Entramos no carro e continuei com a idéia de não interferir nos seus planos e não mudei nem mesmo a estação do rádio. Embora a música clássica me dê sono, enfim... Estávamos subindo a Rua Larraín. Faltava muito? Meus sapatos estariam ok? Quando apenas dava para ver algumas luzes bem ao longe, ele virou em uma rua estreita e disse "estamos quase chegando". Viramos, e eu ainda sem compreender nada.

Ouvindo sininhos

Quando Diego estacionou o carro, fiquei paralisada. Deslocada. Aquele negócio de ficar longe do circuito por muito tempo me deixou um tanto fora de forma, embora, no fundo, eu espere que a minha vida se encha de pequenos e engenhosos detalhes que digam "penso em você e quero que você saiba". Por isso, embora deseje um homem que fuja do padrão, talvez Diego seja demais para mim. *Maybe it's more than I can handle.*

Retomando: aquele sábado, Diego e eu estávamos subindo a ladeira Larraín. Zona conhecida por – como dizer? – instalações propícias para os amores furtivos. Zona de motéis, ok? Então, minha cabeça funcionava pervertidamente e perguntava por que iria pagar se estivemos na minha casa por tanto tempo e não aconteceu nada. E, oh, desilusão! Era uma casa de eventos. Ele desceu e me estendeu a mão. Que vontade de ficar ali, a sós. Mas, é claro, tive que segui-lo. Quando já estávamos na entrada, a música me deu uma dica. "Água que não for beber", dizia a orquestra, e a turma respondia "deixa escorrer". Hummm. *Cumbia*[1]? Sinônimo de festa de casamento no meu restrito vocabulário.

Entramos. E as minhas suspeitas estavam certas. Eram quase duas da manhã e ele estava me levando a uma festa de casamento! Ainda bem que estava de vestido preto; mas ele, com seus *jeans* e sua pinta de homem das cavernas recém-domesticado, deixou-me preocupada. Assim que colocamos um pé no *hall*, ele desapareceu sob uma chuva de abraços e chutes e muitos sujeitos vestidos mais *ad hoc*. O que estávamos fazendo ali? Por um minuto pensei que ele tinha ido tirar fotos da festa, daí a recepção pouco calorosa, porque a aquela altura, a maquiagem da noiva já devia ter escorrido e aquela não era uma boa hora para tirar fotos. Depois soube que era o casamento de seu primo e que, como a noiva é que tinha cuidado da lista de convidados, ele precisava chegar depois do jantar, para que saísse de graça.

Aí percebi que somos muito diferentes um do outro. Porque se eu recebo um convite de casamento que diz "por favor, chegue tarde", eu levo para o lado pessoal, como uma ofensa daquelas. E não vou, é claro.

1 Baile típico da Colômbia.

Que baixaria. Isso é pior do que não ser convidada. E como ele tem a coragem de me levar junto? Um: sem sequer me avisar. Dois: eu não conheço ninguém e ele me deixa sozinha no meio da multidão. E três: como é que ele não me contou nada para que eu pudesse me vestir melhor? Depois de uma longa argumentação comigo mesma, decidi relaxar e cair na farra com a família do Diego, embora não tivéssemos lugares designados nem eu soubesse quem era o seu primo. Fui obrigada a relaxar. Por ter sido uma primeira tentativa, quase deu certo. *One step at the time*.

Ainda assim, gostei da surpresa. Acho que se ele me apresentou à família é porque eu devo significar alguma coisa para ele. Por isso queria que a voz pessimista, que dizia de dentro de mim mesma "levo você para sair sem gastar dinheiro", se calasse. E ela se calou sem que eu tivesse que a amordaçar. Não sei se foi devido ao meu relaxamento ou ao fato de casamentos serem o encontro mais romântico *ever*, mas o fato é que me diverti muito. Quando ele estacionou e, antes de descer, pegou meu rosto e me deu um dos melhores beijos que lembro de ter recebido. Assim dá gosto ser surpreendida.

Rasteira

O problema é que tenho idade mental de quinze anos. Que são conflitantes, é claro, com meus trinta e tantos de verdade — inegáveis, apesar da eficácia dos meus cremes de grife. Então, fico desvairada e com vontade de sair correndo ou de comprar as minhas roupas no centro comercial Dos Caracoles e fazer papel de velha não-assumida de uma vez por todas.

Porque, é claro, se sou tão infantil nas minhas relações, o normal seria que andasse com colar de bolinhas estilo Marge Simpson e saias com bolinhas ou fantasiada de vampiro. Porque já disse: tenho idade mental de quinze anos. O mais provável é que da próxima vez que ouçam falar de mim, eu esteja preocupada em passar no vestibular ou planejando dançar na Chocolate. Se isso for *in*, é lógico.

Explico: depois dos beijos puros e castos com Diego, eu quase, quase, reúno a minha família para contar que estava namorando. Ainda bem que não caí no exagero de planejar um almoço dominical para que conhecessem meu potencial *life partner*, porque no domingo ele sumiu. *Gone in 60 seconds*. Claro que ninguém o matou nem – espero – a Angelina Jolie o adotou. Ele me iludiu, *snogged me*, e depois, "*bye bye*, Consuelo, numa dessas, a gente se vê". Na realidade, nem isso fez. Nem sequer avisou que sumiria, então eu, a rainha da Paramount Pictures, passei o dia seguinte esperando por notícias. Como sou boa para organizar e classificar tudo, arrumei coisas para fazer durante horas em nosso primeiro dia juntos.

Assim, quando ele não apareceu antes do meio-dia, não me desesperei, mas percebi que não daria para almoçar no Calypso, restaurante italiano em Cajón del Maipo, a 150 quilômetros de Santiago. Não importa, pensei otimista. Podemos transferir o almoço para um lugar menos bucólico, aqui mesmo em Santiago, e daí, vamos para a exposição de fotografias *Corpos pintados*, para que ele veja que compartilho de seus interesses de fotógrafo antenado. Quando passou do horário destinado ao almoço, por volta das três da tarde, preparei alguns sanduíches, leves e frescos, para que comêssemos na famosa Festa do Corpo.

Às sete, com os pães já meio moles, odiei a minha capacidade de engenheira de criar castelos no ar. Às dez da noite, sentada na sala, agradeci por ter segurado a minha vontade de gritar do topo de uma montanha: "*Sorry*, Santiago, mas fui temporariamente privatizada". Porque, obviamente, não fui. Porque parece que para ele foram apenas alguns beijos e mais nada. Na segunda-feira eu o odiava. Foi mais uma droga de domingo, esperando que as coisas fossem cor-de-rosa, como as vejo na minha cabeça. E nada. O maldito deve ter esse *modus operandi* estabelecido.

Conhecer uma pobre solteira, bajulá-la com algumas saídas caras e, na terceira, economizar e dar o tiro de misericórdia no encontro mais romântico que pode existir: em um casamento. Estava odiando com vontade quando me interromperam. Estava pensando em quanto custa um anúncio de página inteira n caderno D do jornal de domingo, para alertar as solteiras sobre esse novo golpe, quando o celular tocou. Ele. O sumido. Eu congelei. Às vezes penso que é tão cômodo estar assim, acostumada a fracassar, que já não dá vontade de arriscar de novo. Porque este é um homem que me fará chorar. E embora possa doer, queria mais.

Resta dizer que assim que escutei "oi", ele já estava perdoado.

O caso "Propinas"

Não sei como ainda não fui convidada pelo ministro a depor no Mop-Gate, o escândalo das propinas. Sou uma corrupta. Reconheço. Passei a última semana pensando a quem eu agradeceria por Diego e, já que estamos em dezembro, escolhi Papai Noel, meu gordinho predileto. Mal-vestido e encalorado, mas ainda assim "obrigada, Papai Noel, pela graça que me foi concedida". Talvez eu pague a minha dívida dando-lhe, como propina, uma roupa em tecido mais leve e sem couro, para expressar meu agradecimento. Um noivo para mim! *Or at least kind of.*

É que ganhar Diego como presente de Natal me deixou de boca aberta. Como na letra daquela canção dos anos oitenta, *Walking on sunshine*. Nem Prozac me deixaria mais animada e contente.

Pulei da cama fascinada, antes que o despertador tocasse. Nem mesmo o calor ou a obrigação de ter que ir ao centro comprar presentes-propinas atrasados apagariam meu sorriso. Decidi que após o trabalho irei à Reina Abilene, o paraíso dos produtos artesanais, para comprar aqueles *kits* de sais maravilhosos. Estava quase saindo quando ele – o presente – me ligou para se "reportar" e perguntar onde eu estava. Como ainda não me acostumei a isso de "onde você está, o que você está fazendo e o que vai fazer mais tarde?", rebati a bola e perguntei quais eram seus planos. Ele estava fotografando um evento social – coisa que ele odeia – e ficou de se encontrar comigo mais tarde. Como eu me perco facilmente por Santiago, ele me disse que seria melhor nos encontrarmos no Diablito, um bar da Rua Merced, depois das nove.

Apesar de me enrolar ao máximo com as minhas compras, consegui chegar antes. Pedi um *pisco sour* e sentei-me o mais perto possível da porta, porque naquele local o celular não tinha bom sinal. Enquanto bebia meu drinque o mais lentamente possível, tentava me controlar para não entrar em desespero porque já eram quase dez e nem sinal dele. Eu tinha duas justificativas: um, estava trabalhando, e dois, ele não é exatamente o Sr. Pontualidade. Como não conseguia fazer a bebida durar, pedi outro drinque. Quem sabe, numa dessas, ele tenha resolvido ficar mais para aproveitar o coquetel do evento em que estava. Com o terceiro *pisco sour*, decidi comer alguma coisa. Àquela altura já não estava mais muito preocupada com a minha aparência e me entreguei às delícias de uma carne picante *red hot*. Senti o cheiro de alho – se ele chegar tarde, que não espere por perfeição. E continuei pensando que talvez houvesse lá muitas pessoas a quem ele devia fotografar.

Deixei o celular o mais perto possível da porta para melhorar o sinal caso alguém ligasse mas, ainda assim, nada. Olhei para mim mesma e não gostei da cena. Eu, sentada num bar lotado de casais, fazendo piruetas para melhorar o sinal do celular para uma chamada que não ia chegar. E o relógio é testemunha de que para Diego quase não há diferença entre a falta de pontualidade e o esquecimento.

Então, dei-me por vencida. Levantei a mão para pedir a conta e pensei que Papai Noel talvez não mereça mais uma roupa primavera-verão. Porque parece que a bateria do meu presentinho perfeito parece que está acabando. Diego não apareceu nem deu explicações. Isso é o ruim de estar com alguém como ele. A espontaneidade, que por vezes me mata de alegria, também me faz mal. Se ele diz "a gente se vê", eu dou isso por certo. Então não vai ter propina para o Papai Noel. Ou ele honra a garantia do meu presente, ou continua com calor. Acho que o presente que ganhei não tinha garantia.

Superpoderes

O problema com Diego é que ele me faz de gato e sapato. Pode parecer algo sexual – mero acaso, devo dizer, para honrar o meu bom nome –, mas ele sempre acaba fazendo o que quer comigo. E não sei como consegue. Não sei se é culpa daqueles olhos que ficam espremidinhos quando ele ri dos meus hábitos estruturados ou do seu perfume, que enche o ambiente quando ele chega. Ai, que brega fiquei. Mas é assim. Ele chega e não sei se é a química – feromônios ou seja lá o quê – que me hipnotiza e me condiciona e me escraviza. Será essa a tão famosa – e sobrevalorizada – estabilidade de casal?

Esclareço: não é que eu seja *control freak*. É que, simplesmente, ele ganha de mim. Se a sedução fosse uma eterna queda de braços na qual um dos dois consegue vencer o outro com um bom movimento de pulso, eu seria a perdedora do jogo desde a primeira vez em que o vi por trás das lentes da sua câmera. E tento fazer de tudo para que ele não ganhe. Tento forçar as coisas para o lado contrário do que ele quer. Mas no caminho alguma coisa acontece. E acabo me ridicularizando, fazendo esforços patéticos por opor resistência, uma vez que desde o começo eu já saiba que essa é uma partida que ele já venceu faz tempo.

Por exemplo, no Ano-Novo. Minha idéia era apresentá-lo a todos, amigos e familiares, para provar que aqueles rituais de final de ano, de usar calcinhas amarelas e abraçar desconhecidos do sexo oposto à meia-noite são eficazes, se levados a sério. E para mostrar, também, como Diego é lindo e provocar inveja a algumas pessoas. E acabei numa festa de seis dos melhores amigos dele, porque eu só queria desfilar com ele em público e nem sequer quis saber aonde estávamos indo. Descobri-me sentada numa casa do bairro Brasil, ultra-mega-retocada, digna de capa de revista de decoração, com música antiga e seis pessoas que se conhecem a tempo demais para que pudessem me dar atenção. Esperei pela meia-noite e entrei em 2004 me sentindo fora de lugar, conhecendo apenas 0,1 por cento das pessoas que ali estavam comemorando a passagem de ano. Pensei por mais de uma vez em ir embora para qualquer outro lugar, desde que pudesse, apenas, sair dali. E não sei – mais uma vez – se Diego tem superpoderes ou o quê. Porque fiquei. Percebi, depois de um tempo, que bastava encarar os rostos de todos os convidados como se eles fossem personagens de alguma novela e começar a rir. E depois que relaxei, até curti bastante.

Embora eu tenha vergonha de admitir, a verdade é que basta ele estar por perto para que as coisas fiquem melhores. Muito melhores.

Às vezes tenho vontade de sair correndo ou de fugir para o lado oposto ao em que ele está indo, só para sentir que ainda tenho um pouco de *self deliverance*, mas acho que será um esforço em vão. Se isto é um relacionamento normal, no qual um controla e o outro consente e aceita, coube-me o lado passivo, e fico muito chateada em ter que reconhecer isso. Estou no lado da entrega de olhos fechados. Mas é melhor adotar uma atitude *cool* de "não me entrego tão facilmente" e culpar os feromônios. Vou dizer, com cara de boba, que "não fizemos muita coisa no dia trinta e um, apenas ficamos com uns amigos". Só para admitir que as famosas calcinhas amarelas funcionam.

Mas depois de trinta e um anos ainda questiono a sua eficácia.

Negociações

Parece que entrei este ano com o pé direito. Parece. Pelo menos, na passagem do ano poupei-me da humilhação de circular por aí procurando romance, armada com calcinhas amarelas. Que grande contradição essa obrigação quase-moral de vestir uma peça pouco sexy, bem na última noite do ano. Cada vez estou mais segura de que essa é a pior superstição que alguém poderia ter inventado. Deve ser uma praga cruel de alguma mulher casada.

Como podem afirmar que calcinhas de gosto tão duvidoso nos levem a fazer sucesso? Ninguém fica bem nelas, eu acho. Além do mais, se finalmente conseguirmos conquistar alguém durante a festa de Ano-Novo, não vai ter como o romance prosperar se o pretendido descobrir esse símbolo da solteira desesperada.

Anyway, este ano não as usei. E tive a desculpa perfeita para isso: Diego. Embora eu me pergunte a cada seis minutos e treze segundos por que estou com ele e a cada três minutos e quarenta e nove segundos me questione se este relacionamento não é uma aposta cruel, aí está Diego. Assim, não precisei participar de uma acirrada luta corpo a corpo, digna de um gladiador romano, para encontrar um homem para abraçar à zero hora e manter o *sex appeal* no ano que está começando. *Cause I got my guy*. Na entrada deste ano de 2004, tive alguém a quem abraçar, um beijo no melhor estilo *E o vento levou...* e tudo o mais. Até que enfim! Isso melhora as perspectivas. Diego e eu ainda estamos no começo do *foreplay*. O que significa que as possibilidades de ele descobrir que eu estava usando calcinha amarela eram altíssimas: de 98%, para pormos em números.

E comprometer a fantasia erótica era uma péssima forma de assegurar sua privatização. O início dos relacionamentos são meus momentos favoritos. É quando tudo nos dá um frio na barriga, as esperas são nervosas e as emoções, próprias dos anos *teen*. E, com Diego, tenho tido essa adrenalina permanente em dose dupla, porque gosto tanto dele que nem me atrevo a questionar por que ele está comigo e fico apavorada ao me questionar se ele realmente está comigo. Não é paranóia. É que, na minha idade, é um absurdo achar que vão me pedir em namoro oficialmente. Às vezes tenho vontade de pedir um cheque em branco como caução depois do terceiro encontro, para garantir que haverá um certo nível de compromisso entre as partes ou para cobrir as despesas com o psiquiatra que, certamente virão mais à frente. Mas, no final, não há nada a fazer a não ser acreditar que ele se comportará à altura das circunstâncias depois do primeiro encontro com beijos, que continue ligando e não desapareça.

Não sei por que é tão complicado para mim falar do assunto intimidade. Fico irritada só de pensar que uma das formas mais efetivas de manter o controle no relacionamento é a negociação carnal. E é nesse processo de pega e larga que me encontro atualmente. E, é claro, não sei o que fazer. Ilusoriamente, achei que a transação se concretizaria até a noite de Ano-Novo. Mas não deu certo. Então, apostei todas as minhas fichas em Diego e me fechei, de modo geral, a outros da espécie. Disse não às calcinhas amarelas naquela noite. Preferiria ter azar o ano inteiro a dar uma má impressão na batalha dos lençóis.

E é claro que, por culpa do Diego, mais uma vez fiquei a ver navios. E com uma *big* maré de azar rondando o novo ano.

Vai-não-vai

Estou arrasada. *Burned out*. Por que – meu Deus! – as coisas são tão complicadas com o Diego! Sim, eu sei, este é um comentário esquizofrênico, mas como boa mulher que sou, reclamo quando tenho tudo e não tenho nada. Não tem jeito. Parece que nunca vou me conformar. Mas esse belo espécime tem complicado a minha a vida de tal maneira que, às vezes, no meio de um encontro, me dá vontade de ir para casa e assistir TV – é mais fácil viver na fantasia da TV do que passar vergonha atrás de vergonha na vida real – e adiar o item "parceiro" para quando que eu esteja verdadeiramente pronta para passar por bons e maus momentos.

A que maus momentos me refiro? Número um: a sua maldita popularidade. Neste sábado, quando entramos no Perturbar, ele cumprimentou a três quartos representantes do público feminino com abraços apertados. *Sorry*, mas o ano-novo já passou, ele bem poderia parar com essa coisa de abraços. Só então ele pôde se sentar numa mesa como uma pessoa normal. Número dois: odeio que ele não pegue na minha mão em público. Três: odeio que ele me apresente só como "Consuelo". Nem "uma amiga", nem "minha quase-noiva", nem "minha fofa" – se estivesse a fim de me ridicularizar em público. E, por último: nada de chegar aos "finalmentes". Tenho que me conformar com isso. O pior é que nem sequer sei se temos ou não um relacionamento. Enfim... A incerteza é agradável por um momento, mas já está me cansando. O pior é que me sinto mal comigo mesma. Ele não tem culpa de eu ser insegura. Ele estava à toa e, por alguma estranha razão, acabamos juntos. Por isso não posso ficar brava com ele. Mas, por outro lado, ele pouco faz para que eu me sinta mais segura. É uma situação bastante dúbia.

Talvez ele seja culpado por ser tão instável e sumir do mapa a qualquer hora. Porque, de vez em quando, ele parece que está interessado. Eu acho. Não deve ser por acaso que ele liga para me dizer onde está de tempos em tempos. Nunca desaparece por mais de quatro horas durante o dia, uma média muito boa de presença. Não deve ser por acaso que me trata carinhosamente quando estamos a sós. Mas há momentos em que me sinto tão sedutora quanto uma torneira, porque não é normal passar três semanas de *hot and steamy* tensão sexual sem que ele tome a iniciativa. Eu me sinto enganada. Porque na primeira vez que o vi atrás das lentes, pedindo que eu fizesse pose de calendário de oficina mecânica, imaginava que ele fosse avassalador em questão de sexo. Mas não tem sido nada disso. Às vezes tenho vontade de gritar "por favor, falte-me com o respeito de uma vez por todas!" Mas onde ficará a magia se eu for assim tão explícita? E nem sei se eu seria mesmo capaz de tomar essa iniciativa.

Enfim! Com tanta coisa passando pela minha cabeça, contei ao Fred sobre a minha frustração que me disse, com cara de poucos amigos, que não me restava outra alternativa a não ser tomar a iniciativa. Esse era justamente o conselho que eu menos queria ouvir. Então decidi convidar Diego para jantar na minha casa, já que os encontros públicos me fazem sentir como uma mera acompanhante. Segui o conselho do Fred. Aqui em meu território pode ser que alguma coisa aconteça. Ou, quem sabe, eu dê o passo final depois de alguns drinques. Combinamos que esta noite ele virá jantar comigo, às nove e meia. Pontualmente! A única coisa de que tenho certeza é que vou comprar ostras e bastante vinho. Branco, tinto, *rosé* e champanhe! Tudo o que tenho direito. Para ver se fico mais mulher e mostro as garras. Agora vai! Não vejo a hora de estar fumando um cigarro *após*, como nos filmes.

Acho que vou morrer de ansiedade com esse vai-não-vai.

Milagre

Eu me sinto como nossa seleção de juniores: ninguém dava um centavo por ela, mas bastou uma vitória e todos erguem a cabeça com orgulho e dizem "sempre tive fé". É que com este meu expediente de corações partidos, o mais lógico teria sido que rolasse ladeira abaixo com uma garrafa na mão, sem analgésicos suficientes para amenizar a dor. *To heal the pain*, como diz aquela música do George Michael. Enfim. Sou a júnior do amor. Porque, finalmente, saí do meio-de-campo e fiz o gol. Até que enfim acabaram-se as tensões com Diego. Por enquanto. Na segunda-feira passada esperei por ele a um passo do coma etílico. Por que, para variar, ele se atrasou.

Tentando, digamos, melhorar as chances de uma goleada, eu me esforcei para que tudo estivesse perfeito. Pela primeira vez limpei pessoalmente a minha casa. Baixou-me uma neurose como as da Mônica, de *Friends*, e deixei a casa tão limpa como uma sala de cirurgia.

A comida, eu a encomendei. Como sei que ele adora os *ceviches* de El Otro Sitio[1], até consegui a receita do Emilio Peschiera, mas com medo de matá-lo ou intoxicá-lo, optei por outro luxo da modernidade: *take out*.

Confesso que exagerei. Uma olhada para a mesa revelava que tudo parecia afrodisíaco ou tinha forma suspeitamente fálica. Pelo menos era assim que parecia para mim, para meu total desespero. Era um grito de "por favor, esta tensão está me matando! Olhe as espinhas que apareceram nas minhas costas e no meu colo. Isso nunca me aconteceu. Acho que é pura repressão sexual, concentrada na pele". Não havia tempo para outro cardápio, assim tive que ser óbvia mais uma vez. *Pisco sour* na mão, fiquei esperando meu galã chegar. Desde que ele entrou na minha vida, meu tempo livre se divide fundamentalmente em três coisas: um, manutenção e consertos estéticos; dois, curtir a tensão de sua companhia, e três, esperar. Nota mental: um relógio gigante como o do coelho da Alice do País das Maravilhas seria um presente perfeito para ele.

1 Restaurante de comida peruana, cujo dono é Emilio Peschiera, chefe de cozinha reconhecido internacionalmente.

Ele chegou quase às onze da noite. Atrasou-se numa sessão de fotos e, como ele vive na pré-história, numa era onde não havia celulares, chegou como se nada estivesse acontecendo, sem um *sorry about the late* nem nada. Fomos direto para a mesa e ele me contou sobre seu dia e, quando perguntou pelo meu, não tive outra alternativa a não ser mentir. Porque não podia confessar que passei o dia planejando para que o jantar desta noite incluísse o café da manhã. Disse a ele que tinha trabalhado até tarde e que há pouco tinha começado a cozinhar. *Yeah, right*!

Tudo para adequar-me ao estilo da mulher que se encaixa bem no seu estilo de vida.

Desta vez não tive que forçar nada. Ele disse a que veio. Tudo aconteceu naturalmente. Mais tarde, enquanto ele tomava banho, eu pensava que nada poderia ser mais perfeito do que ele me pedir em namoro. Mas o lema, depois dessa noite, é que "é melhor não complicar-se".

Pelo menos, não por enquanto.

Missão cumprida

Deu certo, deu certo, deu certo, deu certo! Estou pulando como uma maluca porque tenho um namorado. Sim, consegui! Vamos lá, minha gente! É possível! Agradeço a todos os meus patrocinadores: Santo Antônio, padroeiro das solteiras; Santa Rita de Cássia, advogada das causas impossíveis; e Nossa Senhora de Lurdes, pelo seu apoio. Não quero nem pensar na quantidade de dinheiro que vou gastar em anúncios em jornais, do tipo "Agradeço ao Espírito Santo pela graça alcançada". Por que durante todo esse tempo em que esperei a coisa acontecer, enrolei-me numa combinação de orações e chantagens aos santos. *And finally it pays off.*

Firmei com Diego. Mas estou insegura. Porque tudo aponta para o prognóstico negativo. Porque na manhã seguinte ele me acordou apenas para dizer "eu te ligo depois". Nada de café da manhã na cama, nem beijo romântico, nem uma homenagem a aquelas cenas de filme nas quais ele a fica olhando e achando-a linda, embora esteja – objetivamente – um horror. NA-DA. No banho concluí que se não voltasse a vê-lo não faria a menor diferença. Ainda assim, o saldo seria positivo. Porque um galã de novela lindo assim não é coisa para todo dia. Ainda mais na minha cama, que não está acostumada a visitas noturnas. Justifiquei essa minha luxúria – maldita boa educação que me deixa sempre um peso na consciência – com um clichê: "Se eles podem sair com mulheres lindas, mas tontas, então esta foi a minha vingança: um homem-objeto". Comecei o dia com a alma lavada. O *day after*.

Estava com vontade de conversar em tom de vestuário masculino. Mas o comportamento lascivo não é um *plus* na minha agência. Fui obrigada a desabafar por *e-mail* com Fred, para não enfartar com tanta confissão por fazer. Graças à escravidão da jornada de trabalho, não tive um minuto sequer para pensar "e por que ele ainda não me ligou?". A hora de almoço foi outra prova. Porque meu celular tem o maldito costume de ir para seu número sem que eu mande. Para não fazer papel de tola, agüentei a raiva e resignei-me por ter sido utilizada e descartada.

Fui ao Starbucks, no meio da tarde, para comprar um *frapuccino* de café. Ao voltar, encontrei um recado sobre a minha mesa: "Seu namorado ligou. Ele vem buscar você às sete". Amaldiçoei a pessoa que anotou o recado porque, sem dúvida alguma, ela deveria ter uma disfunção auditiva extrema. Saí perguntando quem tinha sido o desalmado que tinha deixado aquele recado. Quando me dei conta de que de fato o Diego tinha ligado e se autointitulado "meu namorado", fiquei tonta e quase desmaiei. Fui informada de que tenho namorado de uma forma nada romântica. Por um recado anotado por alguém que nem sequer sabe o peso dessa expressão, que, se dita em voz alta, poderia fazer ruir o teto. E foi assim que fiquei sabendo na quinta feira passada que tenho namorado. Agora é oficial! Não é o jeito mais romântico de ficar sabendo meu novo estado civil, mas enfim...

O bom é que tenho namorado. Nada mais, nada menos.

Dia 14

Happy Valentine's Day to you all. Porque o meu vai ser imbatível. No ano passado, perdida em Tulum, não imaginava que um ano depois estaria muito mais apaixonada, em Santiago, com possibilidades de que o *affaire* não desapareça junto com o bronzeado. Desta vez estou num relacionamento. Daqueles sobre os quais tanto leio, falo e teorizo. Estou assustada.

Não entendo por que sou tão antiquada para essas coisas. Deveria agradecer por poder acordar e ver que tenho ao meu lado um espécime que honra o gênero com sua simples aparição. Deveria deixar de pensar tanto e simplesmente acordar feliz. Mas não consigo. Quero mais. Quero que seja oficial. Quero poder dizer "meu namorado" sem ter medo de ser desmentida por ele. E o pior de tudo é um estranho peso na consciência. Às vezes, enquanto fico rolando na cama aguardando que ele acorde, penso na minha mãe. No que ela diria se soubesse que sua filha convida um homem para dormir com ela quase que diariamente, sem que ele tenha pago por isso com uma aliança na mão direita.

Quando a minha mãe aparece nos meus pensamentos, pulo da cama. Deve ser, de longe, o anticoncepcional mais eficiente que existe. Assim, vou parar de me torturar mentalmente. Para que o Dia dos Namorados seja perfeito, decidi fazer-me de macho e tomar as rédeas. Vou pedir oficialmente o Diego em namoro. Por isso, estou ensaiando o discurso perfeito. É a minha estréia nisto de me incumbir desse assunto. E como nada vai poder dar errado, estou meio estressada. Já imaginei todos os cenários possíveis. Que ele vai rir na minha cara e até que sairá correndo e deixando na parede um buraco com a sua forma, como num *cartoon*. Não sei se estou pronta para semelhante papelão, mas cansei do limbo emocional em que vivi durante tanto tempo e quero agora viver com um pouco mais de certeza. Preciso saber se ele me quer, e não se envergonha disso, ou se depois que eu fizer a pergunta voltarei a estar sozinha. Mas não custa perguntar, eu acho. Assim... Aqui vou eu, pedir alguém em namoro pela primeira vez!

Estou planejando um dia de sonho. Contratei um serviço de café da manhã em casa para as nove da manhã. Optei pelo *deluxe* e meu doeu um pouco o bolso. Mas fiquei quieta e assinei logo o boleto do cartão. Tinha pensado em convidá-lo para passar a noite num hotel, mas podia ser que ele suspeitasse de alguma coisa, e quero pegá-lo de surpresa. Acho que, desprevenido, é mais fácil que diga que *sim*. Depois do café da manhã, iremos almoçar onde ele quiser – *I hope so* – e, à tarde, vou levá-lo ao Agua y Bien, um circuito termal para casais. Já reservei uma massagem para dois, com as macas uma do lado da outra. Parece estranho eu pagar outra mulher para que o toque por uma hora e meia, e na minha presença. Terapia de burros contra os ciúmes. Mas pode ser que isso fale a favor do meu lado *openminded*. Seja como for, quero que estejamos incrivelmente relaxados.

Vou lhe fazer a pergunta depois da massagem. Onde será, é ainda um mistério. Pretendo deixar que ele decida. Entretanto, se for necessário, tenho um plano B: uma reserva no Mucca, porque foi lá que nos conhecemos. Não quero ser ditadora com relação a tudo o que vamos fazer no dia. Se, por acaso, ele também tiver alguma coisa em mente, a minha alta capacidade de organização poderá intimidá-lo. Se formos a algum lugar escolhido por ele, ficarei feliz. Lançarei o discurso que tenho planejado e que não vou lhes contar porque fico vermelha a cada ensaio. Tomara que tudo dê certo. Esta vez não tenho a quem culpar se alguma coisa falhar.

Faltou coordenação

Nunca mais vou pedir alguém em namoro. Agora entendo por que isso é tão ultrapassado. É, de longe, uma das coisas mais desagradáveis que tive que fazer. Claro que eu me sinto mais corajosa, mas o papelão não tem justificativa. Porque Diego ficou com cara de marciano quando finalmente me atrevi a fazer a pergunta. Vou retomar a cena.

O Dia dos Namorados começou mal. A primeira surpresa que tinha planejado para meu galã era um café da manhã em casa. Acontece que reservei o café para as nove em ponto. Estávamos dormindo quando, às sete da madrugada, o celular dele tocou. Ligaram do estúdio porque tinham imprimido umas fotos de moda tiradas há algumas semanas e elas não estavam boas. Por isso, ele teve que sair correndo. *Damn*. Enquanto se levantava, eu pensava desesperadamente em uma desculpa para que ele não saísse até que chegasse a minha surpresa. Afinal, estávamos falando de ir trabalhar num sábado às sete da manhã, e tentei convencê-lo a não ir. Mas ele, que ama seu trabalho, veio com o discurso da iluminação, do horário, e não sei mais o quê. Prometeu me ligar quando ficasse livre, e fiquei superchateada por ele ter perdido o meu presente. Às nove em ponto, um entregador sorridente me sufocou embaixo de uma cesta, em que havia de tudo, menos o meu pretendido.

Eu esperava almoçar com ele para passarmos nosso primeiro *Valentine's Day* juntos e, mais tarde, irmos ao Agua y Bien para relaxar. Mas depois de refazer as fotos, ele estava cansado. Assim, foi para sua casa tirar um cochilo e voltou depois das cinco. Como ele não me avisou antes, encontrou-me num estado catastrófico: de pijama, comendo o que restava da geléia da cesta de café da manhã. Deitamos para assistir TV. Minha cabeça dava voltas pensando em como o meu plano perfeito tinha acabado num dia estupidamente comum, já que não havia sinal nenhum de presente ou um ramalhete de flores *extra large* batendo à minha porta. Eu já não agüentava mais. Eram quase oito da noite quando contei a ele que tinha feito reservas no Mucca para o jantar. E as complicações continuaram. Ele tinha pensado em me levar a um churrasco com seus primos, "solteiros de verão" cujas mulheres estão viajando. *A little bit of romance, please?* Fui obrigada a me humilhar e dizer a ele que hoje, Dia dos Namorados, eu tinha planos para dois. Ele fez cara de "ai... ai... ". Ligou para o primo, para explicar que eu não estava bem e era que melhor não nos esperarem.

Fomos ao Mucca e a minha frustração já atingia níveis preocupantes. Como foi possível que o meu dia perfeito se tivesse ido pro espaço com aquele troglodita? *Pisco sour* e um pouco de vinho, acabei sendo sincera. Contei-lhe que não se tratava de um problema hormonal, mas que eu queria que todo fosse inesquecível. "Como nos filmes", ele me interrompeu. Sim, acredito que vivo num eterno filme de Meg Ryan e que tudo tem que ser lindo. Enquanto ele me explicava que ser companheiro também é estar feliz assistindo TV, sem pétalas de rosa em volta nem efeitos especiais, não agüentei mais: sem aviso prévio, perguntei a ele se queria ser meu namorado. Assim, bem rápido e olhando para outro lado.

O pior foi o silêncio incômodo e demorado demais para o meu gosto. Pegou a minha mão e disse "mas já faz tempo que estamos juntos, ou você ainda não percebeu?". Fiquei muito sem graça. É que aquela era uma coisa que eu tinha que fazer para conseguir dormir bem. Continuamos comendo e eu pensava nos vales para massagem e relaxamento e passeios termais para dois que havia comprado. Depois daquele estresse, estava claro que iria utilizá-los sozinha. Como prêmio à minha coragem de atrever-me a pedir em público uma mudança de estado civil. Ainda que, para ele, aquilo já fosse fato consumado.

Um pouco mais

É complicado começar uma relação justamente no meio do verão em Santiago. Com as ruas tão vazias, eu me sinto quase parte do *videoclip Solos em América*, de Miguel Mateos. O melhor dessa debandada é que as amiguinhas de Diego parecem ter emigrado em massa para não mais voltar. Eu detestava que ele fosse um patrimônio nacional. É um luxo sair e não ter que dividi-lo com todas. Mas isso tem também seus inconvenientes. Não sei se ele terá tempo livre para mim quando a cidade voltar a ficar cheia. Março se aproxima perigosamente. É o mês em que vou tirar férias. E morro de vontade de sugerir a ele um passeio a dois, mas não sei se é apressar demais as coisas.

Claro. Em março é hora de descansar, depois do fiasco do verão passado, quando fiquei uns dias a mais com Ben em Tulum, sem avisar ninguém que tinha dado a mim mesma um *bonus track* de presente. Não foi nada demais, nenhum alto executivo se suicidou nem houve greves – sim, o mundo funciona sem mim – mas fui castigada tendo as próximas férias adiadas, sem direito a reclamação. Como ainda estava com o efeito Ben na cabeça, nem sequer me preocupei com o assunto novamente. Até agora. Meu chefe ligou para me dizer que tinham adiado as minhas férias, mas que se eu quisesse poderia tirá-las antes. Fiz a minha melhor cara de mocinha em apuros e lhe disse que estava tão estressada com o Valentine's Day que *I couldn't care less*. Até que olhei o calendário e tive um ataque. Já estamos quase em março e ainda não planejei nada.

É que, na realidade, eu sei o que quero. Tanto faz o lugar, desde que Diego esteja comigo. Tomara que seja uma praia onde eu possa perder este tom verde que está estragando o meu *look*. Embora só de pensar na idéia eu imagine como ficaria neurótica tendo que impressionar Diego vinte e quatro horas ao dia. Mas tenho vontade de me arriscar sem ter medo das conseqüências. De qualquer forma, meu nível de autoconfiança anda tão alto, que poderia dar tudo certo. Essa coisa de namoro cai bem em mim. O "egômetro" anda a mil. Há alguns meses nem sequer me atreveria a programar um *affaire* além do final de semana. Hoje me peguei *on line* orçando passagens para dois, para final de março. Uau! *One small step for a woman, one big step for woman kind*, se estou assim ambiciosa.

Tenho pensado em como dizer a ele que quero seqüestrá-lo por alguns dias. Ou semanas ou anos. Não quero que ele me veja como uma solteira desesperada que já sabe o que fazer para comprometê-lo ainda mais. Uma viagem é sempre um grande passo numa relação, por isso fico com medo de espantá-lo com folhetos para destinos exóticos. Por enquanto, vou sondar o terreno e vou arrastá-lo para um final de semana na praia. Dizem que a melhor forma de conhecer uma pessoa é viajar com ela. Então, esta é a minha nova meta: passar do final de semana para uma aventura romântica e *hot*.

É melhor nos conhecermos agora do que alegar diferenças irreconciliáveis de personalidade daqui a treze meses, como aconteceu a Bam Bam e Kenita, aquele badalado casal da alta-sociedade chilena. Embora eles já tivessem viajado muito juntos. Claramente, nesse negócio de romance, não há como se garantir.

Mudança de planos

Odeio o Diego. É sério. Não quero vê-lo nem pintado. Nunca mais. Ou pelo menos, por alguns meses. Ou algumas horas, sejamos realistas, por que dizer que o odeio é parte da pose de uma mulher orgulhosa, que eu tanto gostaria de ser, mas que não combina comigo. Porque enquanto eu ensaiava o discurso casual para seqüestrá-lo por um tempo, o bandido combinava uma viagem com seus amigos, para descansar. E nenhum indício de que me levaria junto.

Desilusão absoluta. E eu que andava a ponto de lhe escrever poesias. É assim que ele me paga? Esta é a última vez que eu me apaixono, "juro por Deus", como diria Scarlett O'Hara, que deveria ser meu *rol model*: uma mulher consegue tudo o que quer e não esquenta a cabeça pelos chimpanzés que tanto estima. Ficar solteira será chato, mas pelo menos é o mais seguro para meu coração partido. Assim são as coisas. Ele vai de férias para a pousada daquele megaempresário, o Tompkins, por dez dias com um par de gorilas com complexo de Tarzan, em vez de levar este projeto de Jane. Outro agravante do insulto é que ele nem sequer foi capaz de me avisar com o protocolo próprio de um relacionamento estável. Nada. Joga isso como se fosse lógico e quase me convence de que a errada sou eu.

Estávamos sentados no Starbucks no domingo, refrescando-nos nos sofás que têm vista para a Avenida Isidora Goyenechea, agradecendo pelo ar-condicionado, enquanto eu pensava no quanto gosto de ir ali tomar *frapuccinos*, porque o coloco na vitrine sem que ele perceba. Estava curtindo a minha capacidade de fazê-lo brilhar como um cavalo puro-sangue sem que ele suspeitasse, quando, do nada, ele me lançou a estocada:

— Você me acompanha para comprar umas botas? Faltam-me sapatos para a chuva e estarei com tudo pronto.

Para o inverno, pensei ingenuamente. E enquanto eu me aborrecia pensando que de tão previdente ele já estava ficando neurótico com essa história de ter todo tipo de roupa para o caso de uma mudança climática drástica, ele me dá uma punhalada mortal.

— Eu lhe disse que vou para Chaitén amanhã, não?

Paf. Um tombo dos grandes e sem prévio aviso. Continuei sorvendo, minha bebida, na esperança de que aquilo que tinha escutado fosse produto do gelo moído que tinha ido parar no meu cérebro de alguma maneira. E não. Era verdade. Ele tirou de sua carteira encardida uma lista escrita no verso de uma nota fiscal e começou a enumerar: meias que não se molham, camisetas antitranspirantes, lanternas para espantar tubarões e o que mais existe para o Indiana Jones que parece levar dentro dele. Eu quis morrer. O dia tinha começado tão bem. Este sujeito está mentalmente programado para o solteirismo, e pela sua indômita cabeça nem sequer passa a idéia de umas férias a dois.

Enquanto eu brigo imaginariamente com ele – sem me atrever a abrir a boca, de tão passada que estou com a notícia –, escuto que sua viagem não é de isolamento e reflexão. Corrijo-me. Ele sabe pensar a dois, sim, mas com qualquer outra pessoa que não seja eu. Porque ele vai com um ex-companheiro de trabalho de uns três anos atrás, com quem não falava há meses, mas que encontrou não sei onde, o convidou. E ele, muito fácil, aceitou sem sequer lembrar que eu existo. Eu me sinto enganada. Quem vai me devolver as horas que perdi com sonhos tridimensionais de umas férias compartilhadas? Por acaso ele acha que as minhas horas de folga perdidas na internet são de graça? Definitivamente, eu o odeio. Preciso urgentemente de um daqueles bonecos de vodu que são vendidos lá em Pez. Porque ou jogo fora a raiva ou acabo com um câncer. Nada demais, com a sorte que tenho tido.

Maquiem meu coração

E Diego foi embora. Já deve estar lá, feliz da vida. Não sei por que o imagino vestido como Indiana Jones. A fantasia inclui, para minha tortura pessoal, a Juma se banhando pelada ao fundo. Sim, sei, latitudes diferentes, cabos cruzados. Não posso ser racional, com a fábrica de cenas ruins que tenho na cabeça. É que estou com saudade dele. Muita. Ele – com sorte – já tinha chegado a San Bernardo – são só 10 quilômetros – e eu estava de luto e com síndrome de abstinência sexual crônica. Embora o celular funcione até Puerto Montt, prefiro ser masoquista e o dar por perdido.

Fred se livrou de ser o lenço para minhas lágrimas, porque está com emprego novo. E todas me evitam como a peste, porque estou falando do mesmo assunto como nunca. Então, as vítimas do meu luto delirante têm sido inocentes transeuntes. Ontem, sem ir muito longe, andava perambulando pelo escritório como alma penada, quando se aproxima uma garota sorridente e me pergunta se tenho um minuto.

– O que mais tenho é tempo – lhe respondo, muito clichê, pensando que talvez complementar com "desde que meu homem foi embora" seria um excesso quase rococó.

– Vamos ao seu escritório? – a candidata a psicóloga *flash* tem personalidade.

E vou atrás dela. Na velocidade que meu coraçãozinho partido permite, eu me sento atrás da mesa e me preparo a escutar. O quê? Não sei muito bem.

– Sua pele parece cansada – começa a sorridente garota de roupa impecável – e você é uma mulher jovem, que...

– Insônia. Morro de amor, você sabe? Meu namorado foi embora para longe, praticamente na casa de verão do Tarzan, e a verdade é que esta separação forçada tem me feito perceber que estou super-enrolada com Diego. O amor é uma doença e já estou cansada porque está quase me matando – a interrompo sem a menor educação.

– Ahh. Mas dormir mal já não é um problema. Os produtos Ésika vão mudar a sua vida. Tenho um corretor de olheiras que você não vai acreditar. É rapidamente absorvido pela pele, e tenho um no seu tom. Veja, experimente.

E aí começou o desabafo. Enquanto eu tentava pôr em palavras a minha dor – sinto-me como uma pessoa amputada que às vezes sente dor no membro-fantasma – a menina dizia "aqui", e ia me ensinando como disfarçar o indisfarçável com dois toques de sombra branca e um estojo de cores variadas e espelho maior do que o do meu banheiro. *Top*. Eu insistindo em que "a ausência é quase assassina". E a garota sorria e me apoiava e se solidarizava.

Uma hora depois, com o coração mais leve, deixei de aborrecê-la. Estendeu-me o espelho e – puxa! – me vi mais nova. Assim ela acabou por me conquistar. Mostrou-me o catálogo e a consulta saiu muito mais barata do que ir deitar no divã do terapeuta da moda. Deu-me de presente uma *nécessaire* e, quando se foi, eu estava tão fascinada como o delineador Ésika, que não precisa ser apontado, que tinha até me esquecido da minha viuvez. Então pensei em ligar para ela para lhe perguntar se alguma entre todas aquelas maravilhas servia para maquiar o coração. Menos mal. Percebi que escutar tanto Camilo Sesto me está deixando mais curiosa que o normal. Liguei para ela e combinamos de nos encontrar na sexta-feira para continuar com a terapia. Minha desculpa? Outro delineador, presente de aniversário para evitar que eu esqueça.

Aresta tecno

Às vezes fico chateada por não saber dançar tecno, valsa e cueca. Tecno porque, é claro, não ter idéia do que fazer com os pés e os braços quando escuto o tum-tum-tum me deixa impossibilitada de ir às festas do badalado Espacio Riesco. E também – por que não dizer? – porque me mata música que não se canta. Valsa, porque na eventual eventualidade eventualíssima de que algum dia alguém morda o anzol e eu tenha que dançar na festa mais louca da minha vida, tenho certeza de que acabarei enroscada na cauda quilométrica do vestido – *so sorry*, embora as caudas longas estejam *out*, disso não abro mão: vestido exagerado e buquê tropical, que não penso em substituir para jogá-lo às solteiras; essa moda de jogar um buquê de segunda linha me soa a avareza – e, de uma cena romântica para uma videocassetada, é só um passo. E cueca, porque me impede de sair para dançar em festas animadas, como aquela que, feliz da vida, desisti de fazer quando Diego apareceu. Porque – meu Deus! – me sobrava energia antes. Quem espera, claramente se desespera.

Até que enfim chegou o viajante. Nos seus dias de retiro verde eu oscilei entre o ódio, a luxúria, o despeito, o amor, o desengano e a reconciliação. Foi cansativo. É chato brigar sozinha. Porque sempre escuto do Diego imaginário as piores respostas possíveis. A versão virtual que criei não tem coração e me responde pessimamente. Serve de treinamento e endurecimento emocional, caso alguma coisa não dê certo. Sempre é bom estar preparada para o pior, eu acho, embora isso me custe alguns ansiolíticos e uma úlcera. É que eu estava quase convencida de que ele voltaria para a civilização em trajes sumários, pendurado num cipó e me confessaria uma paixão fulminante por uma alemã ecológica fundamentalista, que compra papel higiênico de qualquer cor, menos branco, para não danificar o planeta. Não como eu, inconsciente ambiental, com meus laquês e *sprays* e blablablá.

Por isso, o discurso extraído de A *gata debaixo de chuva*, de Rocio Durcal – de longe, a melhor canção para o fim de um relacionamento amoroso – estava pronto e memorizado: "amor, se alguma vez nos virmos por aí, convide-me para um café e me faça amor, e se eu não o vir mais, desejo que tenha sorte. Amor, se vir uma lágrima, desculpe, já sei que não quis fazer chorar um gato ferido". Com uma artilharia dessas, pelo menos eu o mandaria com sentimento de culpa para casa. Ou, se ficasse insensível, eu começaria a gritar como Amanda Miguel em *Assim não vão te amar jamais*. Mínimo. Daí que, quando finalmente nos vimos, eu estava a um passo da *performance* lacrimogênea. Porque, na verdade, eu o quero, e imaginá-lo embarcado no *Artic Sunrise* do Greenpeace protestando junto com as ativistas que eu jurava que tinha conhecido por culpa de Tompkins, tinha me deixado péssima.

Tê-lo aqui de novo, com seus atrasos e suas desaparições e seu fã-clube feminino, me faz feliz. Sempre achei que, para que as coisas a dois funcionassem, teria que encontrar um clone meu em versão masculina. E Diego e eu somos mais diferentes do que parecidos. Talvez seja verdade isso de que as pessoas se completam ou que os opostos se atraem. Os clichês, pelo menos, estão do meu lado.

Janela ou corredor?

Estou em crise. Oficialmente, me cansei. Minhas energias acabaram, por isso vou descansar. Na minha fantasia cor-de-rosa com anjos seminus sobre nuvens redondinhas via que desta vez seriam férias para dois. Diego passando bronzeador nas minhas costas e um amável *barmar* trazendo os martínis *non stop*, sem perguntar se eu quero outro. Ai, estou a um passo de ser internada. Em todos os meus pensamentos sobre um bom momento eu me vejo com uma taça na mão. Isso é preocupante. *Wonder if I'm going down?* Não importa. Em vez de me complicar, melhor me declarar *burned out* e emigrar para onde haja sol.

Sozinha, é claro. Como o lindo do Diego foi brincar de Tarzan sem me incluir, tive que ser criativa e me contar uma história digna de uma feminista militante porque vou sozinha para Angra dos Reis. Os três pés-rapados nos quais eu confio para ir junto – viajar com a pessoa errada pode ser aterrorizante como em *Misery* – já se foram de férias por conta própria. Isso é o que dá sair em março. Assim, convenci-me de que não preciso de ninguém para me divertir. Não acredito que Diego tenha acreditado nem em meia palavra do que eu disse, mas pelo menos não riu na minha cara. Também não se ofereceu para ir comigo. Não vou pensar, porque escuto de fundo *All by myself* e a idéia é estar com muita endorfina. Em uma palavra? É simples: feliz. Sorridente e com aquela música das *Charlie's* Angels de fundo: *All the women who are independent, throw your hands up me! All the honeys who makin' money throw your hands up at me!* Hummm. Gosto musical questionável, mas o que importa é a atitude.

Retomando, vou sair de férias. E, na baixa temporada, é barato. Estava revendo as ofertas de última hora e fiquei tentada com o país dos mulatos. Sem pensar, fiz *click* e pronto. Janela ou corredor? Qualquer um, Mr. *Webmaster*. Viva a compra *on line*. Assim me poupo de ver a cara de lástima da vendedora da agência de viagens – "coitadinha, com este passaporte vai voltar tão solteira como foi". Enfim. Não sei por que estou tão convencida de que em Angra vou estar rodeada de *singletons* com cargos tão insignificantes como o meu, que foram forçados a esperar até março para descansar.

A não ser que esteja na moda sair em março e eu não saiba. O melhor argumento foi a publicidade de "200 praias à sua disposição". Deixou-me sem desculpas. Este domingo subo no avião, obcecada por banhar-me em todas as praias e voltar falando palavras em português e com um bronzeado de dar inveja. Total. Talvez a melhor idéia fosse ir para o Rio, passear por Copacabana, para ver se me encontro com o Edu, de *Laços de Família*, e perco o pudor e esqueço os bons costumes. Otimismo, pelo menos, não me falta.

Agora a minha meta é fazer Diego sentir saudade de mim. O mais que eu possa. Talvez estes oito dias e sete noites afastados sejam para ele o que foram para mim: uma montanha-russa emocional, que me deixou bem claro que o sujeito em questão me importa bastante. Para que ele não ouse me esquecer, chegando ao aeroporto lhe envio um cartão-postal. É fácil disfarçar a obsessão psicótica de um romantismo desandado. Menos mal.

Hi, gay or straight?

O Brasil deve ser a Terra Prometida. Meu Deus, como é bom esse povo. Além disso, o sotaque do português me mata, mas quando eu tento imitá-lo, mais pareço um bebê alcoolizado do que *a garota*. Zero *sexy*. Como a noção do ridículo não me larga nem com a insolação, decidi continuar falando em "chileno".

Duas horas em Angra e fiz meu primeiro papelão. Estava tomando sol, quando se aproximou uma garota muito mais linda e voluptuosa do que eu. Não sei o que me acontece: ando prestando atenção nas calcinhas e nos sutiãs dos biquínis das garotas. Fixação com as minhas evidentes carências? Nem pensar. Odiei aquela garota, por rechear o biquíni sem a solidariedade de um *wonderbra* – invejo as mulheres que ficam com aquela fenda entre os peitos, e reconheço que sou complexada. Cheguei a pensar que o meu *affaire* de verão ia ser lésbico. Quando a gente viaja, experimenta comidas que nunca mais comerá e compra roupas que não volta a utilizar... – por que isso não se aplicaria ao campo sexual? Que nada, não se ame tanto assim, disse para mim mesma.

Apenas me escutei dizendo "*I'm so flattered*, mas não, obrigada, tenho namorado". Sara, espanhola *straight*, fez cara de "você já experimentou a vaca-louca?". Depois de um intercâmbio de exemplos de cantadas dignas de nota, ela me convenceu de que temos que caçar em bando. Assim, já temos planos que vão tornar meus dias mais divertidos. O pior é que Diego não responde os meus *e-mails*. Nada. Nem sequer clica em *reply* para dizer "ah, olhe só, ha-ha, ho-ho". NA-DA. Me dói a barriga quando vejo que ele não se digna a dar sinal de vida. Mas isso não dura mais de um minuto.

O resto do dia não me importa. Não sei que demônios botam na água no Brasil que, honestamente, nada parece urgente. Se eu estivesse em Puerto Varas, e Diego passasse dezoito horas sem dar notícias, o mais provável é que nem com dez Prozacs *ultralarge*, quatro *pisco sours* e três torradas com pasta de salmão de um bistrô do tradicional bairro Bellavista me devolveriam a calma. Ao contrário, aqui verifico minhas mensagens, atualizo meu *status* e, se ele não se faz ver, problema dele. Eu não pretendo me aborrecer. Estou na terra do samba e já parei de olhar os bumbuns perfeitos das garotas, que me davam complexo, e pensei até em vestir um traje de neoprene na praia, para não ficar mal nas comparações.

Ontem conheci um inglês que me lembrava muito o Ben Crampton, meu amor de Tulum. Por isso decidi não voltar a me aproximar dele, porque seria quase um *reloaded* do ano passado e, depois de alguma conversa, percebi que, seria um repeteco ruim. Alguma coisa assim como fazer uma má substituição. Para que utilizar adoçante se já conheço o açúcar? Ai, nem aqui eu perco este meu jeito brega.

Hoje Sara marcou um encontro na praia com dois franceses que chegaram ontem. "Se deixamos para depois, perdemos a chance", disse ela antes de mesmo de saber se não eram um casal — já tínhamos tentado essa abordagem com outros dois que nem percebemos que eram um casal *gay*.

Ela é quem escolhe e depois eu chego para fechar o negócio, fazendo-me de exótica. Entendi que tenho que usar a nacionalidade como valor agregado. Aqui vale tudo. E se Diego não se digna a responder meus *e-mails*, não me restará outra coisa a fazer senão procurar um substituto para ele.

Sim. Porque o que os olhos não vêem, o coração não sente

Como vai você?

Sara e eu decidimos ficar mais dias em Angra. Não para castigar infantilmente o meu amaldiçoado amor com uma indiferença levada ao extremo, quase incluindo uma mudança de país, mas para me dar um presente de aniversário adiantado. Porque o dia 15 de abril se aproxima a passos largos e, para que vou voltar me enrolar de novo, se posso continuar aqui com minha solteirice solta e em boa companhia? Porque a Sara é demais. Estou beirando o precipício de um amor platônico *gay*.

Decidimos passar aqui a Semana Santa e nos deixar surpreender pelo coelho de Páscoa brasileiro. Na segunda-feira, dia 12, estarei de volta, para ver o que acontece com o idiota de Diego, que me deixa em *mute*. Há uns dias chegaram aqui três chilenos, e Sara ficou caidinha por um deles. Não dei força ao romance, porque achei que seria muito chato passar as férias com espécimes que estão no meu cardápio cotidiano. Depois, tive que me lembrar que já estou bem crescidinha para ficar de romance com dois ao mesmo tempo. Assim, saí do circuito, e Sara continua feliz, de paquera permanente com Damián, seu chileno endiabrado, como ela o apelidou.

Aqui tudo é mais fácil. Até sinto um pouco de vergonha por ser tão neurótica em Santiago. Desde que cheguei tenho repensado tudo cuidadosamente, e estou 98% convencida de que deveria eliminar a cafeína e parar de calcular o efeito das minhas ações. Este ano a minha meta é ser mais pragmática. Deixar de me afogar em martínis e agir. Passo um: se quando chegar a Santiago Diego continuar estranho, dou um clique em *delete*. Porque não me tem sido muito bom posar permanentemente de capacho até que o último idiota me pisoteie.

Espero que esta valentia toda não seja por culpa da quantidade de caipirinhas que consumi nestes dias e que eu, de fato, esteja ficando mais firme nas minhas decisões. Sem querer ser repetitiva, quando ele viajou, eu nunca deixei de esperá-lo e de reclamar que aquele gringo, o Tompkins, fosse tão top em algumas coisas e tão míope para não ter colocado um telefone em cada árvore, para que meu namorado me ligasse entre os seus passeios de cipó.

Ai. Não quero ficar melodramática. Vou ter que fazer um esforço enorme. Ou você fica mais esperto ou morre, Diego. Se ao menos eu pudesse dizer isso com um *look* de Paz Bascuñan na novela *Los Pincheira*, acho que o efeito seria total. E eis-me de novo queixando-me por ser "plana". Será que o Pitanguy faz um preço especial para chilenas amarguradas? Pode ser que eu ande assim porque meu aniversário se aproxima, e isso sempre me traz uma depressão disfarçada de "revisão mental". Nem o cheiro do bronzeador me anestesiou o suficiente para ignorar as evidências. Chegando a Santiago, terei um *match* de frente. E não penso perdê-lo por abandono. Chino Ríos, vou invocar seu espírito de tenista número 1 do mundo e, furiosamente, marcar o ponto definitivo. Ou me trata melhor ou se veste e vai embora. *Match point* para mim, espero.

VIII

Zapping amoroso

Terça-feira, 13

Tal como temia, estou solteiríssima de novo. E não posso quebrar por estar abaixo da opção *leasing* amoroso com opção de compra no mercado de futuros – leia-se: namoro estável – porque meu *so called* namorado simplesmente desapareceu. *Gone with the wind*. Igual ao meu filme favorito. Embora eu tivesse ficado com Clark Gable e não teria esquentado a cabeça com aquele loiro meio *gay* de quem a Scarlett tanto gostava. Enfim... Nunca mais soube de Diego. É triste, porque quando lhe enviei o último *e-mail*, dizendo em que vôo chegaria, pensei que ele ia querer limpar sua imagem com um gesto romântico digno de filme de Meg Ryan; que eu ia vê-lo na saída da alfândega quando desembarcasse, e que íamos correr para nos abraçar, com um beijo épico para fechar a cena. E daí para passarmos uma manhã de sábado na finésima joalheria Mosso do shopping Parque Arauco, experimentando alianças, era um passo. Mas que nada. Cheguei olhando disfarçadamente para a porta, e o confundi, intencionalmente, com um sujeito que ali estava com um ramalhete de flores na mão. E a realidade insiste em pisotear-me. Ele não estava lá.

O pior – além da enorme desilusão – foi que durante todos aqueles dias em Angra, eu me defendi de qualquer avanço amoroso com um possível super-sonhado namorado. Até me neguei a compartilhar um táxi com um gato, dizendo que seguramente Diego estaria acampado no aeroporto há dias, esperando pela minha chegada. E quis morrer quando nos despedimos e ele viu que eu estava sozinha. Quase agarrei e beijei o taxista que veio ajudar-me com a mala, para que ele pensasse que era Diego. Despedi-me apressada e humilhada. Nos engarrafamentos de Huechuraba, enquanto lamentava, liguei para o celular dele e caiu na caixa-postal. Maldita covardia. Nem sequer é capaz de se deixar insultar.

Liguei para o Fred para nos encontrarmos e eu lhe entregar seu presente – desculpa óbvia para que ele escute minhas histórias – e soube que ele está quase namorando. Então, saio de Santiago por alguns dias e o cenário muda? É que, na terça-feira passada ele foi a uma festa para solteiros no Lamu Lounge, um lugar meio *underground*, e encontrou aquilo que pedimos desesperadamente há tempos: gente tão solteira como nós, procurando companhia. Ele não parava de contar como a festa foi boa. Tanto que parecia um adolescente gringo falando da sua festa de formatura. Falava a mil por hora, dizendo que não tinha muita certeza se queria ir – nada pior do que assumir publicamente que está só e desesperado para encontrar alguém — mas que aquela tinha sido uma das melhores decisões dos últimos tempos, porque conheceu ali uma garota demais, segundo ele. Até o seu vocabulário parece ter mudado. Ele diz que quando chegou ao Lamu não podia acreditar que havia tanta gente na mesma situação, *singles and proud of being so into it.* E assim nem com o presente que eu trouxe consegui convencê-lo a ouvir meus lamentos na segunda-feira à noite, porque a sua pretendida ia lhe cozinhar um tal prato afrodisíaco exótico que eles tinham experimentado na festa. Ai, a inveja me corrói, evidentemente.

Combinamos de nos ver qualquer dia destes, e que ele vai me avisar quando houver outra dessas festas de solteiros, para ver se me animo e volto ao circuito dos encontros. E aqui estou. *Back in the game*, pensando na chatice que vai ser passar por tudo outra vez.

Sem vontade, sequer, de jogar.

Mais um ano

Ufa. Meu aniversário passou e eu sem um namorado para segurar carinhosamente o bolo enquanto cantavam: "o relógio faz tic-tac e você ainda só, e nem é por opção". Leia-se: um "*Happy Birthday*" sem aquele tom de Marilyn para JFK. Também não ganhei um grande presente nem um ramalhete de flores *extra large* dignos de uma coroa funerária. Não quero que soe a auto-flagelo, mas uma pergunta não me sai da cabeça há dias: que diabo acontece, que os homens preferem unir-se ao Programa Federal de Proteção a Testemunhas do FBI a continuar um relacionamento ou, pelo menos, aparecer para terminá-lo? Será meu carma nesta vida ser a Mulher Evitável? Ai, que péssimo nome para uma super-heroína. Será que o meu superpoder é a invisibilidade absoluta para o sexo oposto? Diante dos fatos, não me resta outra opção senão assumir que Diego fugiu. Todo um *hit and run*. Não tenho tentado localizá-lo – porque não sou réptil para ficar rastejando – e por mais que me esforce para fazer aquela voz casual-mas-ronronante quando atendo o telefone, nunca é ele. Há uns dias, li que Charles Chaplin dizia que o tempo é o melhor autor: sempre acha o final perfeito. No início o achei sábio, agora o odeio e penso que por alguma razão ele ficava calado em todos seus filmes. Porque estava totalmente enganado e era conformista.

Sara promete visitar-me em setembro, porque o romance com Damián está dando certo. Como ela tinha prometido me enviar uns livros de Wendy Bristow, aproveitou para impor-me a missão de levar um presente ao seu namorado chileno, e aproveitar para sondar a situação. Assim, peguei-me ensaiando algumas vezes como vou cumprimentá-lo e explicar-lhe que Sara cumpre as coisas que promete. Afinal, não quero que mais um pense que sou uma psicopata – pouco perigosa, mas psicopata da cabeça aos pés. Combinamos de nos encontrar em El Otro Sitio, no Parque Arauco, amanhã às sete. Acho que eu repeti o nome de Sara pelo menos umas seis vezes ao telefone, nos dois minutos que durou a chamada, para que ele não pense que isto é uma desculpa para tentar trazê-lo para o meu arquivo pessoal de solteiros. E, voltando para mim, estou só. Escutando sem parar uma canção do Al Green, que me compreende como ninguém: *Tired of being alone*. É assim que me sinto.

Às vezes chego a invejar os animais do zoológico, que ficam fechados numa jaula, com um exemplar do sexo oposto, obrigados a cumprir com o "crescei e multiplicai-vos". É óbvio que não quero viver entre grades e cimento rodeada de crianças me jogando milho ou amendoim, mas a idéia básica é estar bem acompanhada. Ter alguém com quem rir de quem estiver parado na frente das grades. Que me queira e não me mande embora por causa de uma semana de ausência. Que o trânsito pare quando eu o vir. Que ele não se assuste. Que, finalmente, me dê um chute na cara para que eu tenha direito de me defender. Também não é para tanto, eu acho. Por enquanto, vou contando os dias na agenda para ver quanto falta para a próxima festa de *singletons*. Fred me enviou um *e-mail* – ele se acha o máximo com essa sua descoberta – e eu me inscrevi na página de Paola Carvallo, que promove encontros entre solteiros. Tenho perspectivas para o dia 11 de maio. Solteiros, lá vou eu. Tomara que esteja suficientemente relaxada para dizer a alguém: "sou capaz de apostar que em uma ou duas semanas vamos estar muito felizes; então, que tal pularmos o período tóxico e entrarmos de vez no relacionamento estável?"

Ai, como seria fácil se eu tivesse esse poder de persuasão.

Quero esquecer você

A única coisa que tenho na cabeça há alguns dias é "quero esquecer você, seguindo a rota de um pássaro ferido" – quero dizer, arrastando-me pelo chão com ar moribundo e pedindo aos gritos para ser morta com um tiro, se alguém tiver compaixão . Procuro afastar-me daqueles lugares onde nos quisemos tanto – para isso deveria ir emborar do Chile, porque as lembranças me aparecem em cada maldita esquina deste povoado com ar de metrópole. Envolvo-me em amores – *not yet* – sem vontade nem força para ver se o esqueço – embora não acredite que dê certo – e chega a noite e eu de novo compreendo que preciso dele. *Damn*! Como alguém pode ter escrito com a minha vida uma canção tão bonita e não ter pago nem sequer um centavo em direitos autorais?

Tenho certeza de que no meu passado eu fui Hitler ou alguém assim, mas alguém muito abominável, que justifique continuar pagando nesta vida por todo o dano feito – e em parcelas pouco confortáveis. Snif. Ontem tinha sido um dia de avanços no processo de esquecer Diego. Criei um sistema de prêmios e pontuação, menos invasivo que o eletrochoque. Se lhe escrevo um *e-mail* que não envio, 15 pontos. Se ligo e desligo, perco 5 pontos. Se planejo uma morte dolorida e lenta, 10 pontos a menos. Cada vez que acumulo 100 pontos troco-os por um presente das lojas Zara.

Estava pensando na possibilidade de não ser tão generosa assim comigo – porque esse sistema tem me saído mais caro que uma terapia tradicional –, quando passou para me cumprimentar a Francisca, uma garota que chegou há duas semanas para trabalhar na empresa e tem se mostrado muito simpática. Analisamos a lista de uma boa quantidade de barzinhos e decidimos ir ao Perturbar depois do trabalho. Tudo soava ok. Como se, por fim, eu estivesse me recuperando depois do furacão Diego. Além disso, a Fran tinha prometido que um primo dela iria para ficar conosco. Segundo ela, só mesmo o parentesco para impedi-la de agarrar o tal primo, e como nós duas já comprovamos que temos o mesmo gosto para roupas e sapatos, por que não o teríamos também para homens?

Fomos guardar meu carro e subi rapidamente ao meu apartamento para me fazer um *photoshop express*. Foi quando achei a surpresa mais forte dos últimos tempos: um envelope bem pequeno que haviam deixado embaixo da porta. A letra, a reconheci na hora: era de Diego. Quando o peguei, até passei mal. A ponto de temer pela minha vida. Arrastei-me como pude e sentei-me, pensando em quão boa seria a desculpa para caber num papel tão pequeno. E então desabou aquela minha pose de quem tinha superado tudo. Admito que andava cantando mentalmente "quero esquecer você" e que, meio sem querer, fui otimista a ponto de pensar que ele estava preparando o terreno para voltar. Abri o envelope e havia ali uma simples frase: "Feliz aniversário atrasado". E fim.

Esse foi o final que ele escolheu para aqueles meses. É verdade, não foi muito tempo mas eu, no lugar dele, teria começado com aquela canção do Elvis — *Always on my mind* —, que desde então não me sai da cabeça: *Maybe I didn't hold you all those lonely, lonely, times. And I guess I never told you 'I'm so happy that you're mine'. If I made you feel second best boy, I'm sorry I was blind. But you were always on my mind, you were always on my mind.* E ele escolhe uma despedida tão impessoal. Outra amostra evidente de que nunca tivemos muito em comum. Mas acredito que este golpe eu não merecia.

A Fran subiu para ver o que estava acontecendo e me achou num estado lastimável. O simples fato de ver a letra dele hoje serviu para que eu entendesse que mesmo que eu tenha acumulado mil pontos não posso dá-lo por superado. Talvez essas recaídas sejam necessárias para que eu o acabe esquecendo. Fui ao Perturbar mesmo assim, mas não curti muito. O primo da Fran era legal, mas nem Simon Le Bon nos seus dias gloriosos me haveria interessado naquela noite. Talvez não seja tão ruim que eu viva o luto. Talvez seja necessário que entenda que, algum dia, vou me encontrar com ele, querendo ou não. Seja como for, todo este sofrimento me obrigou a cobrar-me um pênalti de 200 pontos. E nem assim acordei hoje mais tranqüila.

Já vai chegar

Estar solteira tem seu lado agradável. Hoje, até é *cool* declarar-se *single over 30*, porque somos uma tendência: segundo o jornal *The Independent*, em 2010 mais da metade da população mundial será composta por solteiros. Chique e, além disso, maioria. Que tal? Mas ser livre como uma ave também traz embutidas estas estranhas contrações uterinas quando olho para um filho alheio com cara de maldade e tenho vontade de seqüestrá-lo e sair correndo.

Embora isso não me aconteça com freqüência, me obriga pensar que talvez nunca chegue a ser mãe. E se bem que nos meus discursos incendiários de solteira eu alegue que não acho particularmente prazeroso que as minhas partes íntimas passem por momentos tão ruins, reconheço que a idéia de ser mãe me chama a atenção.

É claro que tenho a visão bonita da maternidade. Imagino-me com um companheiro complacente, e mimada por ele até o ponto de se levantar de noite para me satisfazer um capricho – e, conhecendo meus delírios de princesa, seguramente será alguma coisa tremendamente complexa e não uma simples amêndoa com cobertura, como ocorreria com qualquer mortal que tenha seu parceiro incluído na suas extravagâncias — e praticamente me vejo com um creme super-hiper-anti-estrias em uma das mãos e a outra besuntando uma barriga gigante e perfeita – e, melhor ainda, permitida e sem complexos — no afã egocêntrico de me reproduzir em miniatura. Sonho ficar grávida. Sonho levar na minha orgulhosa barriga a cria que está a caminho para receber seu primeiro banho de sol. Há momentos em que morreria para saber como é sentir na barriga os primeiros movimentos de um miniclone, ou suas primeiras palavras. Gostaria de usar essa capacidade de tradutor universal que usam as mães com seus filhos, e que lhes permite saber que "ghytrnd" significa "suco de maçã".

A idéia de nunca vir a ser a orgulhosa mãe de alguém me assusta. Tenho medo de ser eternamente tia. De nunca chegar a ser a titular nos afetos de um baixinho, ou de uma baixinha. Não poder comprar todas aquelas roupas da Zara Kids, que me arrancam suspiros. É duro reconhecer que talvez eu nunca seja a mãe que existe em mim.

Embora a maternidade tenha seu lado agradável, nunca precisarei fazer mamadeira e ninguém vomitará em cima de mim quando acabar de comer. Não me enternece o umbigo nem o cocô de ninguém. Não utilizo os cheiros alheios como tema de uma conversa numa *happy hour*. Não vou precisar acordar no meio da noite com choro nem tosses estranhas. Não criarei uma relação de co-dependência com nenhum pediatra. Não ficarei preocupada pensando no quanto terei que economizar para pagar várias faculdades.

Mas, sim, há um lado agradável. Hoje, por exemplo, sinto que algum dia gostaria de receber um cartão feito com mãos pequenas e gordinhas, que diga que sou a melhor mãe do mundo. Quero levar praticamente um *book* de fotos das minhas crias na bolsa e mostrá-los à menor provocação, para deleite próprio. Quero poder dizer à minha mãe "você vai ser avó" e, assim, dar-lhe a alegria de sua vida. Quero ter um filme do *doppler* em não sei quantas dimensões, no qual veja aquele projeto de gente na sua primeira aparição pública e assisti-lo até que se desgaste. Mas há tempo. Madonna teve a Lourdes aos 38. Não vou, portanto, entrar em desespero. Logo centrarei a minha vida em Fisher Price e parquinhos e amamentação e coisas assim. Por enquanto, parabenizo as que já se fizeram clonar sozinhas e lhe digo: eu as invejo. E muito. E, quando for levar a minha mãe para almoçar fora aos domingos, vou lembrar de fazer um brinde por mim. Porque espero que também algum dia chegue a minha vez.

Location, location, location

Do jeito que as coisas andam, vou me mudar para o interior. Estou aceitando sugestões de cidades com bom rebanho disponível. Talvez acabe num "Aldunate *on the road*", um *reality show* sobre uma solteira de trinta que procura namorado por todo o Chile. Uma mistura de *The Bachelorette*, com o ônibus de Marlene e *Terra adentro*. Não, acho que não. As razões da minha potencial mudança de casa? Não só meu pânico bobo de me encontrar em qualquer esquina com Diego. Agora se agrega a isso uma razão científica. É que li um estudo da Universidade de Chicago que me deixou mal: as cidades grandes condenam à solteirice eterna. Sempre é bom ter algumas justificativas na manga para explicar a solteirice crônica. "Vovozinha, não é que eu tenha uma atitude errada ou que seja muito exigente na minha procura; a culpa é da cidade de Santiago e seu crescimento descontrolado. Qualquer reclamação, mande direto para a Comissão Nacional do Meio Ambiente". Soa convincente. *Location, location, location*! Segundo um grupo de inteligentes pesquisadores, o bairro na qual a gente vive decide se os relacionamentos são de curto ou de longo prazo.

Que alívio, não sou eu que tenho a culpa, é a minha rua! E pensar que procurei meu atual apartamento fazendo um cruzamento de dados entre bairros mais fotografados em *Casa e Decoração* e o que havia disponível no caderno F do jornal. *Damn*. Que isso sirva de lição. O estudo diz que, os bairros de serviço – onde há muitos barzinhos, academias, cafés – geram relações sem compromisso. E os bairros de relações são aqueles onde moram casais casados e com filhos. Agradeçam pela dica. Concordo, em parte. Na minha rua só passeiam cachorros. Ando de bom humor. Já passou aquela fase de auto-flagelo e de lastimar "por que, demônios, estou só se não sou assim tão ruim?". Fiel à minha bipolaridade, decidi erguer a cabeça. Vou sair sozinha com o primo da Fran. A *real date, my friends*. Na outra noite no Perturbar nem sequer prestei muita atenção nele – nem o reconheceria se o encontrasse, pois os martínis estavam bons demais –, mas ele acabou me enviando alguns daqueles *e-mails* com piadas bastante boas. Pelo menos temos um senso de humor parecido. Sei que soa a clichê, mas ele me toca. Não é por acaso que tenho esses eternos *crushs* com Jerry Seinfield e Larry David. Portanto talvez não seja uma idéia ruim. Com essas coisas de romance, nunca se sabe. Comigo, também não. Eu acho.

Enxaqueca

O pior do primeiro encontro são as expectativas que se criam. Porque a equação soa explosiva: homem + mulher + hormônios alterados + álcool + pouca luz = crescer e multiplicar. E como estou convencida de que sou a Eliseo Salazar[1] dos encontros, acabei numa grande batida. Perda total, eu diria, na linguagem das companhias de seguros. Estava muito entusiasmada com a idéia de sair com Max, em razão da campanha de marketing orquestrada pela minha nova amiga Fran. Ela me convenceu de que seu primo era o solteiro mais cobiçado da história e que eu devia bater no peito e agradecer a oportunidade de passar algumas horas com ele. Então exagerei. Peguei a tarde livre para me produzir.

Liguei para Carolina Pino, minha consultora sobre os *do and don't* do vestuário, e fui para sua loja. Saí carregada de sacolas e fui ao Rizos me pentear. Estava quase pronta quando olhei a hora: quase oito da noite. *Damn and blast*. Com certeza o engarrafamento me faria chegar tarde e eu passaria por mal-educada. Tínhamos combinado — tudo por *e-mail*, *very high tech* — que nos encontraríamos às nove, na churrascaria Santa Brasa, na Rua Alonso de Córdova. Assim, troquei de roupa em Rizos e subi no carro convencida de que o encontro seria um sucesso.

Transformada no novo milagre da indústria de cosméticos, acreditei totalmente no conto quando cheguei à Santa Brasa. Com passo firme, entrei. E começaram meus problemas. Não lembrava nem por descuido do rosto de Max. É que aquela noite no Perturbar havia muito movimento e os vários martínis também não colaboraram. Fiquei na entrada, aguardando que alguém me fizesse sinais. Ok, ele não é Vincent d'Onofrio, mas não estava mal. E começou a tortura. Porque ele é vegetariano militante. Diz que o ioga..., que o carma..., que não come nada que tenha uma cara... Eu me pergunto se honestamente é burro ou se faz de burro, porque se o lugar se chama Santa Brasa, claramente haverá churrasco envolvido, e daí a deduzir que a carne seria a vedete é só um passo. Ele fez cara de mártir e pediu muita salada como se fosse para todas as vacas da Índia. Não me deixei intimidar e pedi um contra-filé de meio quilo.

1 Ex piloto chileno da Fórmula 1.

Ora. Sou uma mulher sem crenças e cara-de-pau. Nem me preocupei durante sua aula magistral sobre o colesterol, as gorduras, as torturas de abatedouro, os espíritos reencarnados e coisas assim. Dediquei-me a comer. E enquanto esse Gandhi tentava me converter, eu pensava em como fazer para me livrar das suas preleções. Pensei em simular a minha morte, ou esperar que ele fosse ao toalete para fugir, ou gritar "fogo" e sair correndo. Quando já estava à beira de um colapso, caiu a ficha. Recorri a um clássico: "Desculpe Max, mas a minha cabeça vai explodir. Tenho enxaqueca. Vou embora".

O mal educado pediu a conta e ainda me fez pagar a minha parte. Como se a tortura já não tivesse sido suficiente. De qualquer modo, acho que foi uma fiança baixa; porque, para me livrar dele, pagaria qualquer quantia. Saí de lá aliviada, enquanto ele me escoltava enumerando as causas da minha enxaqueca: má alimentação, álcool, cigarro, estresse, aura desbotada. Só posso dizer que não quero vê-lo nunca mais. Cansativo. Vegetariano. E o pior é que tive enxaqueca de verdade no dia seguinte.

Pela primeira vez um encontro ruim me deixou de ressaca.

Nova amiga

Depois do desastre do encontro com Max, considerei seriamente abraçar o celibato e assim ter uma desculpa digna para esta deprimente abstinência sexual. Soa mais digna a abstinência por crença religiosa ou por força de vontade do que claramente por falta de opção. Mas com a minha vida amorosa convertida numa saga de papelões dignos da câmera oculta, tenho desenvolvido uma capacidade invejável de ficar em pé depois das quedas. E viva Gloria Gaynor, coitada, sempre aqui ao meu lado.

Nem sequer perdi tempo em me lamentar ou ir falar com a Fran por *the date of hell* com o Max. Que culpa tem ela de que os laços sanguíneos a mantenham cega diante daquela coisa que tem por primo? Quando ela me ligou no dia seguinte para pedir detalhes, limitei-me a fazer crítica gastronômica. Sobre ele, nenhum comentário. Ela me disse que o sujeito em questão tinha ficado encantado comigo – mas como nem sequer ligou, certamente não morria de amor. E agradeço que não tenha voltado a perguntar sobre aquela noite. Ponto-final. *C'est fini*. Continuei com meu *zapping* amoroso, porque ultimamente todo mundo quer me apresentar a alguém. De modo que a caçada por TSS – *that special someone* – continua muito frutífera. Vou levar essa história de encontros às cegas como um esporte de alto risco – subirá a minha apólice de seguro? – e assim economizo momentos ruins e rachaduras de coração. Que sábia estou ficando. Estarei amadurecendo ou será isso masoquismo disfarçado?

Anyway, tenho uma nova amiga. Ufa, sinto-me como na escola, quando a gente dividia alguns bolinhos no intervalo e você ficava sendo minha amiga íntima até que outra entrasse em evidência. Seja como for, fazer amigos depois de certa idade é quase tão complicado como achar namorado. Porque parece que depois dos trinta não é muito comum fazer novos amigos. Eu tinha pendurado o cartaz "não há vagas" fazia algum tempo, até que me encontrei com a minha irmã perdida na vida. Ela se chama Yaz, e a gente se conheceu no trabalho. Foi bem esquisito o processo, porque ela me dava a impressão de que, se eu a chamasse muito, poderia pensar que eu era psicopata.

Desse modo, fiquei em dúvida com ligar ou não ligar para ela. Até que um dia decidi deixar de besteira, liguei para ela e lhe disse "ei, você é muito legal, vamos ser amigas". E tudo deu certo. É a ela que mando mensagens de texto pelo celular, pedindo que me salve quando os encontros são desastrosos. Estou feliz. É legal poder começar do zero com alguém e ir contando a nossa vida como se fosse uma novela ruim. É claro que nos levantamos o ânimo reciprocamente e nos achamos supercertinhas e sensatas. Segundo Fred, é mal que eu tenha achado uma seguidora que me potencializa. Eu só digo que é muito bem-vindo um armário compartilhado novo e também um ombro onde chorar os momentos amorosos ruins. As amizades estavam bastante subvalorizadas no meu *ranking*. Hoje, são uma das minhas prioridades.

Talvez se for menos obsessiva com os homens, eles cheguem sozinhos. Por enquanto, ando fazendo *tours* de encontros ruins com Yaz. E damos muita risada e competimos para ver quem tem a pior história de amor. Estamos como crianças mostrando com orgulho as suas cicatrizes.

Eu, pecadora

Ai, Ave Maria Puríssima, concebida sem pecado, confesso que pequei – e todas as fórmulas que a gente tem que dizer antes de se confessar. O único senão é que não me arrependo. Assim esta confissão não é válida? Não importa. Não é um assunto teológico. O fato é que confesso que pequei. Recaí com Diego.

Sim, eu sei. Maldita pedra no sapato que continua me incomodando. Pelo menos posso dizer, em minha defesa, que não foi culpa minha. Eu acho. Quero dizer, não fui eu quem ligou. Também não roguei por um mambo horizontal, nem nada parecido. Foi culpa do destino – casualidade, a minha desculpa preferida – porque nós dois chegamos ao Omertá sem saber que o outro estaria lá. Eu tinha ido ao aniversário de uma amiga de muito tempo, e como ela, coitada, é a própria definição da emergente, chegou a pagar por uma exposição nas páginas sociais da revista na qual ele trabalha. E como o estão castigando por algum mau passo que prefiro nem saber qual foi, está tendo que cobrir eventos.

Assim, estava eu com uma taça na mão, sentada naquelas cadeiras gigantes do Omertá, e me sentindo um pouco a Julita Astaburuaga do futuro – meu Deus, sou convidada para vários eventos para dar certo *glamour* ao assunto, e ninguém percebe que levo justamente o contrário –, quando vejo que ele, o gato mais bonito do pedaço, faz sua entrada magistral. Vertigem amorosa, sobe-e-desce no estômago, enjôos escandalosos etc. etc. Tudo muito rápido. Quando o vi, juro que escutei música de fundo, bem ao estilo A.M., nada para orgulhar-me de meus gostos. Desde *Cheira a perigo* até *Esse homem é meu* – para os não-iniciados, essa diz: "pela metade, mas meu; nem chega perto que é meu; sou uma leoa no cio disposta a lutar para conseguir o que quero; morrer ou matar" – e, bem, o homem lançou mão da sua pouca – quase nenhuma – educação e se aproximou para me cumprimentar.

Foi horrível. Estresse emocional demais para a minha vida tão curta. Nunca tinha me acontecido ser tão difícil dizer "olá". Estava feito boba, fazendo *olá* com a mão e nenhuma palavra adicional, quando se aproximou. Maldito. Ele sabe que o forte dele são os jogos de contato. Porque, é claro, na minha cabeça passavam todas as cenas ensaiadas nas minhas horas mortas – desde a atitude de quem o superou rápido e bem; passando pela de "por favor, me leva", até a "se já vi você antes, não lembro" – e não sabia o que fazer. E é verdade isso que dizem na televisão, de que a tensão, quando não é bem trabalhada, se transforma em sexual. Porque menos de uma hora depois de nosso "olá, como vai?" eu estava instalada em seu apartamento, convencida de que dali eu iria direto para o inferno e que o mais provável era que essa noite me custasse umas três ou quatros sessões extras no psiquiatra.

Good God. Quanta saudade! O fato é que este maldito costume deve deixar de ser hábito e ser só um ponto negro no meu prontuário sexual. Eu acho. Espero ser o suficientemente adulta como para não ligar, alegando que saiu um vale para a próxima vez. Embora esteja morrendo, vou me comportar bem. De verdade.

Ou será que ninguém acredita em mim?

Invernite

Não sei se existe pior estação do ano para se estar solteira do que o inverno. As tardes escuras – tipo Londres em baixa temporada – não são as melhores para sair a caça do homem ideal. Assim, acho mais fácil ficar fechada assistindo TV ou falando ao telefone, e não tenho nenhuma vontade de me exibir nos barzinhos de Santiago.

Luto de todas as maneiras contra a minha tendência para ser um urso que hiberna sem culpa, e me mando para a rua. Fiquei tão rigorosa. É que estou desenvolvendo um estranho sentimento de culpa. Se fico em casa, sinto que estou perdendo a oportunidade da minha vida de encontrar a minha escorregadia cara metade. E por isso prefiro sair, e passar frio, e viver momentos ruins, a desperdiçar oportunidades. Porque ultimamente tudo me fala de romance. Vejo que, à minha volta, todo mundo namora, se casa, se multiplica – e eu, muito bem, obrigada. Cada dia mais jovem, efeito do puro Libertage, de Ebel. Estou me transformando numa versão piorada de Dorian Gray. Não sei, isso sim, onde estará o retrato que vai esconder os pecados que os cremes gentilmente me apagam.

Há menos de uma semana chegou um *e-mail* da Ale, uma amiga da faculdade, de muitos anos atrás, contando que ela iria selar o ato de privatização pessoal. A idéia era festejar o grande acontecimento, de modo que combinamos uma reunião no apartamento da mulher do momento para fazer brindes emocionados e um tanto *naughty*.

Foi demais. Porque há muitas pessoas que deixamos de ver por falta de tempo ou de vontade ou preguiça, que continuam aí, em *standby*, esperando que a gente aperte o *play* para retomar a amizade, como se nada houvesse acontecido. Amigas que eu nem sabia que já tinham filhos ou que estão se separando, mas continuamos fofocando como se ainda estivéssemos sentadas no pátio da faculdade, sem maiores problemas. O bom foi que essa viagem na máquina do tempo serviu para gerar um encontro. Em plena segunda adolescência, agora as que se separaram reingressam no circuito dos encontros e também deixam livres alguns homens que, por sua vez, já foram cobiçados.

É feio dizer que fico feliz, mas se não fosse por esse *update* eu não teria ficado sabendo que um sujeito no qual estive de olho há muito tempo está separado e solto por aí. Por isso, como tenho o objetivo de lutar contra a invernite, decidi enviar-lhe um *e-mail* fazendo-me de simpática e oferecendo, de forma discreta, meu solidário ombro semi-amigo. E ele, que de bobo nunca teve nada, convidou-me para jantar no Bice hoje à noite.

E eu estou como uma estudante no seu primeiro encontro. Como quero que tudo dê certo, passei horas navegando na internet para achar o cardápio e não chegar ao restaurante sem saber o que se come de especial ali. Tomara que as coisas funcionem. Já escolhido o ossobuco, e se é verdade isso de que o conhecimento é *sexy*, estarei jogando feromônios por aí. Espero. Odeio os primeiros encontros, repito. Nunca se sabe quando se pisa em campo minado.

Oxalá desta vez eu encontre um sujeito com quem hibernar neste inverno que ainda, oficialmente, nem sequer começou.

Test pack

Tive que adiar o meu encontro no Bice por motivo de força maior. É que estou à beira de um ataque do piloro, que não sei bem o que é, nem que função cumpre – mas concordem comigo que soa grave e que posso colapsar. Está me acontecendo uma coisa que não poderia acontecer a esta altura do campeonato. Estou atrasada. Exatas 38 horas de atraso. E não posso acreditar. Como que é possível me acontecer essa coisa de adolescente desencanada, quando já tenho esta idade? Já sei: trinta e oito horas não são grande coisa. Mas toda minha vida funcionei como um relógio suíço. *Tic-tac*, vinte e oito dias, nove da noite. Cruzes. E agora, por mais eu que mande comandos mentais a todos os meus órgãos internos, nada acontece. O pior é que nunca, nunca mesmo, isso me aconteceu.

Sempre me vangloriei dizendo que meu ginecologista e eu formamos uma grande equipe. Sua consulta é o meu Vaticano e, é bom que o diga, uma encíclica cantada. Por isso não sei se reclamo da indústria farmacêutica ou do maldito de Diego. Por enquanto, fumando, espero que alguma coisa aconteça. Liguei para o Fred para desabafar e ele me mandou ir a uma farmácia e comprar um teste, para que me dê conta de que estou fazendo tempestade em copo d'água. Pedi que fizesse isso para mim, mas ele não quis. É que prefiro a tortura de Abu Ghraib a ter que parar na frente de um balcão e dizer: "Olá, sabe o que é? Parece que não sei ler bem as letrinhas das cartela de pílulas ou que a minha semana teve menos dias; mas o fato é que preciso de um *home pregnacy test*. Já sei que não uso aliança e que estou velha para este tipo de susto, mas o que esperam de mim? A carne é fraca e Diego fica muito bem sob a luz tênue do Omertá". Um horror.

Aquilo não era vida. Até que Yaz veio em meu socorro. Trouxe três kits de testes. Um para mim, outro para ela, que é tão boa que se prontificou a servir de termômetro da eficácia dos testes – se desse positivo para ela, reduziríamos a zero a nossa credibilidade da indústria farmacêutica, subentende-se. O terceiro destinava-se a ser o controle de qualidade, o tira-teima.

Ela estava disposta a me acompanhar em meus cinco minutos de desespero. Fechamo-nos no banheiro e começamos a preparar o discurso absurdo com o qual eu justificaria aquela situação. Yaz entrou em pânico e pensou que aquilo seria como um filme ruim, em que, no final, descobriríamos que a grávida era ela. Foi a companheira perfeita para semelhante missão. Deixamos os testes sobre a pia e, taça de vinho na mão, aguardamos.

Soou o primeiro alarme e ela saltou como uma mola. Chegou à porta do banheiro, e o resultado quase me matou. Ufa.

Danger!

Às vezes a agilidade de Yaz me tira do sério. Mas, é claro, também me dá certa inveja, porque diante deste meu sedentarismo descarado, sua agilidade – quase como uma pantera – me dá o clássico calor que sinto quando vejo que algo que cobiço e não tenho. Particularmente, quando ela utiliza sua flexibilidade como um superpoder para chegar antes de mim naquele tubinho maldito que, com uma marca de positivo ou negativo pode mudar a minha vida da noite para o dia e, também, somar mais um mortal ao planeta. Por isso, quando soou o alarme avisando que o *test pack* já tinha o veredicto, quase tive um ataque.

É que eu não estava pronta para nenhuma das possibilidades. Francamente. Não queria escutar nem "você se salvou" nem "agora sim quero ver como você vai sair desta, Consuelito". Algumas semanas atrás eu só queria viajar; ou estar no Omertá, e ter trocado com Diego uma simples saudação cordial, mas nunca ter ido a um encontro antológico na sua cama. Queria ter escutado mais atentamente as aulas de biologia sobre crescer e multiplicar-se e não ter que estar olhando com olhos esbugalhados as lâminas do teste. Escutar. Aprender. Para não passar por um papelão aos trinta e alguma coisa.

Mas a minha tentativa de desmaio de nada serviu. A Yaz chegou do banheiro, segurando aquela lâmina com muitos lenços de papel, e me olhou com a melhor das caras. Com a mesma expressão que a gente espera do Homem Dez quando acuse paternidade responsável. Então ela me deu a tremenda notícia: negativo. *Kid free zone*. Acessórios Gracco, sinto muito, mais ainda não vou virar acionista. Não, pelo menos, por um bom tempo.

Assim, estava salva. O *test pack* me deixou com as ilusões e as culpas a meio-caminho. E sem ter a menor idéia de como consigo me salvar sempre no último minuto. E sem ter muito claro se ainda tenho vontade de continuar me salvando. Ou se diretamente quero que um golpe inesperado me obrigue a deixar a eterna adolescência e passar para a grande liga.

Mas sejamos realistas: depois de tudo, o que faria eu de mãe, tendo Diego como a grande contraparte paterna? O mais provável é que acabasse criando os dois: Diego e nosso *Mini Me*. Porque não consigo ver Diego trocando fraldas. Vejo-o melhor quase desmaiando de nojo diante de tanto fluido corporal malcheiroso. Ou dormindo placidamente durante a insônia do clone, sem sequer fazer uma tentativa de dizer "na próxima, eu me levanto". Isso, considerando a idílica possibilidade de que ele quisesse assumir a responsabilidade. Ou seja, ser um pai presente. Porque o mais provável é que antes que eu acabasse de lhe dar a notícia, ele já tivesse queimado o chão e eu veria apenas um rastro da sua corrida, fugindo de um peso em sua vida. E em seu bolso.

Talvez tenha sido melhor assim. Talvez esse susto gigantesco tenha servido para me fazer perceber que, definitivamente, Diego nunca estará preparado para a situação. Nem sequer nas minhas melhores fantasias. Que simplesmente tenho que apertar *delete* de uma vez e seguir em frente, procurando um grande homem. Como diz a canção-hino que canto na volta de uma *happy hour* sem graça: *I wanna know what love is*.

Será que um dia saberei?

Insultos

Fui insultada. E foi mal. Há poucos dias fiquei sabendo que Benja, um cara que cobicei durante a minha segunda adolescência – acho que estou na quinta ou na sexta –, está solteiro de novo. Mandei-lhe um *e-mail* amável, lamentando o falecimento de seu sagrado vínculo, e para ver se ele responderia. Meia hora depois, havia um verdadeiro tratado literário na minha *inbox*. Eu havia perguntado como ele estava, e ele levou isso muito ao pé da letra. Depois de algumas horas de intercâmbio epistolar intenso combinamos de nos encontrar no Bice, mas tive que abortar a missão por culpa da minha neurose diante daquela possibilidade de me tornar mãe por descuido. Quando soube que a cegonha passara sem parar, agendamos para a quarta-feira, às sete da noite, no bar do Bice. Assim, se as coisas caminhassem bem, iríamos para o restaurante e comeríamos o famoso ossobuco. E, se não, eu fugiria sem nenhum problema pela Avenida Vitacura. Entrei e me sentei com a minha melhor cara de "não vá pensar que aguardo há horas por você; acabei de chegar".

Meia hora mais tarde, entrou um farrapo humano e me cumprimentou cordialmente. Eu não podia acreditar que fosse ele. Encolhido, como se a vida o houvesse nocauteado a chutes. E careca. Não de testa larga ou com entradas marcadas; estou falando de um homem que está a um passo de ter a cabeça de jogador de futebol brasileiro. Foi mal. O jeito era beber rapidamente um *pisco sour* e sair correndo. Isso me acontece por ser um urubu que anda recolhendo os despojos das companheiras recém-falecidas. Nós nos sentamos e a cada minuto eu ficava com mais raiva de pensar que estava com um cara que não me fazia o chão tremer nem com um terremoto.

Conversamos e o panorama psicológico do sujeito em questão também não era dos melhores. Ficamos falando da ex. Ufa! Quando, finalmente, tive a idéia de dar uma desculpa para me mandar, o desgraçado percebeu e não deixou. Disse que achava um absurdo que eu o houvesse perseguido e que agora me fingisse de senhorita. Ficou louco. A mim, podem me dizer de tudo – que sou *light*, metida, solta, menos que sou gorda ou desesperada. Assim, simplesmente, não dá. Abri a bolsa, deixei 40 reais sobre a mesa e saí. Sem olhar para trás...

Nem sonhar que o amor esteja dando voltas lá fora.

Mercado novo

Descobri um novo mercado amoroso. Aquilo que até agora tinha me negado totalmente: os separados *under 35*. Como boa ex-aluna de colégio de freiras, pensava – até três martínis de chocolate do Ritz atrás – que os anulados e separados de fato formavam um mercado total e absolutamente vetado – uma sala de espera imediata e *express* para o inferno. Porque, é claro, o que Deus uniu, que não o separe uma *single* pedante com sapatos Prada, que a estas alturas está se desesperando por estar sozinha. É um preconceito que estou derrubando, porque se fechar as portas por preconceitos antediluvianos, as probabilidades de acabar só são bastante altas. Então decidi me abrir. Talvez me dê mal. O que a estas alturas não é precisamente uma dimensão desconhecida para mim. E como diz Nike: *no pain no gain*.

Estava no bar do Ritz que dá para a Apoquindo, contemplando fixamente as paredes de madeira, enquanto aguardava o Fred, quando tive uma idéia. Por que me nego a conhecer os separados que meus amigos se oferecem para me apresentar se, afinal, errar é humano e um mau casamento pode acontecer a qualquer um? Pedi um martíni de chocolate e continuei com essa reflexão, passando bem perto da crueldade para comigo mesma, enquanto me perguntava onde estaria o Fred e se, por acaso, ele tinha perdido a pontualidade – seu mais prezado acessório.

Retomando, continuei com a terapia alternativa de choque: onde mais pretendo continuar procurando Mr. Right? No eterno engarrafamento da Avenida Kennedy com a Estoril? Na fila do novo Starbucks, perto da Avenida El Golf? Na tumultuada e briguenta entrega dos *tags*[1], conta de água na mão e insultos preparados contra as concessionárias e o governo, prontos a disparar com a menor provocação? Na fila para a vacina contra hepatite A e B, que acabo de saber que também pode dar em adultos jovens? Nada. Erotismo zero. Assim não dá. *Been there, done all that*. E sejamos honestas: não tenho me saído bem. De modo que decidi abrir a comporta e deixar entrarem os aspirantes a reincidentes. Separados, bem-vindos.

---

1 Aparelho obrigatório instalado nos carros para circular pelos pedágios dentro de Santiago.

Finalmente o Fred chegou e lhe contei a minha nova e brilhante idéia. Acostumado aos vaivéns do meu lunático conceito de romance, disse-me que ele tem uma prima, a Trinidad, que é especialista nesse assunto. Não sabia muito bem, mas ficou de perguntar-lhe, porque, segundo ela, existe um circuito especial de barzinhos apropriados e códigos secretos para se relacionar.

Com as antenas cada vez mais ligadas, pedi que ligasse para ela imediatamente. Atendeu o correio de voz e ele lhe deixou uma mensagem em meu nome, enquanto eu pedia o segundo martíni e nos sentávamos para conversar sobre meu futuro com um recauchutado, como ele os batizou. As coisas estavam assim quando Trinidad retornou a chamada e ficamos de nos ver na sexta-feira. Segundo ela, não se trata de entrar e sair do mercado. "É preciso afinar alguns detalhes", ela me disse, meio misteriosa.

Agora sinto-me confusa e intrigada, como Tom Cruise em *Eyes wide shut*, falando palavras-chaves para que me deixem entrar numa festa turva e estranha.

Domingo de caça

No domingo começou a minha nova campanha pela conquista do segmento de separados no mercado *under* 35. Assessorada pela Trinidad, a prima do Fred, que os conhece bem. Fomos à meca dos separados nas manhãs de final de semana: o Chuck E. Cheese's, uma pizzaria para crianças, com diversões variadas.

— Antes de levar você para a rua, devo adverti-la de que seria bem melhor se levássemos uma criança. Duas seria o ideal. Mas tudo bem: é para você olhar e aprender – me disse a magrela neurótica, enquanto subíamos, no carro dela, pela Avenida Las Condes.

Sentindo-me uma verdadeira *nerd* Lucke Skywalker na frente de uma ilustradíssima Yoda, não tive outra opção a não ser engolir as perguntas que eu tinha atravessadas na garganta e aguardar que o engarrafamento na Avenida Kennedy a deixasse mais animada. Aos poucos ela foi se soltando e me contou como havia chegado a àquela truculência absoluta para conseguir uma conquista. É que ela é a única solteira de um grupo de casadas — me diga alguma coisa que eu ainda não tenha escutado, pensava eu — e quando todas começaram a sofrer os embates da crise matrimonial do primeiro, segundo, terceiro, quarto e quinto ano e voltaram ao estado natural – leia-se à solteirice — algumas ficaram com filhos-*souvenirs*, que precisavam divertir-se nos finais de semana. E ela, solidária, começou a acompanhar suas amigas a essa pizzaria com mais caça-níqueis do que um cassino de Las Vegas. E descobriu um grande mercado. O dos homens que levam o filho compartilhado para comer e brincar e, entre as brincadeiras, piscam e paqueram ao redor, para ver o que acontece.

Aconteceu que, em suas sessões de acompanhante, conheceu um tal de Roger, com quem namorou por quase dois anos. A Trini tinha romance e, ainda, brincava de ser mãe nos finais de semana com o filho alheio. Mas há pouco tempo Roger se lembrou de que tem pavor de compromissos, e que prefere estar só, por culpa do fracasso matrimonial, e que não quer sofrer, e blablablá, e desmanchou com ela, que por isso voltou ao ataque. Oferece-se para ser *baby sitter* enquanto as amigas vão ao supermercado e em parte para posar de tia boazinha, enquanto não encontra um Roger 2.0 que não tenha medo de fracassar de novo.

Fiquei admirada com a Trini, mas obriguei-me a fingir que sou uma mulher vivida e fiz a minha melhor cara de "isso eu escuto todos os dias". Chegamos ao Chuck e optei pela dignidade. Sentei-me com uma pizza na frente – *so yummy, by the way* – e um refrigerante grande, lamentando não ter uma garrafinha bonita sempre à mão com rum Pampero dourado para alegrar aquela manhã de terror. É que a vi em ação e foi horrível. Com bastante vergonha alheia, achei melhor olhar as crianças que gritavam, com um sapato perdido e o cenário de muita pizza engolida.

Até que escutei que me perguntavam "desculpe se incomodo, mas a minha filha não entra no banheiro de homens e eu não me atrevo a mandá-la sozinha ao de mulheres. Seria muito pedir que você a acompanhe?". Enquanto isso, uma garotinha de três anos – eu acho, pois não tenho idéia como se calcula a idade, se crianças não têm cabelos brancos nem rugas para servir de parâmetro – me olhava com cara de "me ajuda ou vou explodir".

A nobreza obrigava. E, além disso, nunca é demais ajudar um pai tão lindo com problemas.

Lei do carma

Gabriel, o pai com problemas, que ajudei no Chuck E. Cheese's, resultou ser tudo, menos um sério candidato a companheiro de *weekends* e noites semanais. Um asco. Porque, é claro, uma coisa é me pedir que ajude sua filha ir ao banheiro e outra coisa bem distinta é assumir que me interessa ser madrasta *part time*. Não posso me queixar, porque, afinal, se vou me enfiar num ambiente ao qual claramente não pertenço, e com propósitos tão estranhos como isso de fingir que tenho um sobrinho e que saio para passear com ele de boa vontade, o que mais posso esperar? Aplicação rigorosa da lei do carma.

O pior foi que enquanto levava a Berni – a filha que mais parecia um filhote usado para chamar a minha atenção — ao banheiro, eu imaginava que afinal talvez não fosse tão terrível ser madrasta. A garotinha era muito simpática e parecia estar acostumada a ser utilizada de isca, o que me parece bastante patético. Mas tudo bem. Eu já tinha dito que sim ao seu pai e, como dizem por aí, onde você for, faça o que for necessário. Assim, peguei a Berni pela mão, e graças a Deus resultou ser auto-suficiente. Minha colaboração limitou-se a ter que segurar a porta e depois ajudá-la a lavar as mãos sem molhar as mangas — tarefa dificílima para mim, que ainda não aprendi semelhante destreza.

Saímos e o sujeito em questão já tinha se adiantado e nos esperava com três refrigerantes sobre a mesa. Já que estava precisando, me parabenizei mentalmente por minha eficácia e meu *sex appeal* – não demorei quase nada para pegar um refrigerante, e eu que pensava nos barzinhos, com os sentidos meio difusos, estava fácil — e sentei-me, para ver o que de tão certo há no ultracomentado bom caráter dos homens separados. Segundo a Trini, meu sequaz nesta estranha saída, os separados estão tão cansados de viver mal, que são os menos exigentes e acham graça até das suas besteiras, porque sua idéia é viver sem estresse. *Same here*, devo destacar. Dois goles no meu copo com aquele canudo de orelhinhas e eu já me sentia completamente *femme fatale*.

O que a Trini esqueceu foi de me lembrar que nem todos superam bem o casamento anterior. Acho que esse Gabriel foi abandonado por ser bipolar, porque de pai amoroso e tímido passou a um *rottweiler* faminto em questão de minutos. E o pior é que eu mereço. Porque claro, ali estava eu, apontando a uma massa compacta de crianças quando ele me perguntou onde estava meu filho. "Sobrinho", esclareci na velocidade da luz, tal como disse a Trini: o assunto é mostrar empatia com os *under 10*, mas não *emotional luggage*. Fiquei com medo de que ele me pedisse para vê-lo de perto, porque não estava nem um pouco interessada em ficar rotulada como a psicopata da pizzaria infantil. Aqui tudo se sabe. E a pecha de solteira desesperada não a tirariam mais de mim. Quero morrer. Ruína social. Assim, quando o sujeito começou a se mostrar mais ousado, disse que o meu sobrinho estava me chamando. E saí, durona, apesar de me sentir ridícula, acenando a esmo, e rezando para que algum garotinho respondesse ou viesse se pendurar no meu pescoço. Falei com a Trini e prometi pagar aquele pecado com penitências semanais, se é que sobrevivo a tamanha humilhação.

Encontro às escuras

Depois da péssima experiência sofrida no meu passeio pelo mundo dos separados, estive bastante tentada a me comprar cinqüenta e quatro gatos e me fechar no meu apartamento, onde ficaria assistindo televisão e pedindo comida chinesa até que me chegasse a hora final.

Mas Fred salvou-me a vida. Ou, pelo menos, arrumou um jeito de me fazer adiar o projeto dos gatos até segunda ordem. O argumento fundamental foi o cheiro e os pêlos. Por mais limpa que seja a Cucha, quando quer me fazer um desaforo, vai logo enchendo de pêlos a minha roupa preferida. E sobre o cheiro, serei educada e não vou difamá-la publicamente.

Acho que Fred deve ter me mantido hipnotizada por algumas horas, porque, nem sei como — para morder minha língua — acabei aceitando um encontro às escuras. Muito embora esteja cada vez mais convencida de que esses encontros são sempre um desastre. E uma amostra de que meus amigos não me conhecem tão bem, porque cada um desses encontros, que me fazem sofrer, me deixa mais evidências de que se trata de uma vingança — disfarçada de caridade — contra esta pobre solteira.

O fato é que, sem pensar muito, aceitei. Pressionei a tecla *mute* do Grilo Falante que trago aqui dentro e que insiste em me mandar comentários do tipo "mas que decadente, Aldunate; encontro às escuras cheira sempre a desespero..." ou "se Fred lhe apresentar mais uma vez um sujeito recém-saído do manicômio, condene-o ao ostracismo". Fred é imprescindível na minha vida, e ainda que ele me agendasse um encontro com Spiniak — aquele mesmo, condenado por pedofilia — não deixaria de ser sua amiga. Ops! Também não vamos exagerar, né? Se Fred fizesse isso, ficaria aborrecida com ele por um bom tempo e ele iria ter que pagar caro para que eu o perdosse. Como aquele anel de pedrinhas coloridas da Swatch, que fui comprar na quinta-feira passada. A vendedora que me atendeu quase me chamou de obesa porque nenhum servia no meu dedo, que está gordo.

Anyway. Hoje às oito tenho um encontro às escuras. As coisas que se fazem para sobreviver depois de *Friends*: lançar-se em missões *kamikazes*, para ter o que comentar no dia seguinte no café da manhã. Para filtrar e não passar por boba, fiz o seguinte questionário básico a Fred sobre o seu amigo:

1. Sabe se alguma vez ele já namorou uma garota? (Não estou interessada em ser encobridora de gays.)
2. Se vocês vão ao Starbucks, tomar um café e você esqueceu a carteira, ele se oferece para pagar o café? (Não quero um homem pouco generoso com dinheiro, porque em geral isso se aplica a todos os outros campos.)
3. Ele mora sozinho? (Nunca mais vou querer um sujeito com "mamite".).
4. O que ele acha de Bush? (Há que se pôr uma cota de cultura nisto.)
5. Tem vícios conhecidos ou privados? (Novamente o bicho-papão que me amedronta: um sujeito que parece normal e revela uma personalidade dupla aterrorizante.)

Ele foi aprovado. De modo que a culpa de um possível desastre será compartilhada. Combinamos que Fred ficará conosco um pouco, até que estejamos mais relaxados, e depois nos deixará sozinhos. Escolhemos o Prego, para que eu possa exibir a técnica de comer *spaguetti* com uma colher.

Estarei muito no estilo A *Dama e o Vagabundo*?

IX

Entre dois candidatos

Meu querido coroa

Estou passada. Em choque mesmo. Quero propor Fred como candidato a santo – isto é, no caso de nos falhar o padre Furtado —, porque o encontro às escuras, que eu via como um trâmite vil, mudou a minha vida. Não que eu esteja escrevendo da Sibéria, ao lado do meu novo namorado, o científico atômico, cultivando alfaces hidropônicas embaixo do gelo, mas, simplesmente, depois do encontro no Prego, houve uma mudança estrutural na minha cabeça. Tenho uma nova visão sobre encontros às escuras. Nem todos os que os aceitam um são *freaks*. Porque Alfonso, o amigo do Fred, não é de se jogar fora. No começo pensei que fosse uma brincadeira de mau gosto, porque o vi de longe e parecia ser pai do Fred. Uns cinqüenta anos, no mínimo. Enquanto pensava como me jogar no chão e me arrastar em direção à porta, eles se aproximaram a passo rápido — cheguei a me preocupar com a possibilidade de que aquele senhor infartasse — e eu não sabia se o cumprimentava com um aperto de mãos ou com uma reverência, porque não tenho experiência de conquistar velhos. Chamei-o de "senhor" e ele não gostou quando expliquei que era porque trato assim o meu pai.

O fato é que lamentei minha má *performance* inicial, porque depois de dez minutos já me sentia bem confortável e estava bem chato para o Fred, que continuava ali, como um assistente – calado e tentando ser invisível — enquanto eu estava bem tranqüila com Alfonso. As coisas fluíram muito bem. Contou-me que é advogado, e pela minha experiência estava certa de que ele ia ficar chato e que, se eu pedisse qualquer coisa cara do cardápio, ia gritar "objeção!". E nada. Ele é um encanto. Por algumas vezes até me esqueci que estava num encontro.

Nem percebi quando ficamos sozinhos no restaurante. Conversamos sobre suas viagens, sua ex-mulher – seria o cúmulo do romantismo se ele fosse viúvo; quase coisa de filme de Richard Gere; mas isto é apenas minha vida —, sobre seu filho, que não lhe dá a mínima, e de quanto o meu amigo Fred é gente boa. E com uma noite como essa, perdi o medo dos encontros às escuras. Agora, sim, são uma possibilidade. Além do mais, pode ser que apareça uma versão jovem de Alfonso e que eu me encontre, enfim, com o amor.

O desconfortável foi quando ele pediu meu telefone e comentou que poderíamos ir ao Europeo, que saiu na *Weekend* como um dos melhores restaurantes. Como eu lhe diria que estava tudo muito bom, mas que minhas convicções me proibiam de me relacionar com alguém que poderia se sentar e conversar longamente com a minha mãe, comentando de onde assistiram ao Mundial de 1962 ou a chegada do homem à Lua? E se eu lhe desse o telefone dela? Disse-lhe que manteríamos contato, e ele, como cavalheiro à moda antiga – serão todos os de sua idade assim? –, não forçou a barra nem se mostrou incomodado com isso. Um luxo de homem. Será que existe uma possibilidade de ele ser conservado congelado para me aguardar?

Desse modo, de agora em diante vou reconsiderar meu preconceito contra os encontros às escuras e sairei com os candidatos que me forem reservados. Até o zelador do prédio me ofereceu um executivo solteiro bem simpático, que mora no prédio onde ele trabalhou antes. Com este superávit de produtos, o que poderá sair errado?

Requisitos

Uau! É incrível como eliminar um simples preconceito pode mudar a vida. Esse negócio de ser favorável aos encontros às escuras é bom. Estive pensando outro dia e, agora tenho uma nova visão do assunto, estabeleci alguns requisitos básicos. Absurdos, mas fundamentais. Quase posso dizer que deveriam ser garantidos pela Constituição:

1. Pedir um cheque de $120.000,00 como garantia, ao Fulano Gestor. Esse valor cobre algumas consultas com o psicólogo, no caso de sair emocionalmente lesada depois do encontro. Acho que ninguém vai aceitar, mas pedir eu posso.
2. Exigir a palavra de honra do Fulano Gestor de que o sujeito não é casado. Seria *top* se ele jurasse sobre uma Bíblia, como nos julgamentos estrangeiros.
3. Assegurar-me de que não seja daqueles que vão fazendo contas mentalmente – e deixam transparecer isso – enquanto fazemos nossa escolha no cardápio do restaurante.
4. Pedir que não me deixem trabalhar muita informação, porque fico pensando besteiras. Por exemplo, o que me acontece com os sobrenomes. É horrível ficar brincando com minha linda caneta tinteiro Lamy prateada e assinar como "sra. Fulano de Tal... (*substituir pelo sobrenome do galã da vez*)", sem nunca o ter visto. Muito patético. Além disso, me dá vontade de *googlear* seu nome, para saber mais sobre ele. O tempo livre é o pior aliado da solteirice: a gente acaba fazendo papelões de tão desocupada que está.
5. No caso de calote emocional, pedir apoio ao Serviço Nacional de Apoio ao Consumidor. Deveria haver uma "divisão de encontros às escuras" na defesa do consumidor: na busca por Mr. Right, a gente investe cifras nada pequenas, pagando por serviços paralelos para que as coisas dêem certo: cabeleireiro, roupa, *lingerie* – as mais otimistas –, depiladora, manicure, gasolina, estacionamento... Porque obviamente não vou exigir um reembolso do Rodrigo, meu cabeleireiro, que ainda

não me inclui no seu convênio médico. Que culpa tem ele de que meus amigos me apresentem homens errados, pergunto?

Assim, eu me sentiria mais segura num encontro às escuras. Se todos os homens fossem como Alfonso – deveria antepor o "senhor" ao seu nome? — não me sentiria caminhando para o cadafalso, porque esta noite tenho outro encontro às escuras. O sujeito é um arquiteto, se chama André e não sei mais nada além disso, porque vou me agarrar com unhas e dentes às minhas novas exigências. É melhor passar por lunática do que por desequilibrada.

É claro que, seja como for, minha cabeça viaja e fico pensando que pode ser que ele seja francês — na minha cabeça, sinônimo de lindo e sofisticado —, ou que seja filho de franceses, e que poderemos ter um bom desconto para educar os nossos três futuros filhos na Aliança Francesa. Ok, os nomes das crianças ele poderá escolher. Nunca se sabe. Melhor parar de me preocupar e cruzar os dedos para que seja um Alfonso com vinte anos a menos. Isso é exatamente o que estou procurando. Não haveria uma forma de rejuvenescê-lo? Embora com o estilo de Tito Noguera, pode ser que os galãs passadinhos fiquem na moda e eu lidere uma nova tendência neo-fashion-romanticona. Nunca se sabe.

Não quero continuar dando cacetadas no amor. Isso me toma muito tempo e o meu fígado já está se ressentindo.

U-lá-lá!

Como se chama o Presidente da França? Chirac? Ou ele já não é mais? Seja como for, gostaria de cumprimentar a grande república francesa, gestora dos valiosos ideais de liberdade, igualdade e outro mais de que nunca me lembro, e porque se encontra muito bem representada no mercado chileno de solteiros. É bom saber que nos consideram um mercado interessante, e que nos enviam amostras de sua melhor mercadoria. Porque não posso imaginar que todos os franceses sejam como André. Se fosse assim, a imigração feminina para as terras francesas seria impressionante. E as filas nas alfândegas, assombrosas. *Anyway*. O sujeito me convidou para jantar no 034. Um encontro perfeito. O lugar estava quase vazio e eu, para que ele notasse que sou admiradora da França, pedi uma sopa de cebolas, que depois deixei pela metade, porque andar com odores estranhos num encontro, *no way*.

Depois dividimos uns *waffles* com nutella, e eu até já escutava *I'm crazy for you* de Madonna como uma trilha sonora particular. Em meio a chocolate e romance, me peguei agradecendo a Deus pelo meu estado civil livre de culpas. Porque, se não fosse assim, nunca teria conhecido o André. Arquiteto, culto, cavalheiro – desses que abrem a porta para que a gente se sinta uma princesa-, e um pouco avarento, isso sim, porque me fez pagar a minha parte da conta. Mas tudo be. Creio que as coisas sejam assim no primeiro mundo.

Ele chegou há três anos ao Chile, atrás de uma gringa que conheceu na Tunísia e que veio para a Patagônia chilena, com ele de escolta meio psicopata, pelo que entendi, porque parece que a gringa não estava muito a fim de continuar o romance. Mal-agradecida. Deve ser como os marinheiros do *U.S. Reagan*, que deixam dólares e amores em cada porto. Assim não dá. E eu que reclamava do meu azar no amor, claramente concluo que os malentendidos anteriores — não vou citar nomes por falta de espaço e também por pudor — foram uma espécie de preparação para que eu pudesse conhecer este sujeito, com quem estou me sentindo muito bem. Este é um encontro dos bons, pensava, cada vez mais entusiasmada, enquanto avançava a noite.

O problema é que sou muito fácil. Já estava pensando se a minha *lingerie* estaria adequada às circunstâncias, quando me dei um alerta. Calma, Aldunate. Seguramente no primeiro mundo as políticas de controle de natalidade, anti-HIV e pró-estilo *cool* impedem que as pessoas pulem na cama no primeiro encontro. Além disso, o prestígio da minha nação está em minhas mãos. Não posso esquecer. Assim, lamentei por não ser mais previdente – esses cintos de castidade que vendem serão um exagero? – e por ser obrigada a me comportar. Não resta outra coisa. Dividimos a conta – para falar a verdade, eu paguei até um pouco a mais, mas o que são dez reais para achar o amor da minha vida? – e fui levá-lo até o seu apartamento, porque ele, de tão consciente da responsabilidade para com o meio ambiente, ainda não tem carro. Despedi-me dele, flutuando na minha nuvem de amor absoluto e eterno. Desde então já passaram dois dias. Com certeza hoje ele vai ligar, porque três dias deve ser o prazo lógico nas regras da conquista para um galã. De modo que estou pronta para um segundo *round*.

Estou mais do que pronta para gritar u-lá-lá!

Paqueras

Sou uma mulher má. Mereço ser apedrejada em praça pública. Não sei bem por quê, resolvi ligar para Alfonso. Apesar de que isso não me causa nenhum transtorno hormonal. Conversamos e nos divertimos com indiretas românticas da sua parte e eu, qual dançarina de *cueca*, cubro o rosto com um lenço e continuo dando corda, fingindo absoluta inocência. Creio que isso não está certo. Acho horrível a expressão "encher lingüiça", mas o Fred disse: "Se não tem interesse no meu amigo coroa, não lhe dê ilusões. Além disso, ele ainda pode vir a ser o meu chefe; então, *back off, lady*". Na verdade eu só estava treinando, mais nada. Esclareço que as coisas continuam bem com o André. Devagar, mas seguras. Pelo menos, eu acho.

É que não sei se nós, chilenas, é que somos extremamente abertas para falar da nossa intimidade ou o quê. Mas acho que André, de cara, faz muito segredo das coisas. Ontem à noite, antes de dormir, fiz uma lista do que sei e do que desconheço de André. E, pela informação que tenho, ele poderia até ter passado a infância num reformatório pelo assassinato de seus companheiros do jardim de infância. *God*. Acho que estou assistindo muito a *Cold Case*, do Warner Channel. Tanta sexta-feira sozinha, e estou paranóica. *Anyway*. André só fica enumerando as falhas que vê em Santiago, e num tom paternalista que, na verdade, já está começando a me cansar. Acho que já é hora de ele começar a enumerar as minhas qualidades ou de contar os seus planos para o futuro, ou de me mostrar onde mora, porque pode ser que esteja passando as noites numa pensão horrorosa e que seja um gigolô do tipo Benjamin Vicuña – exagerado, mas bonito – e eu aqui, feliz, pagando a minha parte da conta. Será que ele vai começar a me convidar para ir à casa dele quando o sexo for parte da equação? Nossa! Isso mostraria um lado ruim do relacionamento.

Por isso liguei para Alfonso. Talvez, porque ele, sim, saiba me dizer galanteios – falsos ou não – que me fazem bem. E porque ele se abre comigo, e adoro quando me conta suas intimidades com cheiro de naftalina, muito embora enquanto ele fala eu insista em imaginá-lo em cima de um daqueles dinossauros que foram encontrados perto de Iquique, lá no norte do Chile. É esquisita a vida.

Seria a paquera considerada infidelidade?

Droga! De que estou falando agora, sem nem sequer tenho alguém a quem possa ser infiel?

Inesperado

Há alguns dias, estava falando com Alfonso e ele me disse que um amigo seu queria me conhecer. *What the hell, single but not swinger* cheguei a pensar antes que ele dissesse mais e eu desligasse o telefone na sua cara, ofendida com semelhante oferta. Foi quando ele acrescentou "é trabalho". Ah, em se tratando de desculpas, essa é a melhor.

Como não suporto tomar a iniciativa, pedi-lhe que desse ao amigo o meu endereço de *e-mail* – a palavra escrita é sempre melhor aliada que a oral, porque evita que a gente fique nervosa e gagueje – e aguardei. Afinal, tenho anos de prática. Até que, na sexta-feira, ele me escreveu, perguntando se eu poderia ir ao seu escritório à tarde. Ele assina com um monte de cargos em inglês e, pelo que entendi, parece que tem algo que ver com rádio. Legal.

Eu fui. Na verdade, difícil eu não sou. Pensando que talvez Alfonso, com seus contatos e suas boas intenções, seja o homem que procuro há anos, cheguei até a rádio. Uau. Um conglomerado radialístico. Desses em que cada andar está cheio de rostos, ex-rostos e projetos frustrados e bem-sucedidos de rostos. Uma selva inteira. Pedi para falar com ele, Juan Eduardo, nome bastante sonoro, e, depois de ser anunciada, quase estenderam um tapete vermelho para que eu pisasse. *Cool.*

Quase caí para trás quando o vi. Um pouco gordo, mas lindo. Tamanho padrão – daqueles com quem sonho andar de braços – vestia camisa Oxford com as iniciais bordadas no bolso, olhos claros, jeito de quem é irônico, mas com delicadeza. *Just my kind of guy.*

Como se tratava de assunto de trabalho, a primeira parte da conversa era inflar meu ego, para depois dizer que me podem pagar em dinheiro se eu aceitar. Clássico. Por isso, quando começamos a falar de coisas concretas, eu já andava flutuando nas nuvens. Imaginava como seria me ver nas páginas sociais ao seu lado, com a sua pose e o seu cargo escrito embaixo. Isso, sim, seria *glamour*.

No fim percebi que, como de costume, tinha saído uma oferta básica. Daquelas que nunca se concretizam, mas que de tantas que fazem ao ano, parece que essa é uma ocupação permanente. O ruim foi que eu lhe tinha dito por *e-mail* que só teria quinze minutos, mas como me senti apaixonada quase que imediatamente, fui ficando, até que passei mais de uma hora no seu escritório. É que não estava disposta a sair dali sem a perspectiva de um encontro. Transformada numa agenda urbana, comecei a cacarejar sobre restaurantes, dicas variadas de barzinhos — quase citei as barracas das festividades da independência do Chile, que ocorrem em setembro, quando é bom sair numa sexta-feira à noite. Desesperada, eu sei, mas é que não esperava um homem daqueles como um possível chefe.

Quando ele me acompanhou até a porta, segurei na maçaneta, sem coragem de ir. E ele deve ter entendido minha clara mensagem. Perguntou-me o que faria em seguida, e eu, óbvia, lhe mandei um "nada". Não consegui um encontro para essa noite, porque ele tinha mil e trezentas obrigações quase principescas, mas vamos sair na quarta-feira.

Estou pensando que talvez dê certo misturar prazer e negócios.

Self control

Admito que eu me acho. Não sei se culpo a primavera, que teoricamente já está chegando, mas que parece não querer aparecer nunca; ou o meu espetacular broche de borboleta, que arranca suspiros e eu, bem cínica, faço cara de humilde, ou a minha bolsa Odda, que ganha assobios de inveja das minhas conhecidas – e de algumas não tão *partners* assim, mas igualmente óbvias nas suas fixações –, mas estou insuportavelmente contente e não consigo me acostumar a essa mudança de atitude.

É tanto que, ontem, fiquei até com vergonha quando me vi refletida na porta de vidro de uma academia na Vitacura. Ia dirigindo, cabelo ao vento, braço semipendurado e cantando possuída *Self control*, de Laura Branigan, como uma homenagem a ela.

Perdi a cabeça. Nenhuma novidade, está claro. Desde que conheci Juan Eduardo eu me sinto como uma adolescente apaixonada pelo artista do momento – que, para ser honesta, nem sei quem é. Já não tenho tremedeiras assistindo televisão. Agora existe Juan Eduardo, com seu sotaque peninsular – menos acentuado que o de Amaro, o jornalista espanhol da CNN, é claro – e o seu jeito de homem chique, que sabe de tudo.

Por isso deve ser tão amigo de Alfonso. Não sei como se conheceram, só sei que a maior diversão para eles é reunirem-se para escutar ópera e se embebedar, e devo confessar que quando escutei isso quase desmaiei só de imaginar a cena. Isso me soou como coisa de amor platônico, não sei por quê. Seguramente pela minha absoluta falta de cultura, pois acho que a ópera é como um coquetel, onde se pode ir ultraproduzida e cochilar com elegância enquanto os atores gritam e se insultam em italiano; e fingir que estamos em Nova Iorque ou alguma cidade *top*, onde até os encontros são mais divertidos, porque não só saímos para comer, beber ou ir ao cinema, como também é possível ficarmos mais cultas romanticamente.

Anyway. Juan Eduardo tem me mostrado coisas lindas. De longe, o que mais gostei foi de ter ido à mesa de chocolate do Ritz. Isso foi para mim, como a oportunidade mais próxima de ter estado na fábrica de chocolates de Willie Wonka, no filme. E tão romântico.

Porque Juan Eduardo é um cavalheiro. Não é daqueles que dizem "a gente se encontra em tal lugar". Ele vai me buscar, e desce e abre a porta e, se me levanto para ir ao toalete, ele também se levanta. A primeira vez me deu um pouco de medo de que, pela minha pronúncia ruim, ele me compreendesse mal e fosse embora ofendido. Mas já estou me acostumando. Curtimos bastante estar juntos. Ele sempre tem assunto; conta histórias espetaculares, não fica bravo com as minhas bobeiras e continua saindo comigo, embora logo na primeira vez eu tenha engolido uma mosca na frente dele. Eu explico. Não foi de propósito. Estávamos na porta do Sushihana e ele disse alguma coisa que me pareceu muito engraçada, porque estava no meio da gargalhada quando percebi a visita da mosca e, sem querer, a engoli. Tenho certeza de que ele percebeu, mas como é cavalheiro, não disse nada. O pior foi que nós dois ficamos calados e esse foi o silêncio mais desconfortável da minha vida. Foi horrível. Até que ele, sempre muito cavalheiro, falou alguma coisa divertida para preencher e eu acabei de engolir a intrusa, sentindo-me uma rã ou uma iguana malvada. Ufa. E, ainda assim, ele me telefonou no dia seguinte. Sem mencionar aquela minha estranha sobremesa.

Ele é tão perfeito que às vezes me assusta. Então procuro pensar naquele hino da Laura Branigan – *Self Control* – e pronto: tudo bem outra vez.

Too happy

Agora, sim, me declaro pasmada. Sempre quis utilizar essa palavra, mas nunca tive a oportunidade... Juan Eduardo é, sem dúvida, o Príncipe Encantado. Se eu fosse boazinha, eu o emprestaria, com fins terapêuticos, para todas as outras solteiras com problemas de auto-estima. Mas sinto muito: minha idéia é acelerar o máximo que puder o processo de privatização. Não só porque sou reconhecidamente uma maldita egoísta, mas também porque quero ter todos os privilégios do relacionamento. E, além disso, para mim, uma certa segurança não seria nada mal.

Outro dia íamos em seu carro a caminho do cinema e ele, ao trocar as marchas, roçou levemente o meu joelho. Eu, muito otimista, achei que aquilo era um avanço. Que nada. Antes ele tivesse ficado na dele, mas me pediu mil desculpas como se me houvesse dado uma porrada no meio do nariz. *What the hell?* E eu que ando na minha melhor forma. Dizem que o amor — ou pelo menos a possibilidade — faz com que a gente se veja melhor. Cada vez que leio um daqueles estudos tendenciosos pró-amor fico com mais raiva. É como se a gente não quisesse se relacionar mais do que qualquer coisa neste mundo. E, para piorar, fazem gozações, dizendo que as possibilidades de sucesso na vida diminuem se estivermos apaixonadas. Não será demais?

Claramente, Juan Eduardo nem percebeu. Não deu em nada a proposta de trabalho que me fez. Mas adoro ter a desculpa do trabalho para poder ligar para ele e saber que não é conveniente que se comporte mal com uma potencial subordinada. Viva a Inspeção do Trabalho! E lá vamos nós, ver o que acontece se meus planos de arrastá-lo ao Registro Civil mais próximo forem para o espaço.

Essa forma de relacionamento me surpreende. Não o vejo todas as noites, mas se não podemos nos ver devido aos seus inúmeros compromissos de trabalho, ele me convida para almoçar. Fico aborrecida por não conhecer nenhum de seus amigos, além do Alfonso, mas acho que isso virá com o tempo. No fim de semana também não o vi porque esteve num seminário da empresa. Estranhamente, não fiquei com aquela ansiedade de sair. Pensei que, ao me ver sem planos, a víbora que tenho aqui dentro iria assumir o controle da situação e me jogar aos pés de André, pedindo-lhe desculpas implícitas por nunca mais ter ligado para ele. Porque o francês me desiludiu. Nenhum avanço. Serei eu, Senhor? Talvez o problema de *sex appeal* seja meu e eu, tolinha, culpando os meus galãs. De qualquer modo, dei mais uma semana de prazo para esclarecer minha situação e enquadrar Juan Eduardo. Ou ele me privatiza, ou me devolve ao mercado. Não há mais opções.

Por isso é que estou tão convencida de que Juan Eduardo é, sem dúvida, o Príncipe Encantado. Porque ele é bem mais do que eu – ou qualquer solteira exigente – esperaria. É perfeito.

De cara, não nasci com a coisa sexual muito incorporada. Ou fui castrada na minha formação, porque até os dez anos quis ser Rafaella Carrá e, inexplicavelmente, um dia mudei a vocação para veterinária. *Anyway*. Não tenho problemas com o assunto: não me acho um símbolo sexual tampouco acuso frigidez, mas não sei como tomar a iniciativa sem extenuar-me. Odeio quando minhas amigas mais atiradas do que eu me dizem "Consuelo, como você pode ser tão lerda nessa idade". Não posso, não mais. Não sei fazer as coisas que vejo que são os golpes seguros das garotas nos filmes. Assim, se vou comprar alguma peça de *lingerie* bonita, inevitavelmente viro *warrior* e saio com um fio-dental com penas e lantejoulas, que não usaria nem na privacidade absoluta do meu *walking closet*, nem em público, mesmo que me injetassem afrodisíaco.

Mas isso é um problema meu. Não sei se alguma mulher saberia fazer performances variadas para seduzir um sujeito escorregadio. Eu, claramente, não sei. Não sei mesmo. Fico no básico: alguns toques bem leves, me apóio em seus braço para lhe contar alguma coisa carinhosamente e, quando ouso, ponho a mão na sua perna. Mas alguma coisa aqui dentro me diz que isso é um pecado capital e que o inferno e o purgatório estão infestados de mulheres que andam manuseando os homens. Maldita boa educação.

Assim vão as coisas. O romance ficou devagar e não sei se dará um avanço. Porque entre a gentileza e a falta de libido do sujeito em questão, vejo uma linha tênue. O que fazer? Enviar-lhe mensagens picantes sem assinatura, para ver se desconfia que sou eu? Aparecer num *look* de cartaz de filme pornô, com as partes pudicas cobertas de chantili, e cruzar os dedos para que ele entenda a mensagem? Credo. Não sei o que fazer. Nessas horas me dá vontade de ser uma papa-homens e parar de viver me questionando.

Ai, será que vendem afrodisíacos em algum lugar por aqui?

Retoques

Outro dia eu estava no solarium, sentindo-me um frango assado — se bem que pode parecer excesso de otimismo estar me preparando tanto para um possível romance com o homem que não se manifesta, nunca é demais o lema escoteiro: "sempre alerta".

Já estava com um bronzeado parecido com o da modelo Carla Ballero, quando me olhei com uma lupa e — meu Deus— estou enrugada. Não quero parecer dramática, mas meu novo espelho de aumento é, de longe, o mais desgraçado dos inimigos. Tendo a luz assassina do banheiro como aliada, me deixa em evidência: ser tão boa para brigar, chorar e gritar com a televisão tem me criado sulcos que poderiam servir para cultivar alfaces. Um horror. Com esse desastre facial, decidi que vou optar pela sensatez: botox e ponto-final. Acho que devo levar a sério o trabalho dos inúmeros cremes. Porque se sou uma pessoa que não tem critério e que dorme ao sol como Drácula no caixão, é o mínimo que posso fazer. Reconheço que não tenho idéia dos prós e dos contras, mas como o romance que não se define mexe com a minha auto-estima, acho que para melhorá-la quero me ver mais jovem.

Seria um descaso de minha parte ignorar os avanços tecnológicos. Não o faço só por mim, mas também por todos aqueles pesquisadores que se empenham para tornar a vida mais fácil. Sou uma marqueteira. Estou tentando me convencer de que é uma boa idéia, mas tudo que inclua agulhas e gente vestida de branco me parece um grande drama. Sempre fui partidária da cirurgia, mas para o outros. Eu não me atrevo. Nunca imaginei que iria me perguntar honestamente se já chegou a hora de entrar na faca e/ou nas agulhas para me ver mais nova. Mata-me perceber que estou ficando mais velha muito contra a minha vontade. Porque na cabeça continuo tendo treze anos. E continuo jurando por Deus que o Príncipe Encantado existe, embora não o tenha visto, e que todos os tropeços e papelões amorosos são um mero ensaio geral que me prepara para quando ele chegue. Talvez isso justifique um retoque.

Se existisse botox para as cicatrizes amorosas, estaria tudo muito melhor.

Uma a menos

Desde os meus vinte e cinco anos presencio – consternada, devo dizer — como caem, como moscas sob o efeito do inseticida, ao meu redor, as solteiras em diferentes tipos de estado civil. Casam-se ou se transformam em amantes de homens casados, ou tornam-se mães, ou acabam separadas, ou simplesmente voltam a ser adolescentes e, em plena regressão, desaparecem. E há as que continuam solteiras, em temporada de caça, muito bem, obrigada. Perguntando quando será a nossa vez e o que será que nos espera.

Quando fiz treze, minha mãe me rezou o terço e reafirmou que se eu aparecesse com um bebê, ela se encarregaria, pessoalmente, de sugerir, pela força, que a criança voltasse ao lugar do qual vinha, sem contemporizações nem mimos. Conhecendo as regras prussianas com que me criaram, não duvidei dessa advertência. Assim, concentrei-me em não me reproduzir nem multiplicar, e ia informando à minha mãe sobre minhas amigas que engravidavam, para que ela valorizasse o quanto eu me comportava. Mas é claro que, depois dos trinta, prefiro nem lhe contar se chega algum convite de casamento ou se tenho que ir à maternidade para conhecer o sobrinho postiço número mil e trezentos. Porque a sua cara de pena não faz bem ao meu ego. E certamente o meu comentário "veja a coitada, como se complicou na vida, nunca esperei isso dela, que era tão *clever*...", tinha credibilidade zero com minha mãe, que sabia perfeitamente que eu teria pago feliz, em euros ou dólares, para que fosse eu a estar com um bebezinho nos braços. Mas o sonho da aliança no dedo ninguém vai me tirar.

Por isso, as solteiras que ficam vivas e se mexendo, sobem no *ranking* das amizades de forma rápida. Explico: se Fulana foi minha melhor amiga na escola, perdemos contato quando se dedicou à sua própria cria, porque nada poderia ter me interessado menos do que o apaixonante mundo das fraldas, das papinhas e do leite coalhado, e coisas semelhantes. E obviamente à Fulana, bem-casada e já esquecida do quanto doem as grosserias do amor, não importava se o sujeito da vez se dignava a me convidar para sair ou não. Isso provocou movimentos no *ranking* e me encontrei confraternizando com alguns tipos que nunca haveriam estado na minha lista de *closest pals*. E assim fui, descobrindo solteiros que confraternizavam com minhas idas e vindas amorosas, como a Camila ou o Fred, que sentiam na carne o que é ser *single* num mundo em que o "nós" é regra universal.

Estive revendo as fotos das amigas que entraram nessa espécie de legião estrangeira que é o casamento, e me deu certa nostalgia. Tive vontade de vê-las, mesmo que fosse só para conversar, de portas fechadas, sobre balbucios, cólicas, crises conjugais e o valor do salário das babás no mercado. Porque atrás desses assuntos que me soam chatos, ainda devem estar as amigas de antes. Eu acho. Assim que, quando estiver mais tranqüila, pretendo convocar para um evento as minhas amigas extraviadas, para ver o que acontece. Organizar um final de semana de bagunça, digno dos *marines* do *U.S. Reagan* desembarcando no porto. Se a convocatória me acompanha, claro. Mãos na massa.

É que me veio uma nostalgia. As mulheres se casam e se perdem na vida, e por isso fiz um exercício de memória. Revi fotos de férias e de aniversários da década passada – que horror: do século passado! –, quando eu tinha vinte e poucos. E descobri como – meu Deus – tenho sido escrava da moda! Com meus álbuns de fotos pode-se fazer um verdadeiro tratado sobre as idas e vindas de bolinhas, flores, cores cítricas e tecidos desconfortáveis. A naftalina deve ter efeitos alucinógenos, porque imediatamente idealizei tudo e decidi dar o primeiro passo, ligando para a Carola, que foi minha melhor amiga no colégio. Com certeza ela também sentia falta daqueles anos em que nossa maior preocupação era o que vestiríamos no dia seguinte ou se nos telefonaria o objeto dos nossos desejos. *Damn*. Essas perguntas parecem não ter me abandonado ainda.

Então, mergulhei entre minhas agendas velhas para encontrar o número da Carola. E foi como entrar na máquina do tempo. Pobre coitada romântica, faço verdadeiros sarcófagos dos meus ex-relacionamentos e, nessas caixas, há de tudo, desde a clássica rosa seca até uma ou outra carta de amor cheia de mentiras óbvias e virulentas. De amostra, aqui vai uma: um sujeito que me deixou por uma que eu considerava minha amiga teve a cara-de-pau de me escrever, meses antes de ser flagrado, que eu era a única e que sempre seria insubstituível na sua vida. Tradução simultânea: você é a única que acredita nessas besteiras e nunca ninguém vai superá-la no nível da credulidade. E assim, entre a arqueologia amorosa, lembrei das minhas amigas que agora vivem para alimentar os seus miniclones e fazer a alegria dos maridos. Com a nostalgia já atravessada na garganta e à beira das lágrimas, anotei seus nomes e os últimos números de telefone que tinha de cada uma delas. Eram sete no total. Porque, muito embora eu goste de andar em grupos de três ou quatro, quando uma ficava muito firme no seu relacionamento era substituída por outra.

Liguei para o número da Carola, minha amiga do colégio, que depois fez boas amizades com as novas *partners* de faculdade e que se casou aos 21. Liguei para a casa da mãe dela – porque não ouço mais falar dela há uns cinco anos; a última vez que se mudou, enviou-me um *e-mail* com a atualização dos dados, o qual nem sequer abri. Para minha surpresa, ela atendeu. A Carola. Pensei que talvez estivesse tão desocupada como eu, que nas horas do trabalho me dedico a retomar laços passados, ou que aquilo era uma feliz coincidência. Que nada. Separada e de volta à casa dos pais, agora a Carola é universitária. Depois de um divórcio que quase acabou com a sua auto-estima, ela agora está estudando psicologia, para trabalhar com terapia de casais, e ajudar para que ninguém mais passe pelo que ela passou. Bastante nobre de sua parte. Claro que até agora ela ainda não conseguiu eliminar uma matéria de primeiro ano, mesmo tendo cursado três vezes. Mas esses são detalhes, ela diz. Digo a ela que tenho vontade de vê-la e ela diz que, entre as crianças, as aulas, as sessões expulsar culpas que tem com a mãe, a terapia que está fazendo e as saídas com suas amigas separadas, o tempo voa. Logicamente. Já me lembrei por que a gente se afastou. Ela era o centro do mundo e isso, pelo jeito, nunca vai mudar. Embora ela jure que, quando o semestre acabar, vai me telefonar, eu sei que não vamos nos ver.

Malditos hormônios disfarçados de nostalgia.

Coringa

Quando a minha grande preocupação na vida era a saudade das amigas, a realidade me bateu à porta. Enquanto eu estava quase convencida de que meu romance com Juan Eduardo ia muito bem, estava sendo usada como um vil coringa para distrair suas noites sem graça. Porque ele tem uma namorada escultural. Uma modelo do meio artístico. Honestamente, o que pode fazer meu discreto encanto de chilena média, diante do festival de silicone e ossos da minha rival? Quase nada. Pode ser que eu seja engraçada, mas minhas observações bem-humoradas não têm nada que fazer contra 300 gramas de silicone que, sim, sabem segurar um vestido tomara-que-caia.

Demônios! Sempre será assim? Uma peituda roubou meu Príncipe Encantado. Ou serei eu a achatada perdida que tentou tirá-lo dela?

Aconteceu assim. Os telefonemas de Juan Eduardo tinham ficado mais espaçados, mas continuavam chegando. Eu pensava que ele era um wokaholic ou que esperava que eu tomasse a iniciativa. Sou tão loser. Tolinha! Talvez o relacionamento entre ele e a Silicon Valley fosse sério, e comigo era uma simples amizade. Que horror. Será que contei a muita gente sobre esse meu affaire?

Retomando, o relacionamento ia devagar, mas firme na minha cabeça. Estava eu aguardando que ele me ligasse para nos encontrarmos, quando me ligou Fred. Perguntou-me, em tom sepulcral, se eu tinha visto as páginas sociais de uma certa revista. Estranhamente, eu ainda não havia tido o "minuto do ego" de me procurar entre gente famosa que freqüenta os eventos. E Fred me jogou uma bomba: "Seu quase-namorado está se derretendo todo com uma garota. Eu investiguei e soube que está namorando uma modelo exibida". Senti que o chão se abriu e eu ia afundando. Namorando? E não comigo? Como pode ser? Eu o faço rir, cozinho para ele, e o acompanhei para assistir Fahrenheit 9/11, embora tenha ficado distraída o tempo todo esperando de que me tocasse para desatar a minha paixão.

Nem sequer me atrevo a encará-lo, porque, depois de tudo, não sou mais que uma amiga que ele amavelmente leva para passear de vez em quando. Pode ser que tenha sido o seu ato de caridade anual. Agora, juro: a próxima vez que um sujeito me convidar, vou lhe perguntar diretamente se trata de um encontro ou de uma saída entre amigos assexuados.

Novas perspectivas

Estou assombrada com a quantidade de coisas que tem que fazer num único dia uma mãe com seus filhos. Apesar do meu eterno desdém para com as casadas, reconheço que o seu é praticamente um apostolado. Explico-me. Ligo para a Carla para irmos ao Ummo, e ela tem uma reunião na faculdade. Eu a convido para um lançamento mas a conversa dura apenas um gole da minha taça de vinho e ela precisa correr, porque a papelaria vai fechar e ela precisa comprar praticamente todo o que existe no mercado nacional para a aula de arte — ou trabalhos manuais ou como quer que se chame essa disciplina agora — de um filho. Assim temos a sorte de nos ver dentro de meia hora, em Pinzas, o que me parece quase um prêmio divino. Assim estão as coisas: eu a pressionei para que no final de semana inventasse um jeito de me apresentar a algum dos seus amigos solteiros recauchutados — entenda-se legalmente anulados — e, assim, a deixarei em paz com esse assunto.

É que sinto que já me acabaram os solteiros. Como esta semana um de seus garotos estava às voltas com um evento na escola — um encontro com Cristo (*unplugged?*) ou algo assim religioso —, a Carla não se decidiu por um e convidou três, para que eu escolha. Minha grande dúvida é se os sujeitos saberão que vão se exibir como um cachorro no Kennel Club, numa estranha competição pelo coração de uma solteira exigente. No minuto livre que ela teve, avisou-me que não pensava em me revelar nenhum antecedente dos candidatos, porque já sabe o quanto sou preconceituosa e, nesse caso, quanto menos saiba, melhor. Estou mais do que concordando com ela. Desse modo, no sábado, às nove e meia, tenho que chegar com minha garrafa de vinho – talvez fosse melhor levar flores, assim parecerei mais estilosa... — e fazer cara de que nada está acontecendo quando estiver transformada em abelha rainha que desfruta da companhia de três galãs numa única noite que, de modo geral, passo sozinha em frente à televisão, maldizendo minha sina de mulher exigente.

Logicamente, essa perspectiva me diverte. É como um encontro *flash*, mas personalizado e de graça. Pensar que três homens vão disputar a minha atenção... e se a minha amiga mais velha e experiente diz que são meu *perfect match*, quem sou eu para contradizê-la? Talvez meu próximo namorado esteja só há poucos dias de distância.

Bonus track:
Matérias e entrevistas

A selva das solteiras

Solteiras que se acham casadas, solteiras com solteirite crônica, solteiras que não percebem que são solteiras... há de tudo nas vinhas do Senhor, dizem por aí. Com a minha experiência de anos de noites passadas em barzinhos, tardes em *shoppings*, verdadeiras maratonas de lazer e mais de um neurônio ocupado com informações inúteis, apresento aqui minha entomologia básica: classificações arbitrárias e descartáveis sobre as solteiras do Chile, bichos danados que estão cada vez mais resistentes aos inseticidas.

A papa-homens

Versão chilena da Samantha, de *Sex and the City*, achou seu lugar nos barzinhos de hotéis, depois de tentar arrancar alguém de um barzinho da moda, e ficar rotulada de garota fácil. Como a vida está cheia de pequenas vinganças e maus momentos, ela se sobrepôs ao estigma e, uma vez que aprendeu que é melhor passar despercebida do que ser fichada pelo serviço de saúde ou que lhe fechem a entrada do apartamento, agora reina nos barzinhos de hotel, com absoluta confiança de que suas andanças ficam entre os turistas que ela diverte, com a cumplicidade dos *barmen* e dos discretos recepcionistas, que não a cumprimentam pelo nome para não pôr em evidência que ela já é de casa. Algumas, sem tantos recursos ou com menos domínio do inglês, vão ao bairro Suécia e deixam que a linguagem universal da sedução e o piscar das luzes façam o resto. A grande vantagem é que têm casa para ficar em várias cidades do mundo sem precisarem gastar nem um centavo em hotéis.

Aqui também está a variante *soft porno*. Aquela que não curte e que vive com um sentimento de culpa bem dissimulado, escondido por trás dos seus esmerados acessórios. É a que vibra com a cena de *Instinto Selvagem* na qual Sharon Stone cruza e descruza as pernas e que encontrou sua alma gêmea em Madonna, na época do disco *Erótica* e do livro *Sex*. É a que, sem complexos nem falsos pudores, chama, convida, seduz ou encurrala o galã de plantão, sem se importar nem um pouco com os comentários mal-intencionados das puritanas invejosas do seu currículo. É aquela a respeito de quem, no colégio, todas fofocavam com admiração invejosa, e que cresceu e continua sendo alvo do escárnio público, porque pouco lhe importam as convenções. Terror das amigas que têm marido safado, muitas vezes é excluída do grupo pelo pânico que causa entre as que não têm tanto sangue nas veias como ela. É a que mais admiro, de todas as que descrevo aqui. Pagaria um bom dinheiro para ter a coragem de ser como ela, de chamar e perguntar com voz rouca "você se sente solitário esta noite?", em vez de ficar horas criando estas novas categorias de mulheres. É a rainha da práxis. É uma mulher que adora dizer "vim, vi e venci". Geralmente ganhadora de muitas batalhas, às vezes se dá mal, por culpa do que dirão ou dos vazios que lhe causam as menos sucedidas na luta dos lençóis. Porque isto não é Nova Iorque e os rumores voam.

Seja como for, pelo menos esta tem as estrelas ganhas na batalha, para se resignar nas noites que está sozinha.

A compradora compulsiva

Algumas comem para amenizar as tristezas e frustrações; enchem-se de sorvete e chocolate. Outras – e aqui me incluo — se entregam ao que um balcão ofereça de barato. Este espécime se conforta com o cheiro de notas fiscais recém-emitidas ou com o barulhinho da impressão dos boletos de cartão de crédito. Sem problemas de excesso de peso ou de fígado que não pode doar como outras adictas, esta solteira se diverte posando em espelhos que a tornam mais magra ou colecionando sapatos que nem sequer usaria para compor uma fantasia diante de um amante imaginativo e fetichista. É a xodó da gerente da sua contas, e se bem que na carteira não exibe como troféu as fotos dos filhos, namorados ou sobrinhos queridos, ela utiliza essas janelinhas de plástico transparentes para exibir seus cartões, os filhos que lhe dão todas aquelas satisfações que o destino lhe vetou. Com armário e gaveta de *lingerie* de causar inveja, curte a adrenalina de não saber se no mês seguinte terá que se mudar com toda a coleção primavera-verão para o presídio de Capuchinos, por ter emitido cheques sem fundo, ou se os pontos acumulados em suas compras no cartão de crédito serão suficientes para pagar um advogado que a ajude a tirar o seu nome da lista dos serviços de proteção ao crédito. Menos mal que, nesta temporada, as listras estão na moda.

A militante

Ideóloga do grupo, é a que conhece bem o discurso para doutrinar as menos acostumadas na carreira de solteira independente, e nem sequer procura, porque não lhe faz falta. No mínimo, opina que os homens são descartáveis, totalmente prescindíveis e perfeitamente substituíveis por um vibrador ou pela fertilização *in vitro* para a preservação da espécie. Virulenta e pestilenta na hora de criticá-los, se não tivermos um carinho de anos pelo sexo oposto, podemos ficar com seqüelas permanentes contra os homens. Extremista e praticamente militante de um grupo paramilitar, deleita-se escutando os fracassos amorosos das outras, o que lhe permite utilizar sua frase querida: "bem que eu avisei". É detestável, mas compreensível no seu ódio gutural por algum relacionamento mal-acabado ou um desengano atroz.

A filha do namorado

Existem dois tipos. Uma, a mais freqüente, é a que tem namorado mais velho, na faixa dos 60, que já criou filhos profissionais e agora se diverte, pós-separação, com este notável exemplar que culpa o complexo de Édipo pela relação e se diverte em causar dano na carteira do coroa que a escolheu como um troféu. Nos finais de semana à tarde, enchem os *shoppings*, escolhendo caprichos caros, que pedem com biquinho sedutor ou mesmo com ar de frieza, que faz tremer na base o afortunado caixa-eletrônico ambulante. A outra variante da filha do namorado é a que depende dele até para pedir uma pizza em casa. Sem uma diferença de idade tão evidente, passeia com ele de mãos dadas não para marcar território, mas como que para se deixar levar pela vida, numa evidente regressão aos anos em que *daddy* a deixava na porta da escola.

É identificada por frases do tipo "Azeitonas ou queijo duplo? Vamos, fofinho, o que eu faço? Estaciono no subsolo ou continuo procurando vaga neste andar? Devo comer um *ceviche* ou você acha que vai me fazer mal? Ultra-identificável. Acho que todas nós levamos uma desta dentro, e que, ao menor descuido, ela pode sair e possuir, como um maldito demônio, até a solteira mais resistente desta selva.

A tia das balas

Mãe frustrada no momento, depois de ter sido abandonada por alguns namorados devido ao seu comportamento maternal — leia-se mudança na aparência dele, constantes telefonemas preocupada para saber onde e como ele está, idas ao médico agendadas por ela, nas quais ela perguntava tudo e o coitado paciente ficava impotente e com fortes *flashbacks* da sua pré-adolescência, só para citar alguns exemplos — agora direciona todo seu amor aos sobrinhos postiços, enquanto espera que chegue o momento de falar do umbigo e da bundinha de seus próprios miniclones. Conhece os desenhos animados pelo nome e sobrenome, sabe qual personagem de Disney mata cada um de seus rebentos alheios e passa horas na loja de brinquedos, já que guarda um brinquedo no armário em caso de emergência. Ganhou esse nome porque na sua bolsa sempre se encontram algumas balas e caramelos para conquistar – ou aquecer — o afeto de seus convidados. *Baby sitter* por definição, adora se oferecer, embora, na verdade, fique cruzando os dedos para que rejeitem gentilmente o oferecimento.

A síndrome Barcelona

Essa solteira é cidadã do mundo: partiu em plena onda migratória de recém-formados para se aperfeiçoar em Barcelona e ainda não conseguiu se recuperar do impacto cultural. Viajou, ainda que para fazer um pequeno curso de dois meses, mas pirou. Como um jogador de futebol bem-sucedido de passagem pelo Chile, fala com sotaque peninsular e diz que sofre muito com a mudança de clima, de ambiente, de cardápio, de vida. Suas referências permanentes ao Bairro Gótico, às saídas para beber ou beliscar umas *tapas* — em vez de dizer, como antes da viagem, "cair na farra", como todo mundo diz — tiram do sério as invejosas como eu, que têm que se contentar em beber sangria no bar homônimo, onde as coisas não são como no velho continente.

Conhece os filmes por títulos diferentes e transforma o preço de tudo em euros. As mais extremas investigam sua árvore genealógica para ver se acham algum familiar distante que lhes permita nacionalizar-se e partir definitivamente deste lugar que não tem nada e no qual, dizem, não acontece nada.

A esperançosa

Admirável pela sua inesgotável esperança. Nela as desilusões não causaram tantos danos, de modo que está cada vez mais convencida de que o próximo homem será, com certeza, o Príncipe Encantado. Se há uma canção que a identifica é *The real thing*, de Lisa Stanfield, que escuta feliz enquanto se levanta a cada manhã, certa de que será o dia memorável em que cruzará com sua cara metade — ou, se isso aconteceu na noite anterior, tenta se convencer de que o sujeito recém-conquistado é o definitivo. Faz grandes papelões ao interpretar como segundas intenções uma simples troca de olhares com um possível pretendente, e confunde gestos amáveis com sedução.

Vive consultando sua compatibilidade com o signo do recém-conhecido, embora já saiba isso tudo de cor, de tanto consultar antes. Experimenta como soa seu sobrenome com o de cada candidato potencial e está convencida de que o amor está logo ali, na próxima esquina. Às vezes se desgasta e fica na cama assistindo a filmes românticos, nos quais as coisas sempre acabam bem. Essa terapia lhe serve bastante, já que aproveita para piratear idéias para novas conquistas e reforça a esperança de que toda princesa encontra, em algum momento, o seu príncipe encantado. Nas horas de divã na terapia, chegou à conclusão de que a culpa de seus males é dos contos de fadas que liam para ela, na infância, para fazê-la dormir. E embora as lavagens cerebrais da psicóloga lhe fizessem bem, as histórias de amor bem-sucedidas ficaram tatuadas nela e não há como voltar atrás. Não há como reprogramá-la. Deveria levar, pelo menos, o prêmio de esforço.

A coringa

Se deu mal. Não sabe qual é seu mercado cativo, como fazer marketing ou como demônios se conquista um homem! Está sozinha, por isso, qualquer perspectiva lhe parece a única e se empresta como acompanhante até para os velórios dos tios em terceiro grau de qualquer um que esteja precisando de um ombro amigo para se apoiar. Como nada lhe acontece, vive através dos feitos das amigas, conhece suas aventuras de trás para adiante e é um diário de vida eficiente na hora de lembrar que uma delas já quebrou a cara naquela pedra. É como a Kramer, de *Seinfield*: onde a gente for, ela vai. Alguns malvados a chamam de amiga-mascote, para indicar seu amor incondicional e o muito que ajuda nos períodos de solidão.

É um grande esforço para o amor-próprio: nunca diz *não*.

A confusa

Esta Hamlet do amor é uma mulher que não conhece meios-termos. Oscila pendularmente entre uma solteirice militante e furiosa e uma dependência profunda do seu namorado do momento. Por vezes parece convencida até os ossos de que é muito melhor estar sozinha do que mal-acompanhada, de que ser solteira está na moda, e de que *being single is an important fashion statement* – utiliza *slogans* como maços de cigarro para superar o vício à instabilidade. Às vezes se oferece como acompanhante para algum encontro às escuras que sabe que está sendo organizado, e às vezes desconecta o telefone e desliga o celular para não ser incomodada no seu *quality time* consigo mesma. Admira a militante e esperançosa, porque pelo menos sabem onde lhes aperta o sapato.

A Dorian Gray

Filha pródiga de todos os centros de estética que encontra no caminho, é a mais odiada de todas, porque enquanto a maioria se arma de paciência e cremes caros para tentar driblar a passagem do tempo, ela parece ir rejuvenescendo como por milagre ou pacto diabólico. É tal a sua capacidade de deter o tempo, que muitas invejosas chegam a dizer que ela possivelmente se alimenta do sangue dos jovens virgens que recolhe nas esquinas. Tem conhecimentos enciclopédicos sobre as propriedades das plantas medicinais para superar qualquer problema; sabe que efeito cada ácido tem sobre a pele – um com nome mais complicado do que o outro – e entende dos múltiplos usos de uma simples fruta para melhorar o que quer que seja. Rotulada de frívola pelos que não a conhecem bem, é a mais cantada do grupo e se ofende profundamente quando alguma de suas roupas não arranca suspiros dos trabalhadores da construção civil. Seu egômetro sofre mais variações que a Bolsa de Nova Iorque, e o melhor indicador de seu estado de espírito é o comprimento da saia que está usando: se é curta, significa que, nesse dia, ela precisa que a desejem.

A eterna estudante

Uma mulher que faz a diferença, ou pelo menos aparenta. Assim como algumas têm como *hobby* comprar; outras, fofocar, e outras – entre as quais me incluo –, perseguir homens sem sucesso, ela se dedica a cultivar-se. Intelectualmente falando, está claro. E não há curso que lhe escape. Existem duas vertentes deste tipo: as que se aperfeiçoam em alguma coisa relacionada – embora remotamente – à sua profissão, e as que se inventam necessidades acadêmicas urgentes. Entre as primeiras estão as que fazem MBA, cursos de inglês ou EAC – o nunca bem-informado "enquanto aguardo o casamento" – e entre as segundas, as que fazem cursos de *i-ching*, *feng shui* ou qualquer outra atividade extracurricular cujo nome seja quase impossível de pronunciar. Às vezes essa sede de conhecimentos apenas encobre uma tática eficiente para buscar cada vez mais homens, mas de modo geral elas são garotas que querem passar por cima dos chefes ou, pelo menos, colecionar diplomas que nunca serão demais na hora de atualizar um currículo.

A esotérica

Está convencida de que sua solteirice é culpa do carma mundial. Se não chove – ou não aparece uma perna peluda no seu caminho –, é simplesmente porque nesta vida ela tem um carma e tem que pagar. Se a solteirice é crônica, considera-se quase santa, porque está aliviando o carma de todas as suas companheiras. Resmunga, queima incensos, e compra muitos purificadores de ambiente que não acende por medo de ser denunciada à Divisão de Combate às Drogas por cheiros duvidosos. Às vezes se resigna e põe tudo nas mãos do destino; depois fica desesperada e visita, na medida em que seu bolso permita, seu guru pessoal, sua taróloga de cabeceira ou sua bruxa favorita, embora um resquício mental ainda lhe diga que aquele dinheiro estaria bem melhor empregado numa parcela mensal para o Greenpeace ou algum mosteiro sem recursos. Embora seu coraçãozinho esteja na Comunidade Ecológica de Peñalolén, vilarejo nos arredores da capital, o carma a mantém perto do Metrô.

A selva dos solteiros

Homens. Sem dúvida, o melhor passatempo. Sérios, enrolados, filhinhos-da-mamãe, indelicados, escorregadios, medrosos. Encantadores, todos eles. Não fosse assim, não se explicaria por que tantas mulheres andam suspirando ou gastando tanto no cheque especial para tentar tirá-los de debaixo da pele. Homens. Há de tudo. A eles, uma humilde homenagem de uma viciada que não vê chances de cura.

O bom de marketing

Sujeito que a cada dia se multiplica mais nas *happy hours* lotadas do momento. É que, para começar, tem que ser amigo íntimo do *photoshop* e não nega. Sua aparência denuncia mais horas de esmero do que a média, roupa escolhida a dedo e sapatos imaculados. De tão impecável, as mais desiludidas o chamam de *gay* à primeira olhada.

Mas não é para tanto. É um tipo vaidoso, como a gente. Quer estar no mercado e bem-posicionado, diga-se de passagem. Considera-se um produto desejável e quer que o mundo todo saiba. Alguns cultivam como *plus* um lado feminino mais desenvolvido. Querem saber o que passa pelas nossas cabeças e em alguns casos extremos nos entendem bem demais. Então é fácil utilizarem suas armas contra as vulneráveis solteiras em busca de companhia para ir ao casamento de uma amiga. E nós, que entramos na fila, caímos todas, como que empurradas pelo efeito-dominó. Esses são perigosos. Conhecedores do á-bê-cê do marketing, sabem como fazer que, depois do primeiro encontro, a gente queira mais. E mais. E mais. É claro que, muitas vezes, o seu encantador discurso não passa de pose. Só isso: discurso e pose. E por trás do adorável partido, que nos manteve uma semana pensando no que fazer para encontrá-lo disponível, está um temido depredador por excelência.

O solteiro sazonal

Variante de maior extensão temporal que o viúvo de verão, estamos diante de um espécime contra cujos encantos deveria haver uma política pública de imunização. Porque bastaria delatar três deles, para que fossem qualificados como pragas. Este é o clássico sujeito que habita as *happy hours* com os amigos e tenta uma aproximação suave e discreta, que o impede de ser estigmatizado como "urubu de barzinho". Aos poucos, vai nos conquistando com pequenos detalhes, telefonemas inesperados, convites sempre em horas estranhas ou para lugares desconhecidos, o que o reveste de um certo encanto, pelo que tem de exótico, de romântico ou de espontâneo. Mas não é nada disso. Trata-se de um sujeito já privatizado há anos, que se diverte com conquistas paralelas, apenas pelo prazer de sentir a adrenalina. Se descoberto, ainda se defende dizendo que, na realidade, casou-se sem estar apaixonado pela sua mulher, ou coisa que o valha. É tão óbvio. O cara não vale nem sequer a tinta que estamos gastando para descrevê-lo.

O Príncipe Encantado, reloaded

O mítico espécime que habita as nossas fantasias antes de cairmos no sono e que está sempre atento para que ninguém consiga imitá-lo ou superá-lo. Se aparece, é tão bom que uma chilena média como eu, acostumada aos triunfos morais e aos mais ferozes desenganos, não pode acreditar que seja verdade e acaba até pensando em perversões, porque "como é possível que tamanha maravilha, que nem parece verdade, tenha vindo cair direto em cima de mim?". Querido pelos pais, aprovado com distinção máxima pelo seu círculo de amizades, parece ter sempre o cavalo branco amarrado atrás do seu 4 x 4. Atenção, pois este é um exemplar tão em extinção como o unicórnio azul. Assim, se passar ao seu lado, chute-lhe a perna, se necessário, para que ele caia. Se a gente o encontra, entra em pânico diante do seu currículo sem manchas nem uma ex inesquecível. É preciso capturá-lo, de qualquer jeito. Nenhum método será questionado para fisgar tão solicitado exemplar. Se eu já não tivesse muito escutado falar dele e, algumas vezes, não o tivesse avistado a alguns quarteirões de distância, acharia até que não existe. Às vezes se esconde atrás do melhor amigo ou daquele separado que fica piscando a lanterna, e que nós, como boas meninas que querem desfilar de branco, evitamos como a peste.

As mais otimistas – devotas de Santo Antônio e minha mãe – dizem que embaixo de cada solteiro disponível habita um Príncipe *reloaded*. Eu, que no afã de encontrá-lo quase saio por aí beijando até a última rã da lagoa, acho que opto pela teoria mais sensata de que há pouquíssimos por aí. *Watch out, girls*, porque o solteiro bom de marketing pode se encaixar no perfil deste galã que cobre de flores sem prévio aviso. Mas é preciso saber diferenciar. Aquele que abre a porta, escuta, manda flores e faz com que as amigas se mordam de inveja conta com muitos pontos a seu favor; pelo menos para nos dar o benefício da dúvida. Pode ser ele. Ou pode ser um maldito manipulador. Mas é bom que se cale esta velha amargurada que trago dentro de mim, porque tanto veneno pode me fazer merecer um castigo de mais tempo de abstinência.

O homem homework

Lição de casa mesmo. Este é o sujeito que é preciso polir, educar, dar brilho, dar aulas básicas de tudo e que, se a gente se esforçar bastante, pode vir a ser um grande partido. É aquele que, numa reunião social, ninguém pergunta quem é ou como se chama, porque na realidade não interessa a ninguém. Se alguém lhe dirige a palavra, é para saber o que faz aí. É o que tem, na sua lista de contatos, a mãe, a irmã, as primas e outros homens-da-caverna tão desencaixados como ele. Não sabe o que está acontecendo fora do seu escritório ou da sua casa. Ex-campeão das olimpíadas de matemáticas, pode até ser um grande partido, economicamente falando, mas até mesmo as interessadas mais cara-de-pau o abandonam no meio do caminho, porque a tarefa é longa e nem todas têm vocação ou coragem para dar a ele o polimento que ele requer.

Está claro que as mulheres mais espertas o adotam como projeto pessoal, pois depois de alguns encontros desastrosos — porque o protocolo romântico ele nem sabe que existe — e de entediantes finais de semana, ele começa a trocar de pele e se transforma num grande namorado. Falo por experiência própria, mas é fundamental não descuidar deste tipo durante o demorado processo, porque a gente nunca sabe para quem trabalha e quem pode roubar esse projeto vencedor num piscar de olhos. O importante aqui é o *casting*, a tarefa de descobrir a matéria bruta embaixo do aparente desastre e investir com muita dedicação e devoção. Este é a grande surpresa entre todos. Uma verdadeira jóia.

O anti-herói

Este é o que varre o chão com o coração de uma solteira. É o que fica ocupando o espaço por uns meses — porque, meu Deus, nos custa tanto aceitar que aquele seu desapego não é maldade, mas um sinal indicativo de que, simplesmente, ele não quer ir além? Acho que a melhor forma de descrever este tipo é com a frase de uma canção que utilizo como mantra para tirá-lo da cabeça quando cruza o meu caminho: "Agora sei que seu coração estava blindado, mas o meu era como um tambor, martelado". É um mau negócio dar o coração a um homem, isso está claro, mas não sei qual é o segredo dos anti-heróis que nos leva a ir atrás deles sem pensar duas vezes.

É quase inevitável apresentar-lhes, em uma bandeja de prata, nosso coração recém-arrancado, ainda batendo, com as veias semi-abertas, como se fosse uma humilde oferenda a caminho do altar dos sacrifícios. Um dado muito conhecido, mas que nunca é demais informar: embora a gente gaste tempo, neurônios e corações partidos na tentativa de convertê-lo em um perfeito futuro pai de família, ele não permite. É invencível e indomável. Grrr.

O eterno pai

É o namorado invasivo por excelência. É o homem que não procura uma companheira, mas que adota a que estiver mais formatada ao seu gosto. Fã de *My Fair Lady* ou de *Pretty Woman* — se é que chega a tanto o seu conhecimento de filmes disponíveis — resgata a moral da história que diz que a educação é amor. Pode até soar bem, mas na sua variante mais *psycho*, questiona decisões de vida, de roupa, de amizades, de trabalho da parceira. Impede de respirar a coitada que se submete ao teste para fazê-lo feliz. Das sugestões iniciais, em coisa de menos de um mês começa dar ordens, que vão adquirindo um caráter mais impositivo à medida que o tempo passa e se não forem cumpridas ao pé da letra. Numa versão pervertida, brinca de "*Hanky Panky*": *spank me: treat me like I'm a bad girl, even when I'd be good to you.*

O mala

É o pior de todos. Aquele que não se deu bem por culpa de outra mulher e quer vingança. Quer sangue, maus momentos ou, pelo menos, deixar alguém no divã do terapeuta, para se sentir compensado pelas dores que passou e porque foi vetado pelo convênio médico por ter esgotado em poucos meses a cota de visitas ao analista a que teria direito por dois ou três anos. É o que, nos primeiros encontros, conta com detalhes quase excitantes os problemas que teve com a ex. E fica uma, duas, três cubas-libres no mesmo assunto: ela é uma víbora, pérfida, e merece um martírio no estilo castigo dos deuses gregos. Depois dessa pouco promissora primeira sessão, vêm outras igualmente intensas e improdutivas. Está claro: sua ex é uma mulher má, talvez a pior de todas, e você a O-D-E-I-A. Mas isso parece não ser o suficiente. Quer que todas as outras, as que caímos no erro de ouvi-lo paguemos pela ex. Cada frase que a gente diz o lembra da outra. E, claro, daí para a conclusão fácil de que todas somos iguais é apenas um passo.

Entre todos, é este o que mais deve ser evitado. Não tenho a culpa dos problemas que lhe tenha causado alguma colega, assim não vejo por que teria que pagar o pato por ela. É o tipo que faz com que, depois de dois goles de *pisco sour*, a gente comece a apertar os botões do celular, em busca de socorro. Depois de certa simpatia solidária que desperta nos primeiros três minutos – porque, afinal, quem nunca sofreu por amor? –, a gente percebe que talvez até ele mereça aquilo. Porque é chato, chiclete, mala.

Fred

Utilizo meu amigo de correrias e desenganos para qualificar aquele que nunca abandona uma donzela em apuros. É o tipo de homem que queremos namorar, mas que olha sempre para a mulher menos indicada para ele. Sai, procura, faz marketing como pode, investe em encontros que não prosperam, ensaia discursos que esquece quando a namorada de seus sonhos – "Amélia" – passa do seu lado e ele não se atreve nem a dizer "olá". Fred é um sujeito que deveríamos pôr na roda. Quero dizer, em cada grupo de amigas há um Fred que clama por uma namorada. Se nos organizarmos bem, podemos dar um *forward* nesses raros espécimes e a perpetuidade da raça estará assegurada. Eles não nos abandonam nunca, servem como escudo para repelir homens desagradáveis e ajudam a tornar leves e engraçadas aquelas saídas permanentes e infrutíferas. São o número certo para eventos em público e estão quase tão perdidos como nós. São muitos, e se a solidariedade entre o gênero existe, insisto em que as leitoras comecem a me encaminhar os números. Aqui vai uma dica: o meu Fred cozinha, trabalha, gosta de crianças e tem tempo livre. Estou fazendo a minha parte.

O womanizer

Este é o terror das filas. Um sedutor, com todas as letras. Aquele que é capaz de vender a mãe para dar segurança à iludida da vez. O problema é que ele é encantador. Tem *know how* e sabe usá-lo muito bem; assim, atrás dele vai se formando uma fila de mulheres desanimadas. Elas, evidência palpável de seu indiscutível sucesso, acumulam queixas contra o clube masculino, esquecendo-se, com a raiva, de que não devem condenar todos por causa de umas maçãs podres. Este tipo tem o poder de exercer o controle mental ou coisa similar, porque derruba até as nossas barreiras mais básicas de auto-proteção, sem que nada possa ser feito.

O místico

Sua variação extrema é o Profeta de Peñalolén[1]. Mas há alguns menos extremos.

É o que se arma das ciências ocultas para conquistar. Com a desculpa de ver o futuro, segura sua mão no primeiro encontro, sugere desligar a luz e acender velas, com a desculpa das boas e más vibrações; o que tem livros no banheiro e que tenta nos fazer entrar numa banheira de hidromassagem poucas horas depois de nos termos conhecido. É um místico na versão pirata, pior que livro velho, ao qual faltam páginas e qualidade. Aproveita-se do auge da era de Aquário e do início do conflituoso ano do Macaco para prender mais de uma iludida, que com a desculpa do "descarrego" se presta sempre a esse exercício que a deixará livre de carmas. Como podem ver, encontrei vários nos últimos anos. Para piorar, é um tipo insistente e não entende muito bem a palavra não. Acha que a resistência é afrodisíaca. É preciso trocar o número do telefone para consegur fugir de um deste. Um nojo.

1 Homem que acha que é o messias e tem 6 esposas. É o Inri Cristo brasileiro.

Cinco erros que nos mantêm solteiras

Ok, isto é um exame de consciência público. Não é porque agora tenho um *partner* que vou dizer que sou especialista em encontros. Mas analisando minha vida nas fases sem companheiro e as desventuras de minhas amigas e conhecidas, cheguei a uma conclusão. Todas cometemos os mesmos erros que espantam os homens. O maldito mínimo denominador comum. Papelões, pisadas na bola, escândalos menores. Para ler, se reconhecer e resolver. Vamos ver se no próximo dia dos namorados, dará para perceber a diferença.

ERRO 1 - Traumas não superados

Não há nada mais difícil de superar – ou reconhecer — do que um trauma. O que pode ser pior que varrerem o chão com a gente? E, além disso, é perigoso: não falta uma extremista que protagonize mentalmente uma cena como no filme *Carrie*. Todas, embora não queiramos reconhecer, temos essas feridas não-cicatrizadas deixadas pelas más experiências: homens infiéis, homens que namoram várias ao mesmo tempo, homens que riem das pobres inocentes. O bom é que, atrás de um erro, vem a sabedoria. Pelo menos na teoria.

Como a maioria, pecamos por sermos extremistas; da cautela ao *spray* repele-homens, é um passo. Depois de uma experiência ruim, cremos que o mau-trato foi merecido e que se alguém nos quis, esse foi um jeito de comprar o céu em prestações. Convencemos-nos de que é bem pouco provável que passe pela calçada outro incauto, que vamos amarrar para o resto da vida à cabeceira da cama. Então começam os mantras do tipo "nunca ninguém vai me querer", em todas suas variações. Só caindo na tentação de começar o hino da solteirice é que se inicia a lavagem cerebral.

Mas reconheço que alguma coisa deve haver de verdade nisso de pensar positivo e, por isso, estou me reprogramando: talvez nem todos os homens sejam iguais. É preciso lhes dar o benefício da dúvida.

Terapia recomendada: música. Nada como uma canção bem colocada. O ideal seria no tom de auto-superação de *I will survive*. Sem o risco de engordar que trazem os remédios antidepressivos nem de ter a receita retida, a felicidade está a duas canções de distância. Ouvidas até enjoar, para conseguir o efeito desejado, é claro.

ERRO 2 - Perseguir os bad boys

A culpa é de James Dean. Ser tão bonito e tão rebelde, e morrer tão novo, nos deixou a idéia de que quanto pior e mais incompreendido, mais *sexy*. Basta que a gente ache um osso duro de roer para ficar obcecada com a idéia de transformá-lo. Não é tão ruim, é um incompreendido. Mas isso é pose. No fundo do seu coração há um homem bom e sensível, quer apostar? É claro que, às vezes, nem ele mesmo conhece o seu centro macio. E os esforços para encontrar seu lado humano são de ficção científica, como a viagem ao centro da Terra. *Heavy duty, machine required.*

Domesticar o indomável é nosso desafio: uma tarefa que nos une enquanto gênero, porque ata e desata paixões. Se ele diz "eu ligo mais tarde", a gente assume que deve se sentar e esperar, como uma escrava do telefone, até que ele ligue. Até a menos iniciada no código — ou lista de mentira sociais para sair de uma situação ruim — sabe que por trás dessas quatro palavras, o discurso é, "se não der certo com outra, eu ligo pra você", ou qualquer coisa assim, mas desliga o telefone. E aí vem o auto-engano. Ele me quer, o que acontece que ele não percebeu ainda, mas vamos trabalhar nisso até que entenda. *News flash*: o mais provável é que, se apresenta desculpas, não esteja interessado. Eles não perdem tempo em nossos jogos favoritos. Vão ou não vão. Por isso, é mais saudável apagá-los da lista de desejos e seguir em frente, sem olhar para trás.

Antídoto ao *bad boy*: um cara bom. Simples assim. Não precisamente um *nerd*, mas um homem bem-intencionado. Um que já tenha uma vassoura em casa e que não precise usar o coração de uma mulher para essa degradante função. Um que não utilize a mulher de plantão como fonte de piada para seu grupo de amigos de *happy hour*. Um homem normal. Bem lá no fundo, todos são bons. Ou estarei me enganando sozinha?

ERRO 3 - Confundir relação com grilhão

Confundimos amor com ter o controle mental, social, emocional e psicomotor do parceiro. Quando finalmente um deles nos põe na jaula, irremediavelmente caímos na tentação de ser uma esponja e queremos saber tudo. Quem é a amiga que manda tantos *e-mails* com piadas? Por que sua empregada o chama de *você* e não de *senhor*? Por que você precisa ir a barzinhos com os amigos, se está comigo? Um verdadeiro golpe de Estado, no qual ele perde a autonomia e cai irremediavelmente na armadilha da nova ditadora de saia e decote.

Big mistake. Porque os relacionamentos 24 horas ao dia, exigem vocação. E a não ser que ele seja bombeiro ou voluntário da Cruz Vermelha, ou pertença a alguma outra instituição dedicada ao socorro alheio, o mais provável é que não esteja interessado em estar *24 hours on call*. O amor é uma coisa e o afã desesperado de não perdê-lo de vista é quase uma doença psiquiátrica. Uma condição que exime de responsabilidades penais, mas que encurta significativamente a lista de pretendentes.

É preciso respeitar os espaços próprios. E, meu Deus, como isso custa. Se fosse por mim, eu levaria meu companheiro do momento "Diego" *on tour*, para que todas comentassem – com inveja — "Que bonito ele é! Que encantador! Vejam como ele a quer!" Mas nem todos nasceram para ser exibidos como um puro-sangue. Além disso, os homens desconfiam e confundem a apresentação em sociedade com um memorando informativo às amigas: este é o suspeito, em caso de vê-lo com outra, ligue para o disque-denúncia de infidelidades e será recompensada por informações comprováveis.

Talvez confundamos amor com prisão perpétua e namoro com liberdade condicional, na qual o coitado arrasta os grilhões com cara de culpa e de dor, sem saber direito do que é acusado. Não é um cenário que prometa muito. Talvez por isso o compromisso esteja tão *out*.

Terapia recomendada: *get a life*. Uma vida própria, dessas em que se o homem se for, ainda haverá atividades que podem substituí-lo. Amigas, amigos, um bichinho de estimação, um curso de macramé, reiki, ou o que quer que seja.

ERRO 4 - Os amigos

Uma vez estava escutando a doutora Ruth, a guru máxima da terapia gringa de casais. Ali estava ela, aconselhando um casal em estado terminal, com um diagnóstico feroz: infidelidade emocional. Não é que os dois tenham fantasiado muito com Brad Pitt ou Jennifer Anniston. Eles quebraram a cumplicidade, interessando-se mais em conversar com amigos ou amigas; em vez de escutar um ao outro.

Isso soa tão dramático. Parece novela mexicana. Assim, pensei que a doutora Ruth era uma fanática fundamentalista, porque, fiquei imaginando, quando é que a gente fica de boca fechada e não conta todos os detalhes do dia para o amado? Depois tive que ser sincera comigo mesma e reconheci que, nos maus momentos, sempre preferi ligar para o Fred ou para a terapeuta da moda, ou para o serviço de atendimento a pessoas angustiadas – as duas vezes que liguei, me deixaram aguardando –, menos para o pretendido. Não gosto de me mostrar fraca, e talvez por isso eles me deixavam tão depressa. Espero não ser o extremo oposto com Diego e me transformar numa tremenda resmungona.

Terapia sugerida: *e-mails*. Ou uma paquera *on line*, pelo MSN. Os desabafos em pequenas doses seguram a cumplicidade, dizem.

ERRO 5 - Considerar-se o centro de tudo

O problema é o excesso. Porque querer-se muito não é problema. De fato, a auto-estima é um *plus*, porque funciona como um radar para detectar efetivamente quando a gente foi transformada em capacho ou em *sex toy*. Além disso, o amor-próprio é um excelente acessório, que não sai de moda. Dá um ar de segurança, que cai muito bem. Até aí, tudo bem, a menos que se caia no clássico exagero.

Centro do mundo só há um: a Ilha de Páscoa. E se achar tão importante e tão interessante não dá resultado. Pelo menos nos interesses românticos.

Porque as amigas, às vezes, caem nessa e seguem com a história, reforçando a idéia de que o mundo pára enquanto dormimos ou quando deixamos o grupo de amigos habituais nos esperando num terraço qualquer de *happy hour*. Mas para eles, isso lhes parece detestável, segundo minhas pesquisas de campo.

Terapia sugerida: escutar. Para principiantes nessa estranha arte, consiste em sentar-se acompanhada e ficar de boca fechada. A todos acontecem coisas. Numa dessas sessões de ouvinte, podemos obter assuntos interessantes para o futuro. Não? Basta pensar em Paul Burrer, o mordomo da princesa Diana, que soltou a língua no livro que estou devorando.

O que os homens querem

Ok. Isto é um *focus group* tendencioso, levinho e com certeza malfeito. Mas tudo bem. Afinal, não sou uma empresa de pesquisa de mercado. Faço o que posso, não mais. A intenção não é descobrir o fogo, mas saber o que os homens querem de nós. E o que poderia ser melhor do que perguntar ao gênero masculino, esse mesmo que nos tira o sono, a fome e a tristeza. Assim, convoquei quinze espécimes e os submeti ao detector de mentiras. Ou coisa assim. Com a ajuda de mulheres com problemas, criamos um teste com questões sobre aquilo que sempre quisemos saber. Aqui vão as respostas.

Eles dizem "eu te ligo" e nós compreendemos "sente-se ao lado do telefone, porque em qualquer minuto posso ligar e, se você não atender perderá como numa guerra". Tontas somos nós, que não sabemos que eles também utilizam isso – algumas vezes – para finalizar uma conversa chata. Ou então nós perguntamos "estou gorda?" e, em vez de nos cobrir com cantadas, eles nos observam para avaliar, mesmo que estejamos a três gramas de ser o clone de Maradona.

Para nos ajudar, ofereço este *focus group*. Selecionei quinze homens sem papas na língua. Solteiros, casados, separados, concubinos, solteirões não-assumidos, casados que amam "olhar vitrines". Machos que tiveram que responder pelo seu gênero. Peguem seu copo e seu cigarro, que a verdade dói.

Fazer-se de difícil ajuda?

"Para conquistar tipos histéricos, confusos e imaturos, sim". "Só se estiver mirando dois grupos: os conservadores, onde o currículo é fundamental, ou aquele grupo de malucos amantes do esporte-aventura da conquista esquiva, que uma vez obtida já não serve mais". "Não ajuda em nada. Até pode produzir o efeito contrário, porque se excedem e enjoam. Gato por lebre."

Conclusão: não fingir para subir no *ranking*. Educaram-nos assim como método de anticoncepção.

Você gosta de uma mulher que tome a iniciativa?

"Um cara esperto e de bons contatos, sim. Um cara do interior, não". "O óbvio. Desde que seja uma garota bacana ou gostosa". "Sim, mas sem perder aquele lado feminino que lhe permite esconder sutilmente suas intenções, ter pequenas atitudes que convidam a tomar a iniciativa". "Definitivamente sim, e nem por isso ela será mais solta que uma outra que não tome a iniciativa". "Quando tomaram a iniciativa comigo foi quando achei melhor".

Conclusão: começar hoje mesmo a ensaiar convites.

O que pensa de uma mulher que faz sexo no primeiro encontro?

"Que não se faz de difícil". "Passa de imediato para a minha lista vermelha.". "Mais do que solta, me parece com uma salubridade irresponsável". "Espero que a mulher que de fato me interessa não se deite comigo no primeiro encontro". "Que ela sabe o que quer e que é fogosa".

Conclusão: A vida não é um capítulo de *Sex and the City*.

Se ela telefona no dia seguinte ao primeiro encontro, soa a desespero?

"Sim, definitivamente". "Parece interessada; faz muito bem". "Não; não é legal". "Se é maior de vinte e cinco anos, soa a desesperada. Se houve sexo, pior ainda". "Depende de como foi na primeira saída". "Se houve química, é uma coisa normal".

Conclusão: há de tudo na vinhas do Senhor.

É permitido falar sobre o ex dela?

"Jamais como ponto de comparação". "Se lhe interessa muito, é porque está fazendo se passar por amiga, para não se deixar enganar". "É um teste: assim sabem o que você não quer e o que você gosta". "É um erro tremendo. Faz mal ao ego e nos faz competir com um fantasma.". "É um pouco patético. Mostra que não superou o problema e que está usando os encontros para substituir as visitas ao terapeuta". "Pode-se falar sobre isso, sim, mas quando se transforma em algo repetitivo, é muito chato".

Conclusão: omitir o prontuário amoroso; é melhor passar por misteriosa.

Que tipo de desculpa incomoda ouvir de uma mulher?

"Vou sair com umas amigas que não vejo faz tempo". "Estou saindo com meu ex". "Qualquer uma que aluda a um determinado período da sua vida. Odeio mulher que fala excessivamente da sua vida". "Meu trabalho me absorve". "As que estejam relacionadas aos parentes". "As que estejam relacionadas ao clima, do tipo 'mas é que está chovendo'".

Conclusão: há que se renovar.

Quem paga a conta?

"Se ela trabalha e ganha um bom salário, tudo bem; embora, um cavalheiro jamais vá permitir que ela faça isso". "Está bem se ela pagar. Viva a sacanagem!". "É bom dividir. Não mais que isso. Avarento, mas nunca tanto assim". "Está perfeito, embora seja uma coisa muito de primeiro mundo. Acho que se me acontecesse, ia pensar que estou parecendo o casal lésbico daquela juíza do sul. A conta é historicamente masculina. Se quer passar por moderna, pague a metade". "Gosto de pagar a conta, mas é atraente que uma mulher se ofereça para pagá-la".

Conclusão: maldito feminismo. Vamos comer e beber pouco.

Ela ganha pontos por tolerar a mãe do pretendido ou seus amigos e amigas?

"Para que suportar minha mãe?". "Claro que sim, mas sem ser bajuladora". "Por nada no mundo com minha mãe. Basta que os amigos a considerem atraente". "Não se pode ir contra séculos de mamite e coisas de compadres: mãe há uma só, a família vem em primeiro lugar. Não há nada pior do que sua família estragar o relacionamento. Podem acabar convencendo você de que é submisso". "Os amigos são como o jurado do circo romano. Não decidem se você vive ou morre, porque essa decisão é do imperador, mas a opinião deles pesa".

Conclusão: Édipo é chileno.

Qual é o melhor presente para dar a um homem?

"Um livro ou um CD de alguém que eu goste muito". "Um carro". "Eu ganhei um CD de Julieta Venegas e acertaram na mosca". "As coisas eróticas são meio bregas". "Como no programa da televisão, ser rei por um dia". "Enfeites, não. Sejam para a casa, o carro ou o escritório". "Tempo, para fazer as coisas que a gente gosta".

Conclusão: o CD é cultura; e a cultura é *sexy*.

Você está num barzinho e uma garota o convida para um drinque. Você encara ou acha que é uma warrior?

"*Warrior*, completamente". "Depende de quão bêbado eu esteja e de como seja a garota. Se for gostosa, o que importa que seja uma *warrior*? Se você está muito bêbado, é tão feia?". "*Warrior*, mas não tenho problemas em me sentir utilizado. Além disso, um drinque grátis não se recusa". "Encaro, não sou preconceituoso". "A gente percebe imediatamente se a garota é uma *warrior*".

Conclusão: Embora se vista de seda, uma *warrior* será sempre uma *warrior*.

É importante ser magra?

"Não, por isso todas as modelos e atrizes são gordas". "Conservar o peso e manter a carne durinha é coisa bem-vista universalmente". "Magra, mas com os acessórios necessários, o que hoje se consegue a bom preço nas melhores clínicas do país: magra, com peito e bunda". "Muita gordura é anti-romance. As magras não-naturais – ou seja, as que lutam pela magreza que a natureza não lhes deu — têm um grande inconveniente: quando as convidamos para jantar, sempre pedem saladas e a sobremesa, e uma Coca *light*. E quando eu penso em comer como uma pessoa normal – com cardápio completo e vinho —, não é possível porque ela fica olhando com aquela cara de "você vai comer tudo isso?". E você come depressa, e acaba ficando aborrecido e com fome".

Como é a mulher ideal?

"Tenho loucura por cabelo curto ou franja. Que seja fera, surpreenda, mas não desconcerte. Que tenha conteúdo. Que seja frívola e sensível". "Que siga o meu ritmo mental, seja fiel, um pouco louca, com personalidade, mas não só acompanhante, do lar e otimista". "Depende. Não é o mesmo que uma mulher-objeto a sua namorada. Adoraria ter como amante uma modelo *sexy* e turbinada, mas não me casaria com ela".

O que você sempre quis escutar de uma mulher?

"Sim, estava errada". "Que a garota que me interessa se aproxime de mim num bar e diga: 'queria dizer que minhas amigas e eu achamos você um gato!'". "Quero ter um filho seu". "Amor, não posso viver sem você". "Que uma garota metida e santa diga: 'sou ninfomaníaca'". "Você é o primeiro". "Não se preocupe, eu vou embora sozinha, a gente se vê depois". "Não se levante, eu pego um táxi".

Conclusão das três anteriores: sem comentários.

Cite uma mulher conhecida que você gostaria que fosse sua namorada

"Paz Vega – atriz de *Lúcia e o sexo* – porque é uma gata e porque o resto das pessoas lhe importa pouco ou nada". "A voz e a distinguida inteligência de Carola Urrejola". "A risada de criança de Carolina Varleta". "A imagem de Paz Bascuñan". "Carola Urrejola. Bonita, boas linhas, adulta mas não sisuda, e tem um ar de relaxada no olhar que é difícil de encontrar". "Joey Potter –a atriz Katie Holmes –, de *Dawson's Creek*. Linda, brilhante, esforçada e feminina". "Constanza Santa Maria. Linda, inteligente, parece meio brava – o que me agrada – independente, lutadora". "Katty Kowaleczko. Acho-a maravilhosa".

Conclusão: vamos todas odiar Carolina Urrejola.

O que as mulheres querem

Ok, chegou a hora de escutá-las. Suas queixas, seus sonhos, suas táticas, suas ameaças. Um manual de instruções para o sexo oposto. Vamos ver se conseguimos compreender do que estamos falando. Estes são os como, quando e por que se paquera e se conquista. Dúvidas? Todas, resolvidas a seguir.

Por que a quedinha pelos bad boys?

"Têm suspense e intriga, dá impressão de que com eles a monotonia não chegará jamais". "São adrenalina pura. Embora eu sempre acabe me vacinando contra eles". "Porque sinto a necessidade de domesticar, ensinar e cuidar". "É melhor que seja *bad boy* do que santo. É melhor e se sofre mais; mas com um cara bonzinho é uma coisa rotineira". "É típico que, quando você namora um bom e termina, lhe perguntem o que aconteceu. E a resposta é: é que era bom demais". "Porque são mais divertidos, nos desconcertam, nos mantêm sempre alertas". "Porque são os únicos que trazem trilha sonora incorporada: juro que enquanto vocês caminham, escutará de fundo *ta-ra-ra-rám* (ritmo de blues ao estilo Muddy Waters)". "Suponho que a gente os associa com o que vê na tela. Os mais bonitos são sempre os ruins – James Dean, Dylan, de *Beverly Hills 90210* –, ao contrário os bons sempre são malas, como Ross, de *Friends*".

Quais são os sinais que uma mulher dá quando está interessada?

"Colocar um anúncio: procuro um relacionamento estável". "O passo seguinte é levá-lo onde estejam as amigas, para apresentá-lo na sociedade, e daí para a casa dos pais". "Dou risada até das piadas sem graça". "Das mais sutis – telefonemas com desculpas do tipo: 'Oi, você que trabalha no centro, sabe a quanto está o dólar?' – até as mais óbvias: quando a gente está mais arrumada que a Madonna no Grammy para um almoço casual, só porque ele vai estar lá". "Tive que aprender a me manter autêntica, porque quando tentei ser *cool* – pensava que era doente de atrativo – acabei me sentindo a menos digna do mundo; assim tive que aprender a lição: mala, mas autêntica".

Primeiro encontro: por que não chutar logo a gol?

"Para demonstrar que as coisas serão um pouco difíceis". "Para que a respeitem mais". "Porque pássaro que come, voa". "Ninguém compra a vaca se o leite é de graça". "Quem disso isso?". "Porque isso de que os cavalheiros não têm memória é uma grande mentira: deite-se com um deles no primeiro encontro e, no dia seguinte, você será a mais solicitada. Eles vão passando as informações. E para que o serviço de saúde interdite o seu apartamento não faltará muito". "Porque a primeira impressão é a que fica. É bom que no começo achem que você é boazinha". "Se ele vale a pena, se mexe comigo e revoluciona meus hormônios, ok. Embora seja bem provável que assim não dure".

Qual é a pior tática para conseguir uma mulher: ir atrás dela ou ignorar?

"Ir atrás, de todo jeito. Quando não consegue fisgá-la, mais ele gosta". "Nada pior que um cara pegajoso". "Não é um assunto de tática. É um assunto de quem tem a tática. Quero dizer: se um galã de novela me ignora, não saberia que é uma tática; se vem atrás de mim, não fico brava. Agora, se um homem desagradável me ignora, eu agradeço; se vem atrás de mim, mando-o embora". "Eu gosto daquele que se faz interessante".

Como uma mulher sabe que um homem está interessado por ela?

"Porque ele telefona". "Dá para perceber. Ele se preocupa com as coisas pelas quais a gente se interessa". "Depois do primeiro telefonema. Quem não está nem aí, não gasta minutos do celular". "A gente nunca está segura". "Se ele a convida para lugares públicos. Embora isso não garanta que está tudo cem por cento dito". "Quando fica meio tímido". "Quando passa para buscar você mais arrumado do que o normal". "Ou se leva você a um lugar caro".

Ataques de ciúme: boas atuações ou marketing para prendê-los?

"Acho que são boas atuações". "É a melhor forma de afastar um homem". "Ele cai fora sozinho, se a situação merece". "Fazer uma birra de criança". "Eu acho que funcionam. Veja a Pancha Merino, a Jéssica Simpson, a Rachel, de *Friends*. Todas elas são boas para fazer birras". "Espantam qualquer um. Isso só pode acontecer quando ele esteja mais do que conquistado". "Performances que às vezes são úteis e até podem lhe dar uma profissão". "Pode ser uma boa cena, que denota carinho e preocupação pelo outro, mas sem fazer um escândalo tipo novela venezuelana". "Por favor, não! É bem pouco digno. Acho que um biquinho de vez em quando é uma tática muito melhor".

Encontro ideal: ele deve investir ou tentar fazer bonito na cozinha?

"É muito mais romântico que ele prepare a comida". "Para o primeiro encontro, ele deve investir. Ir à casa de qualquer um dos dois dá a entender que a coisa deverá acabar na cama de qualquer jeito". "Que ele invista, é claro". "Que ele invista. E bastante. Porque as amigas dela, no dia seguinte, sempre pedem detalhes". "Que ele tente brilhar na cozinha e que faça decoração super-romântica: velas, música, flores, e tudo o mais". "Nada mais *sexy* que um cara cozinhando, e mais atraente ainda se dá para perceber que isso não é fácil para ele".

Por que a obsessão de dar nomes aos relacionamentos?

"Simplesmente para me sentir segura, e porque se o relacionamento não tem nome, como você o apresenta?". "É indispensável ter o assunto claro: amigos, namorados, noivos". "Porque o termo 'ficar' deve ter sido inventado por um homem que só queria sair com todas e não arriscar tudo por ninguém". "Não há nada mais desagradável do que não saber a quantas anda a sua vida amorosa". "Pressão social". "Eu me declarei namorando depois de seis meses. Era para que as abutres não olhassem para a minha presa". "Porque de algum jeito temos que nos referir ao protagonista das histórias de amor, luxúria e delitos econômicos que temos em horário fora do escritório, e 'minha perna' não soa muito bem". "Porque é mais curto dizer 'meu namorado' do que o nome do rapaz a cada instante, ou vão acabar odiando você". "O que eu nunca compreendi é por que gostamos tanto de festejar aniversários. Ele nunca me pediu em namoro, então não sei se terei que festejar a primeira saída, o primeiro beijo, a primeira noite...".

Como é o homem ideal?

"Eu sou fiel, e digo há mais de quinze anos que Luis Miguel é a minha alma gêmea. Fique gordo, cor-de-abóbora, ou tenha romances com garotas insuportáveis, não faz mal. Ele é o homem ideal". "Miguel Bose, sem a ambigüidade sexual. Por ser bonito, sensível e culto". "Felipe Camiroaga". "Não existe nenhum perfeito, sempre vai haver alguma aresta para aparar". "O *look* de Benjamin Vicuña, a cabeça de Alejandro Guillier, e o senso de humor de Hugh Grant".

O que você sempre quis escutar de um homem?

"Você é a mulher dos meus sonhos". "Não posso viver sem você". "Quando não estou com você, sinto que alguma coisa me faz falta. E agora que eu a tenho, sei que é você". "Você é maravilhosa, a sorte é minha!". "Hoje eu faço o café da manhã, e juro que lavo tudo". "Estava aguardando com a comida pronta para que você pudesse chegar e deitar-se imediatamente". "Não fique preocupada, eu irei ao supermercado". "Seu carro quebrou? Fique tranqüila. Estou indo aí". "Depois de muitos anos de *zapping* amoroso, fico com você".

A ex dele pode ser tema de conversa ou isso é proibido?

"Sim, se a gente é masoquista; mas é melhor evitar o assunto". "Estritamente proibido. Porque se falam delas é porque ainda não as superaram". "Simplesmente isso não é assunto". "Só para que fique claro que a gente é muitíssimo melhor e que a anterior foi um erro". "Proibido, porque apenas apareça na conversa se transforma na minha inimiga pública número um, e daí a andar dando golpes tipo ETA, é um passo". "No começo é totalmente proibido; já quando o relacionamento está mais seguro, pode-se falar do assunto, mas apenas o necessário". "É proibido que ele fale dela; se for possível averiguar assim como quem não quer nada, não haverá problema".

Por que o eterno ciúme das melhores amigas dele?

"Porque elas são um risco permanente". "Pela mesma razão que eles odeiam os nossos melhores amigos: insegurança". "Porque todas fomos a melhor amiga de um sujeito e sabemos que isso designa a incondicional (Você, a mesma de ontem, a incondicional, a que não espera nada)". "Porque são mulheres também, com hormônios e tudo". "Depende: se essa amiga foi, alguma vez, mais do que amiga, vai mal. Ou então ela até pode vir a ser sua aliada".

Depois de quantos encontros você aceita um avanço e por quê?

"No terceiro ou no quarto, por curiosidade e por vontade também". "Às vezes no primeiro, e porque há muita vontade". "Se gosto, pode ser no primeiro". "A regra diz que no terceiro, mas as regras foram feitas para serem quebradas". "No segundo ou no terceiro; depende do quanto você goste e do quanto ele revolucione o seu corpo; caso contrário, nunca". "Não tenho preconceitos a esse respeito, mas acho que não deve acontecer tão rápido".

Um homem que não quer se comprometer: isso funciona como turn on ou turn off?

"Eu estou há muito tempo com um homem que tem horror a compromisso e continua sendo *turn on*; dizem que quem persiste, consegue". "Esse temor aciona nosso *chip* de querer mudá-lo de qualquer jeito". "Mentira! O homem que se apaixona muda sozinho. O resto é perda de tempo". "Definitivamente *off*". "Depende do personagem e da situação em que a gente se encontra. Se ele quer se comprometer para buscar a mãe de seus filhos e uma excelente dona de casa, fuja. Se quer se comprometer para buscar uma *partner* de balada, sexo, diversão, tristezas e alegrias, tudo bem". "*Turn on*. Comigo isso é sinônimo de *foreplay*". "Completamente *hot*". "Não! *Turn off*". "Nos primeiros encontros, é ótimo que não fale do compromisso, porque a gente ainda está sondando o terreno".

A hora da verdade: que importância têm o trabalho e o salário dele?

"Isso é muito importante. Soa mal, mas é assim!". "Seria bom que quando sairmos ele tenha o suficiente para pagar o jantar e não acabe pedindo um trocado para a gasolina ou para o manobrista". "Importa bastante. Gostaria que meu pretendente tivesse um trabalho interessante, que me permita admirá-lo". "Tomara que ganhe muito dinheiro. Mas se não for muito, não importa". "Que tenha um trabalho muito bom é o ideal". "O trabalho não importa, desde que a gente sinta que ele gosta muito do que faz". "O dinheiro importa, só em caso de projeção; embora também não seja determinante".

Diga-me onde você malha e eu lhe direi quem você é

Para as que não podem viver sem chá-verde, Ioga Shala. Para as que vivem dirigindo um carro, fazendo a lição de casa com os filhos com a mão que não está segurando o celular, enquanto chama a atenção deles e dos filhos alheios que leva no assento de trás do carro, Curves. Para as escravas da moda que não sabem voltar atrás, Pilates. E para as que têm a vida de princesa moderna, Balthus, wellness e fitness.

Na minha humilde opinião – mulher frívola cem por cento assumida *and proud to be* –, acho que qualquer mulher se define não só pelo seu *kit* de apoio psicológico alternativo e não-reembolsável pelo convênio médico, mas também por onde vai suar em público para tentar obter uma imagem que nunca consegue obter. Tudo isso nos identifica tanto. O cabeleireiro escolhido para ir chorar as tristezas, a loja que emite as notas fiscais que geram mais alívio à nossa alma do que uma caixa de Alprazolam, e a academia que freqüentamos. Minha equipe de apoio pseudopsiquiátrico e *always on call* está encabeçada por Rodrigo, cabeleireiro antenado localizável no salão Época e ombro amigo já há onze anos, Nancy, depiladora residente do Omnium e confidente há treze anos, e Mabel, minha manicure, recém-contratada pelo Nueva Línea. Mas no tocante a academias, eu me considerava zerada até agora. Mas a gravidade anda fazendo estragos, e por isso tive que sair em busca de um lugar para melhorar o que resta. Sinto-me como um carro de Fórmula 1 entrando no boxe. Orientada pelas que conhecem, dispus-me a suar em público.

E isto foi o que vi.

Para as que bebem chá *yogui* entre as horas de gravação

Se a gente aspira entrar para o mundo da televisão com um corpo invejável e uma aura de mulher transcendental e preocupada com a vida futura, o lugar escolhido para perder gordura é o Yoga Shala. É como estar na Índia – eu acho –, mas sem pobreza, nem ratos, nem rios onde flutuam as cinzas dos mortos, nem vacas sagradas. Para as que gostam de andar descalças e fazer pose *so naughty* com ar de santidade, e ainda ficar durinha rapidamente, esse é o lugar. O safári no Shala inclui desde heroínas de novela até gordinhas que querem ser magras – e místicas. Estas últimas se destacam mais do que as famosas, porque são um bicho esquisito. Aqui se vive uma realidade paralela, onde se viram para olhar quem não é famoso. Ali as gordinhas vão de moletom – é impossível dissimular o evidente – e fazem cara de "estou em Nirvana" para que ninguém as incomode. Dá para perceber, de longe, que se meteram a fazer ioga só porque leram em alguma revista que os famosos são tão *cool* que nem suam para ficar lindos, pois ficam respirando compassadamente em poses estranhas e assim se mantêm bonitos. São as gordinhas que bebem os sucos naturais do terceiro andar da academia com a mesma cara de sacrifício que faz a minha sobrinha diante de uma colher de xarope para a tosse. Também há as clássicas *go with the flow* – eu sou uma, acho –, que seguem as megatendências com uma religiosidade invejável. Para que não se perceba que vão onde a moda leva, fantasiam-se perfeitamente. No Shala elas se vestem como Gandhi. Seguramente, há vinte anos essas mulheres andavam com polainas e faixa no cabelo, dançando *Flashdance*; há dez anos, faziam *step* até na escada rolante do metrô, e hoje, fazem ioga. Tão deslocadas quanto eu. E há as estrelas. Aquelas que arrastaram a maioria e fizeram do Shala um lugar da moda, como já foi o El Toro ou o Mucca. Aqui se incluem um ex-ministro, cujas suas partes mais nobres conheci sem que fosse preciso sequer bebermos um vinho antes; Katyna Huberman descafeinada, não posso acreditar que vivi para vê-la calada, Paz Bascuñan, linda como sempre, e umas desconhecidas, que com certeza faziam seus mantras para que Verônica Saquel se lembre delas. Por enquanto, as aspirantes ficam prontas para se despirem à menor ordem do diretor. Tudo num ambiente de respeito e harmonia, é claro. Assim, para as que morrem pelo chá-verde e pelo chá *yogui* – para quem não sabe do que se trata, deixo-lhes como lição de casa – e para as que amam tanto as luzes da televisão como outros amam o bronzeamento, este é o lugar indicado.

Para as sem-tempo e esgotadas

Para as que precisam um dia de trinta horas, a Curves veio para lhes facilitar a vida. O lugar mais mencionado nas *happy hours* dos últimos seis meses chegou para fazer sentirem-se culpadas as mulheres que se queixam de não terem se clonado antes para poderem estar em todas. Nessa academia a mulher atual se encontra com suas iguais: entre uma série e outra de exercícios, se queixam de que estão sem tempo, endividadas, cheias de aspirações, numa van *full* que dirigem apressadamente enquanto, as queixas as deixam esgotadas. As que militam na Curves são as que vivem olhando o relógio para ver quanto tempo ainda têm antes de irem buscar seus filhos e os das outras em alguma atividade extracurricular. E como o assunto tem filiais em todo o mundo, todas felizes: pior ainda a gente se acha internacional, viajada e com a possibilidade latente de estar emagrecendo nessa *tour non stop*. Para resumir, dizer que está na Curves é declarar-se uma profissional jovem, muito ocupada, que só dispõe de 30 minutos diários entre suas várias atividades – leia-se: supermercado, reuniões de trabalho, reuniões na escola, cabeleireiro, negociação e renegociação do crédito imobiliário, ajuda nas lições de casa dos filhos, além dos plantões de motorista dos filhos próprios e alheios. E, nas horas livres, ser a supermãe. Quando tempo você têm? 10, 15, 20 minutos? Não importa. A Curves oferece um plano na sua medida. Mas não consegui adaptar-me nem à força. Só tinha a parte de academia, mas me faltava todo o resto do estilo de vida. E isso de pensar que está num colégio de freiras – porque homens, ali, nem pensar — me faz mal. Nenhuma possibilidade de romance a vista e mais tempo livre do que aquele que posso controlar. *Bye bye*, Curves. Além do mais, quando me avaliaram, disseram que eu tinha uma porcentagem de gordura significativamente baixa. Não é para mim.

Para as que têm a vida que eu sonhava ter

As mulheres do Balthus são exatamente o tipo de mulher de quem a gente tem inveja — porque desde pequeninha me disseram que *ódio* é uma palavra muito forte e feia para ficarmos gritando por aí. Fazer exercício num lugar tão *top* e, além de tudo, ao lado do BordeRío, é demais. É assim que sempre sonhei que seria a minha vida. Ali as mulheres se classificam de acordo com a hora em que aparecem pelo *wellness center*. Porque chamar o Balthus de *academia* é um pecado sem tamanho. Ali se preocupam com o bem-estar total das pessoas, e por isso a palavra *academia* fica pequena. Nada contra as outras academias, mas é como se dissessem: "*been there, done that, moving on*". Estão em outra. As clientes que vão pela manhã são as aplicadas, que obedeceram a mãe desde pequenas e conseguiram o oculto sonho de todas as mulheres. Em sua grande maioria, contam com um gentil e generoso auspício do marido, por isso, não lhes dói o bolso. Estas têm tempo. Enquanto as crianças aprendem a falar inglês, elas sobem nas esteiras e comentam sobre as lojas de Miami, com a mesma desenvoltura com que a gente dá dicas sobre as do bairro Providência. E entre os espetaculares sucos que bebem na cafeteria com vista para a piscina, elas vivem uma vida que com certeza era destinada a mim, mas que, por alguma brincadeira má do destino, me foi roubada Ficam ali o triplo do tempo que as Curves *girls*. Aproveitam também para fazer uma massagem ou pegar uma sauna, ou nadar na piscina que eu deveria ter no meu quintal. São detestáveis. As outras são as que vão à tarde, na hora da *happy hour*. São as profissionais *top*, que têm o mundo nas mãos e que precisam se desconectar de alguma maneira. E o que poderia ser melhor do que ir ao Balthus, onde continuam trabalhando, embora não queiram, porque ali se encontram com a *crème-de-la-crème* dos que movimentam o mundo. Elas são as que lêem inteirinho o caderno B do jornal, as que se interessam em Bloomberg, Greenspan, e vários outros nomes que não consegui anotar, por vergonha de ficar perguntando como se soletra. Descobri que o Balthus é a melhor definição do "quando eu crescer". Ali se concentram as mulheres que aspiramos conseguir ser algum dia. As muito bem-mantidas pelos maridos e as muito bem-sucedidas.

Para as escravas da moda esforçadas

Soube que num Vogue estrangeiro a pergunta que mais se faz é: "Pilates ou ioga?". Eu tenho muito clara a minha posição: ioga. Porque o pilates é um esporte traiçoeiro. Quando vi as primeiras fotos da técnica da moda, pensei que era apenas ir e deitar-se lá para que me emagrecessem e tonificassem como que por encanto. Mas não é. É preciso se esforçar — e muito. Lembro que há dez anos surgiram umas "academias passivas", onde a preguiçosa se deitava e as máquinas faziam o resto, como abdominais e outros exercícios. Pensei que o pilates fosse assim, mas não é. Por isso acho que esses estúdios estão cheios de mulheres enganadas que não querem voltar atrás. Com certeza há muitas mulheres que escutaram por aí que o pilates era o exercício das bonitas da hora, e foram ver o que dava para fazer. E como é chato ficar perguntando muito, inscreveram-se e pronto. Dura realidade. Pilates é difícil e todas as que estão ali são, para mim, quase santas. Reconheço que sou ignorante no assunto pilates. Sei que há cordas, bolas, máquinas... uma tortura. Não tenho nem idéia de como faz a rainha do *pop*, mas eu queria estar como nas fotos que vi na internet: em cima de uma bola, emagrecendo. Com relatórios confiáveis a favor de Angel Studio Pilates, parti. Por puro exibicionismo, escolhi a filial localizada no bairro mais nobre. Depois de um pequeno alongamento, um passeio por El Portal e um *frapuccino* de café na Starbucks. Panorama redondo. Talvez seja o método do momento, mas não é para mim. Está bem, todas as monitoras são bonitas e simpáticas, mas deixavam complexada. Aquilo é que é estar tonificada. Assim, nenhuma possibilidade de eu estrear minhas camisetas justinhas ao lado delas. Não dava. O bom era que as companheiras de aula iam vestidas com um moletom largo e sem nenhum afã exibicionista. Tudo uma enganação. Por vários momentos perdi as instruções por estar me olhando fixamente no espelho, e me xingando por ser tão escrava da moda e não ter me informado melhor antes de deixar que me amarrassem naquelas cordas. Pilates, definitivamente, não é para mim. É para gente com algo de *training* no corpo. Não como eu, que só exercito o polegar no controle remoto da televisão e na barra de espaço do teclado do computador. Fiz minha melhor cara para as companheirinhas e sai discretamente. Pensei em lhes dizer: “corram para a sua vida; se nos arrependermos todas juntas, prometemos não contar para ninguém e ficamos como se nada tivesse acontecido”. Mas não disse nada. Dignidade acima de tudo. Além de mais, algumas faziam cara de quem estava adorando aquilo. E para que andar postulando como político em campanha, propondo a rebelião das massas musculares doloridas? Pelo menos fico mais tranqüila. Posso dizer que tentei. Sucesso zero nisso de andar se equilibrando em bolas com fins terapêuticos, ou me fazer um nó no corpo, como um faquir, ou voltar aos dias de colégio de freiras por prazer. Não tem jeito. E além de tudo, ficar se torturando com o Balthus e tudo o que poderia chegar a ser e não é. Bem-vindo à minha vida, vinagre de maçã. Porque com as academias, eu definitivamente desisto. *I quit, I give up.*

O machômetro

Pergunta suspeita e freqüente entre as mulheres de hoje: quão macho é o pretendido? Com tantos metrossexuais, homens sensíveis e demais caricaturas masculinas por aí, já não se acham homens como os de antigamente. Meu Deus, como se estranha, hoje, um macho abrutalhado. Aqui vai um método arbitrário, mas de efeito comprovado, para detectar se o sujeito em questão é um dos verdadeiros ou um simples acidente de testosterona.

1. O macho tem barriga. Ama sua barriga – inclusive, faz carinho nela enquanto assiste televisão — porque cada milímetro lhe lembra as cervejas bebidas com os amigos, churrascos, pizzas devoradas na frente da televisão durante alguma partida de futebol decisiva para a humanidade. A barriga é para ele uma lembrança sentimental do que mais lhe importa: cerveja, pizza, futebol, churrascos e sessões etílicas no clube.

2. Não tem gato; tem cachorro. Considera que o felino domesticado esbarra no estereótipo *gay*, porque se limpa o dia todo – todo excesso de preocupação com a aparência é malvisto —, chora para que o alimentem e anda pedindo carinho o tempo todo. Ele prefere o cachorro, porque ter um cachorro serve como arma de conquista; faz companhia, come as sobras e não pede nada em troca.

3. O macho conhece cinco cores: amarelo, branco, vermelho, verde e preto. O resto dos matizes não existe para ele, a menos que seja para diferenciar as camisetas dos times de futebol. Não sabe se *rosé* é coisa para beber ou se *rosa* é um insulto afetado entre as mulheres.

4. Não joga golfe. Parece-lhe que os carrinhos para se deslocar são femininos demais, diferentemente de um *monster track*. Além disso, as eternas caminhadas nem sequer são recompensadas com a possibilidade de uma briga com socos. Se o esporte não permite um chute bem colocado ou cuspir no chão a cada momento, não o qualifica como tal.

5. Não sabe nada de calorias ou da sua gordura corporal, porque não o incomoda contribuir para crescimento da própria barriga. Também não bebe – nem come – nada *diet*. Acha que "não tem graça".
6. Se beber café, é isso, café e ponto-final. Nunca se vê um macho pedindo um *café latte* descafeinado com leite desnatado e uma gotinha de licor. Isso é bebida de mulher: rebuscada e difícil de pedir.
7. Desde criança se acostumou a recintos malcheirosos, como vestiários de academia, de modo que qualquer esquina escondida e pouco movimentada ou uma simples árvore amiga lhe serve perfeitamente para determinado fim.
8. O verdadeiro macho prescinde do uso de copos e garfo. Se a cerveja vem em lata e o frango tem um osso pelo qual pode segurá-lo, por que complicar?
9. Conhece chá em saquinhos e fim. Nunca soube para que serve cada um.
10. Dança sozinho no estádio para festejar um gol, se é que aqueles pulos ao compasso de um bumbo sem ritmo podem ser chamados de dança.
11. Dirige com uma só mão no volante. A outra serve para mexer no rádio, coçar o olho por dentro, nos semáforos, ou bater na coxa, acompanhando o som da bateria. Isso de mãos no volante em posição de ponteiros de relógio "às 10h10" foi inventado para as mulheres.
12. Só aluga filmes que saiba que têm como saldo final no mínimo vinte mortos, em circunstâncias as mais violentas possíveis.
13. Nunca, portanto, será visto saindo de uma sessão de filme de arte. Também veta as comédias românticas, o cinema iraniano, o francês, e qualquer outro que não reconheça o valor de uma boa explosão de carros.
14. Seus artigos cosméticos se limitam a sabonete, xampu, creme dental, creme de barbear e um perfume para ocasiões especiais.
15. Não tem idéia de que qual é o seu tipo de pele.
16. Não conhece nenhuma pedicure e não faria as mãos jamais.
17. Se o deixam interagir com seu grupo de amigos, a semelhança com uma manada de gorilas é surpreendente: só se comunicam por grunhidos, gestos e gargalhadas estrondosas.

18. Só escuta estações de rádio que dêem notícias. Nada de romântico: algumas FMs nem sequer sabe sintonizar no seu aparelho. E de música eletrônica, nem pensar. Para ele só existe *rock*; o resto são simples besteiras.

19. Ama algumas *sex-symbols* famosas. Seriam as mulheres ideais para ele se, além de dançarem com roupa íntima, mostrassem que sabem cozinhar bem e que têm a graça adicional de ficarem mudas enquanto ele assiste a uma partida de futebol.

20. Não lê livros de auto-ajuda. Só se reconhece com depressão quando seu time passa por uma má fase. *Estresse* é palavra que não existe no seu vocabulário. Um macho agüenta e não vai nem amarrado ao analista. Para isso existem as cervejas e a televisão. Essa é a terapia dos homens.

21. Nunca será visto lendo revistas sobre celebridades, dessas que abundam nos salões de cabeleireiro.

22. Seu cinto não combina com seus sapatos. Se isso chega a acontecer, trata-se de uma mera coincidência.

23. Não demora mais que dois minutos para arrumar o cabelo de manhã.

24. Não tem velas decorativas ou aromáticas no seu apartamento.

25. O cabelo grisalho é seu orgulho. O segundo na sua escala de afetos, depois da barriga.

26. Vai à academia só para olhar garotas suadas naquelas roupas apertadas.

27. Ama acampar. Passar frio, dormir no chão e ter as mínimas condições para a higiene pessoal são o céu para ele.

28. Se sai à noite, vai a barzinhos; nunca a uma balada.

29. Não suspeita que os diferentes tecidos tenham nomes. Para ele existem os *jeans*, a lã e essa coisa grossa com que se fazem os ternos. E pronto.

30. O primeiro caderno que lê do jornal é o de esportes. O mundo, o país e a economia podem aguardar.

31. Sabe que o ferro de passar roupas existe, mas nunca lhe passou pela cabeça saber como utilizá-lo.

32. Não cozinha. No caso de estar quase morrendo de inanição, pode tentar salvar sua vida com comida básica: ovos mexidos, macarrão grudado e, talvez, arroz. Mas *sushi*, *paella* ou alguma outra coisa que precise de mais de dois ingredientes, é quase impossível.

33. Odeia comprar. Olhar vitrines, então, nem pensar.

34. Fuma charuto e cigarros. Cuidar da saúde é coisa para mulher.

35. Seu armário guarda, com um pouco de sorte, três cintos: dois para ternos e um para o final de semana.

36. Com relação aos sapatos, tem no máximo cinco pares. Desses, dois são tênis. Não usa produtos contra a queda de cabelo. Se orgulha de ser careca por culpa do excesso de testosterona.

37. O verdadeiro macho jamais permite que lhe arranquem um pêlo. Sob nenhuma circunstância. Até pêlos nas costas acha bonitos.

38. Jamais cortaria um *jeans* para fazer um *short*.

39. Sua geladeira só não faz eco porque sempre há algumas cervejas, uns sachês de ketchup e mostarda que vêm com as comidas de *delivery*. No freezer, apenas uns congelados e vodca.

40. O macho acende fogo com carvão, fósforos e papelão. Secador de cabelos ou churrasqueiras a gás são coisas que não existem no seu vocabulário.

41. Troca o pneu do carro de olhos fechados.

42. Não experimenta a temperatura da água da piscina. Pula e vai em frente.

43. Não sabe o que significa ioga, pilates, *spinning* ou aeróbica. Só joga futebol, que também lhe serve como experiência catártica: corre, cospe, chuta, insulta. Além disso, é a única forma de expressar seus sentimentos: dão palmadinhas uns nos outros, se tocam, comemoram com pulos e abraços. Aí, sim, podem demonstrar o quanto se querem, sem que ninguém duvide de sua masculinidade.

44. É incapaz de dar um toque pessoal em alguma coisa. As coisas sempre ficam como chegaram.

45. Nunca pensou em ser vegetariano. Se a carne alimentou as seus antepassados, também o alimentará.

46. Não aprende o nome de praticamente ninguém – o sobrenome basta. Muito menos se lembra dos aniversários.

47. O verdadeiro macho não assistiria jamais à série *Queer Eye for the Straight Guy*. A cumplicidade tipo festa do pijama entre homens lhe provoca asco.

48. Encontra em *The King of Queens* e *According to Jim* – seriados do canal Sony — seus alter egos.

49. Nunca pisaria num centro de estética, tampouco faria revisões médicas.

50. Jamais leria isto. Tem a certeza de que é um macho e não precisa que ninguém confirme isso para ele. Muito menos uma colunista de revista feminina. E ponto-final.

31 Profissão: solteira
foi impresso em São Paulo
para a Primavera Editorial
em setembro de 2008